합리적 가정

합리적 가정

백승연 장편소설

해피북스
투유

차례

영림동 주택단지

"좋겠네. 이제 갖고 싶은 것 다 가졌잖아."

희진이 모니터에서 시선을 옮겨 은지를 보았다. 걸고 있는 사원증 앞으로 은지가 는 상비 찻잔이 보였다. 지난 여름 영국 여행 중에 사온 화려한 디자인의 왕실로열컬렉션. 큰맘 먹고 사왔다며 회사에서 애용하고 있었지만, 둘레가 넓고 깊이가 얕은 찻잔이 희진 눈에는 여전히 어색했다. 30만 원짜리 찻잔에 탕비실 캡슐 커피를 담는 건 좀 아니지 않나. 찻잔이 왜 찻잔인가. 둘레가 넓고 납작한 건 다 이유가 있는 법인데.

희진은 너나 나나 월급쟁이인 주제에 무슨 허세냐 하고 혀를 끌끌 찼지만, 사실 희진도 은지의 마음을 잘 알았다.

남들은 갖지 못한 것, 쉽게 가질 수 없는 것, 꿈도 꾸지 못할 것을 쥔다는 게 어떤 의미인지.

다 식어버린 녹차처럼 쓰고 밋밋한 인생을 사는 희진에게도 이런 자극이 필요했다. 살아있다는 느낌은 이런 데서 오는 법이니까. 남보다 앞서 있다는 쾌감.

"그래서 매매가가 얼만데?"

"왜, 너도 생각 있어?"

"이혼녀 혼자 벌어서 되겠냐? 몇억짜리냐고."

희진이 씨익 웃으며 다시 모니터로 시선을 돌렸다. 화면에는 영림동 주택단지에 관한 기사가 떠있었다. 4년 전 기사였지만 주택단지의 전경 사진이 가장 잘 담겨있었다.

영림동 주택단지는 서울 근교에 지어진 마흔여섯 가구의 소규모 주택단지였다. 6년 전 미국의 프리츠커 건축상을 받은 독일인 건축가가 은퇴 직전, 대한민국의 '마을'이라는 단어에 감명을 받아 디자인했다.

강남까지는 차로 20분 거리. 백화점과 대형마트도 15분이면 갈 수 있었다. 무엇보다 딸 지율이가 다닐 초등학교가 멀지 않아 좋았다. 중산층 가정에서 자란 친구들이라면 지율이에게 충분히 긍정적인 영향을 줄 것이다. 적어도 체험학습 갈 돈이 없다고 우는 아이 때문에 특별활동이 취소되는 일은 없을 테니까.

"희진 씨 들어간다는 주택이 C타입이었나?"

홍 과장이 팔짱을 낀 채 희진의 자리로 다가왔다. 은지는 자리로 돌아갈 타이밍을 놓쳐 낭패라는 표정을 지었다. 희진이 눈가에 힘을 주어 웃고는 대답했다.

"네, C타입이요."

"에이 그럼 수영장은 없겠다, 그치?"

한 달 전 희진이 영림동 주택단지로 이사 간다는 소리를 듣자마자 홍 과장은 자기 친척도 그 주택단지에 산 적이 있다는 얘기를 꺼냈다. A, B, C타입으로 나누어진 주택단지는 평수도 옵션도 조금씩 달랐다. 앞마당이나 뒷마당에 수영장이 있는 A와 B타입 주택이 60평대로 좀 더 비쌌고, 50평대인 C타입은 수영장 대신 텃밭으로 쓸만한 뒷마당이 조금 넓은 정도로 비교적 매매가 낮았다.

주택단지는 A와 C 또는 B와 C로 두 개의 주택이 한 덩어리 부지에 사이좋게 붙어있는 형태였는데, 그 덕에 C타입의 입주민은 마당에 나갈 때마다 옆집 담장을 넘겨다보며 상대적 박탈감을 느껴야 했다. 어쩌면 영림동 주택단지를 디자인한 독일 건축가에게는 남모를 악취미가 있었는지도 모른다.

"수영장 있어도 잘 안 쓸 것 같은데요, 뭘."

희진이 모니터에 띄워둔 기사 창을 껐다.

"하기야 영끌해서 산 걸 텐데 무리할 필요는 없지."

"에이, 영끌은 아니죠. 대출 그렇게 많이 안 받았어요."

희진이 한숨을 삼키며 짐을 챙겼다. 이렇게라도 타인의 행복에 스크래치를 내야 직정이 풀리는 홍 과장의 삶도 불쌍하다 싶었다. 남편이 최근 코인 투자를 잘못해서 수천을 잃었다더니, 안 그래도 콩알만 한 속이 반쪽으로 더 줄어든 모양이다.

"주택단지에 입성한 걸로 끝인가? 생활 수준이 달라져야 할 텐데, 괜찮겠어?"

"과장님, 우리 희진이 사치 좋아하는 거 아시면서. 빚을 더 내서라도 거기 아줌마들이랑 잘 어울릴 테니까 걱정하지 마세요."

홍 과장만 보면 꽁무니 빼기 바빴던 은지도 웬일로 희진 편에 섰다. 홍 과장은 어이가 없다는 표정으로 코웃음을 치고 자리로 돌아갔다. 수준 낮은 질투에 얼굴을 붉힐 필요는 없었다. 은지 말대로 희진은 결국 원하는 걸 얻어 냈으니까.

소설 쓰는 무명작가를 남편으로 둔 죄로 희진은 10년간 기자 일을 하며 가장으로 살았다. 애를 낳고도 지친 몸을 끌고 보따리장수처럼 전국을 돌며 인터뷰했고, 그렇게 쓴 수백 편의 기사로 승진을 두 번이나 해서 동료들에게 '독한 년' 소리를 들었다. 독하지 않고 어떻게 원하는 걸 가질 수 있을까. 누군가가 우아하게 집착하는 방법을 알려준다면 희진도 마다하지 않을 거였다.

오후 2시. 반차를 쓴 희진은 SUV를 몰고 친정으로 향했다. 출발한 지 얼마 되지 않아 남편 호재에게 전화가 왔다. 오전부터 시작한 이사에 지친 목소리였지만 평소보다 톤이 들떠 있어 설레는 마음이 느껴졌다.

— 언제 와? 지율이는?

"엄마 집 거의 다 왔어. 이사는 잘 끝났어?"

— 거의 다 돼가. 너 올 때쯤이면 마무리될 거 같아.

희진이 신호 앞에서 차를 멈췄다. 스마트폰 너머로 상자가 쿵쿵 바닥에 놓이는 소리가 들렸다. 같은 무게감의 소리가 반복해서 나는 걸 보면 호재의 책 같았다. 20평짜리 작은 아파트 거실을 꽉 채웠던 400권의 책이 드디어 자기 보금자리를 찾은 것이다.

"서재야?"

— 어. 책장이 아직 도착을 안 해서 바닥에 두기로 했어.

"거실을 보라니까. 소파에 흠집 있는지, 가구 들이다가 벽 긁힌 곳은 없는지."

— 했어. 근데 여기 아저씨들 마실 음료수가 없네.

그런 것쯤은 알아서 하라는 말이 목구멍까지 찼다. 호재는 신고 나갈 양말 한 짝을 고르는 데도 희진의 조언이 필요한 남자였다. 그냥 생수를 사야 하는지 이온 음료를 사야 하는지 고민이 된다고 했다. 이사가 거의 끝나간다면서.

"다 사. 뭘 그런 걸 아직까지 고민하고 있어."

희진은 송곳처럼 날카로운 말투를 뱉지 않으려 숨을 참았다. 호재의 소설이 운 좋게 베스트셀러가 되고 교양 프로그램에 얼굴을 알리면서 적지 않은 수입이 생긴 게 2년째였다. 이제 가장의 자리를 돌려주었으니 습관처럼 호재를 무시하는 버릇을 줄이고 싶었지만 쉽지 않았다.

어느새 친정집으로 향하는 골목 앞이었다. 전봇대 사이로 전깃줄이 지저분하게 엉킨 익숙한 동네가 보였다. 차를 세운 희진은 페인트칠이 벗겨진 허름한 빌라로 들어섰다. 30년째 무너지지도 않는 빌라는 지긋지긋하게 건재했다. 녹이 슨 현관문을 열자 간장을 졸인 듯한 집 냄새가 났다. 걸을 때마다 발바닥에 비닐 장판이 쩌억쩌억 달라붙었다.

거실에 앉아 그림을 그리며 놀던 지율이를 데리고 나오는 길에, 희진은 엄마에게 10만 원이 든 봉투를 건넸다. 어차피 한량인 남동생 주머니에 갈 것이 뻔했지만 이렇게라도 해야 마음이 편했다. 혼자만 퀴퀴하고 찐득거리는 가난이 핀 집에서 도망쳐 나온 것이 아무렇지 않을 리가 없었다. 아무리 희진이 독한 년이라고 해도.

"엄마 기분 좋아?"

조수석에 탄 지율이 희진을 돌아보며 물었다. 아이 무릎에는 친정엄마가 준 방울토마토 화분이 올려져 있었다. 손톱만 한 방울토마토가 듬성듬성 자란 싸구려 플라스틱 화분이었다. 새집에 가는 딸을 맨손으로 보낼 수 없다면서 억지로 건넨 것이었는데, 방지턱을 지날 때마다 지율이의 치마 위로 흙이 툭툭 떨어졌다.

"기분 좋지, 그럼."

희진이 오르막길 앞에서 힘 있게 엑셀을 밟았다. 영림산을 뒤로한 마흔여섯 채의 주택은 신의 품에 폭 안긴 모습으로 반원을 그리며 모여있었다. 늦봄의 햇살을 받은 잔디 마당이 어느 집이든 초록빛으로 생기 있게 빛났다. 2층짜리 주택은 베이지색 외벽과 그레이톤의 창틀로 세련된 외형이었고, 읽고 있던 책을 뒤집어 놓은 듯한 박공지붕으로 덮여 따뜻한 감성이 더해졌다. A, B, C타입의 주택은 외관 디테일이 조금씩 달랐지만, 같은 자재를 쓰고 비슷한 톤을 유지해 마치 배다른 형제처럼 보였다.

곧이어 제일 높은 지대에 위치한 희진의 집이 나왔다.

마당을 들어서자마자 희진은 전면에 난 큰 창을 보며 미소를 지었다. 이곳에 무리해서 들어온 가장 큰 이유가 바로 거실 통창 때문이었다. 저녁이 되어 집에 돌아온 가족이 은은한 조명 아래 모인 장면이 떠올랐다. 소파에 앉아 함께 TV를 보거나 각자 밖에서 있었던 일을 나누며 웃는 모습도.

희진은 영림동 주택단지 전체가 가족 단위의 행복을 꾹꾹 눌러 담은 선물 상자 같다고 생각했다. 그 안에 희진이 만든 풍경도 이제 한 조각의 퍼즐이 되겠지.

"점심 걸렀다며. 자장면 시켜놨어."

희진이 차를 세우자마자 호재가 와서 말했다. 이삿짐센터 사람들은 20분 전에 떠났다고 했다. 차에서 먼저 내린 지율이가 주차장과 이어진 뒷마당으로 뛰어들어갔다. "우와, 공주 집 같아!"라고 소리치더니 방울토마토 화분을 바닥에 내려놓았다. 신이 나서 뛰어다니는 지율이를 본 희진은 자신의 어린시절을 떠올렸다. 단칸방에 앉아 2층짜리 공주의 저택을 스케치북 위에 그리던 날이 이제 까마득한 옛날이 되었다.

"지율아, 들어가서 손부터 씻어."

희진이 지율이 치마에 묻은 흙을 털어주며 말했다. 후

문으로 달려간 지율이가 아빠를 향해 뒤를 돌아보았다. 호재가 얼른 비밀번호를 알려주었다. 0506. 호재의 베스트셀러 《거인이 사는 숲》의 출간일이었다.

지율이 집으로 들어가자마자 호재가 희진을 뒤에서 안았다. 땡볕에서 오전 내내 이사를 지켜본 호재의 목덜미에서 땀 냄새가 났다.

"저리 가. 냄새나."

"왜 그래. 아침부터 고생한 남편한테."

"좀 피곤하다고."

희진이 자기 허리를 꼭 감싼 호재의 팔을 떼어내며 말했다. 주머니에서 담배를 꺼내 입에 물었다. 호재는 무안했는지 바닥에 놓인 방울토마토 화분을 집어 텃밭 한쪽에 툭 내려놓았다.

2년 전 출간한 호재의 연애 소설이 예상에도 없던 성적을 냈다. 호재의 대학 시절을 바탕으로 그린 시한부 연인과의 사랑 이야기였다. 희진은 조금 신파적이고 유치하지 않나 생각했는데, 지고지순한 로맨스가 어떻게 출판계 시류와 딱 맞아떨어진 모양이었다. 한 독자가 유튜브에 책과 어울리는 음악 플레이리스트를 만들어 올렸고, 인스타에는 소설 문장을 필사하는 게시글이 이어졌다. 젊은 독자들 사이에서는 이제는 찾기 힘든 '순애보적 사랑'을 담은 이야기가 신선하게 느껴진 모양이었다.

엄밀히 말하면 자전 소설까지는 아니었지만, 출판사 사장은 호재에게 인터뷰마다 '자전적 소설에 가깝다'라는 표현을 의식적으로 넣으라고 코치했다. 희진은 호재가 대학 시절에 사귀었던 여자가 암 진단을 받았다는 얘기는 이미 들어 알고 있었다. 그 후 얼마 지나지 않아 헤어졌다는 것도. '시한부 인생을 지켜봐 주기는 개뿔' 하고 코웃음을 쳤지만, 판매 부수가 20만 부를 단숨에 넘기자 희진은 적극 나서서 호재의 인터뷰를 가이드했다. 교묘하고 모호한 대답으로 호재 소설이 자전 소설로 보이게 하는 잔기술을 알려준 것이었다. 다년간 매거진 기자로 일하며 수백 명을 인터뷰한 희진에게 이런 것쯤은 지겹도록 쉬운 일이었다.

그렇게 40만 부가 넘어갈 무렵 호재는 섬세한 감성과 수줍은 말투를 가진 남자가 되어있었다. 열등감과 패배감에 찌들어 날카로웠던 눈매도 부드럽게 변했고, 어떨 땐 꽤 잘생긴 얼굴이라는 평가도 들었다. 그래도 미디어에 내보낼 때는 너무 세련되어 보이는 옷은 지양했다. 어딘가 쓸쓸하고 소박해 보이는 이미지가 잘 팔렸기 때문이다.

"고생했어."

담배 연기를 길게 뿜고 난 희진이 마음을 바꿔 호재의

손을 잡았다. 늦게나마 대운이 들었든, 호재가 악마한테 영혼을 팔았든, 희진은 그의 성공 덕에 영림동 주택단지에 입성할 수 있었다. 호재가 실실 웃으며 희진의 볼에 입을 맞췄다. 어느새 2층으로 올라간 지율이가 뒷마당 쪽을 향한 테라스로 나와서 소리쳤다.

"엄마, 우리 집 짱 커!"

희진이 담배를 등 뒤로 숨기고 남은 손을 흔들었다. 지율이가 화장실에 비누가 없다고 하자 호재가 금방 찾아주겠다며 뒷문을 열고 들어갔다. 혼자 남은 희진이 주차장 쪽으로 발걸음을 옮겼다. 앞마당과 주택단지 아래 전경이 그대로 내려다보였다. 어차피 선택할 수 있는 집은 이 집뿐이었지만, 희진은 가장 지대가 높은 집이라는 것도 마음에 들었다. 바로 뒤가 산인 탓에 뒷마당을 더 프라이빗하게 쓸 수 있고 밤마다 카스텔라처럼 노란 조명으로 밝힌 주택단지의 전경도 감상할 수 있었으니까.

"후."

희진이 히죽 웃으며 담배 연기를 뿜었다. 호재가 알음알음 얻은 정보로 경매로 나온 집을 얻은 것이었다. 시세보다 무려 60퍼센트나 쌌다. 횡재에 가까웠지만 회사에는 얘기하지 않았다. 남의 불행이 덕지덕지 묻은 집을 샀다는 인상을 주고 싶지 않아서였다.

사실 차를 타고 10분 넘게 달려야 나오는 시내가 아니면 동네는 이렇다 할 인프라가 갖춰진 곳은 아니었다. 걸어서 갈 카페나 미용실도 없었고, 단지 입구에 작은 편의점이 전부였다. 반려견 때문에 들어왔다가 사는 내내 우울감이 들어 팔고 나왔다는 부동산 커뮤니티의 불평도 모른 척했다. 집값 오를 일이 없으니 같은 값이면 대출을 더 받아다가 서울권 아파트를 사겠다는 댓글도 있었다.

차는 한 대뿐이었지만, 어차피 호재는 종일 책 읽고 글만 쓰는 남자였다. 지율이는 학교며 학원이며 스쿨버스와 학원 차량이 데려다줄 테니 걱정이 없었다. 부동산 중개인은 이곳에 은퇴한 노교수나 아이가 없는 젊은 예술가 부부가 많이 산다는 말을 전했다. 아이 있는 집끼리는 금방 커뮤니티가 생겨서 외롭지 않을 거라고도 했고.

몇 주 뒤에는 이곳 사람들도 희진의 집을 '유명 소설가가 사는 집'이라고 불러주지 않을까. 어쩌면 남편이 궁금해 먼저 문을 두드리러 오는 이웃도 있겠지. 젊은 예술가 부부가 놀러 와 함께 와인을 마시며 담소를 나눠도 좋을 것이다. '예술'이라는 단어는 어떤 식으로든 희진의 허영심을 채워주었으니까.

그때 얇은 천이 바람을 가르는 소리가 났다. 왼편 이웃집 2층에서 나는 소리였다. 터키색 실크 커튼이 빠르게 닫히면서 가볍게 흔들렸다. 언뜻 커튼 사이로 검고 긴 머리칼이 보였다. 이 시간에 집에 있다면 높은 확률로 전업주부겠지. 희진이 고개를 돌려 담장 너머를 내다보았다. 옆집은 B타입이었고 뒷마당에 잘 관리된 수영장이 있었다. 희진은 끈적이는 자기 팔뚝을 손바닥을 쓸면서 맨몸으로 시원한 물속에 뛰어드는 상상을 했다.

"아⋯⋯."

그러다 희진은 자기 손가락 사이에 낀 담배를 보았다. 연초 끝에서 피어오른 연기가 허리 높이의 낮은 울타리를 넘어 옆집으로 건너가고 있었다.

"첫인상 한번 제대로네."

희진이 주차장 쪽으로 걸어가 아스팔트 바닥에 담배를 비벼껐다. 연초를 손에 쥐고 후문을 열었다. 들어가자마자 오른편이 부엌이었다. 싱크대는 속이 시원할 정도로 넓고 깨끗했다. 그 옆으로는 한 번도 사용해 본 적 없는 식기세척기와 오븐도 옵션으로 설치되어 있었다. 회사 일 때문에 집에서 요리는 거의 하지 않던 희진이지만, 휴일에는 지율이를 위해 브라우니 정도는 만들어 줄 수 있을 것 같았다.

돈이라는 게 얼마나 많은 선택지와 가능성을 만들어주는지. 희진은 이런 것들을 고작 부엌에서부터 느낄 수 있다는 게 전율을 느낄 정도로 기뻤다.

"자장면 왔나 보다."

부엌에서 식기류를 헹구고 있던 호재가 고무장갑을 낀 채 거실로 나왔다. 소파에 앉아 쉬고 있던 희진이 스마트폰 배달 알림을 확인하며 일어섰다.

"내가 받아올게."

희진은 현관문을 열자마자 널따란 잔디 마당을 보며 웃음을 터뜨렸다. 이제는 배달 하나를 받는 것도 한참이 걸리네. 마당 넘어 철제 대문 앞에 선 배달 기사가 보였다. 현관까지 가져다 달라고 하려다가, 희진이 직접 샌들을 신고 마당으로 나왔다. 어쩐지 이번에는 친절한 사모님 연기를 하고 싶었다.

간자장 곱빼기 두 개와 탕수육, 군만두를 차례로 꺼낸 배달 기사가 희진의 어깨 너머 마당을 건너다보았다.

"와, 집 좋네요. 이 동네는 이런 걸 안 시켜먹으니까 처음 구경해요."

배달 기사는 희진의 집이 풍수지리학적으로 좋다며 아는 척을 했다. 바로 뒤에 산이 있고, 차를 타고 조금 나가야 하지만 낚시하기 좋은 지산호수까지 있으니 이게 바로 배산임수가 아니냐며 허허 웃었다. 희진은 배달 기사의 말 따위 귀에 들어오지 않았다. 희진의 집이 동네에서 유일하게 자장면을 시켜 먹은 집이 되었다는 게 신경 쓰일 뿐이었다. 대문 너머에 세워둔 빨간 스쿠터와 여닫을 때마다 요란한 소리를 내는 철제 가방은 확실히 이 동네에 어울리는 물건이 아니었다.

"쿠폰이요."

배달 기사가 희진에게 쿠폰을 내밀었다. 30장에 자장면 한 그릇, 50장에 탕수육 소짜 하나가 적힌 쿠폰을 희진이 얼떨결에 받아들었다. 촌스러운 타이포의 그것을 보고 있자니 초저녁의 더위가 훅 몰려왔다.

"저희도 이거, 오늘 이사 와서 딱 한 번만 먹는 거예요."

목소리가 작았나. 이미 헬멧을 쓴 배달 기사는 대답도 없이 스쿠터 머리를 돌렸다. 인덕 아래로 빠르게 작아지는 스쿠터를 보더던 희진이 들고 있던 쿠폰을 사정없이 구겼다. 도로를 따라 은은한 조명을 내뿜는 주택이 전부 희진의 집을 보고 비웃는 것 같았다.

스칸디나비아
컬렉션

1

희진은 아침 일찍 지율이를 초등학교에 데려다주었다. 4년 전 승진 기념으로 산 샤넬백을 어깨에 메고, 등교하는 아이들과 학부모가 걸친 옷과 가방을 빠르게 눈으로 훑었다. 확실히 희진이 이전에 살던 동네보다는 들고 다니는 것들의 브랜드 수준이 달랐다. 담임은 손톱이 단정하고 말투가 부드러운 젊은 여자였으며, 복도를 지날 때마다 지율이 또래의 아이들이 공손하게 배꼽 인사를 했다.

지율이의 전학 수속을 마치고 운동장으로 나오자 정문 앞에 자동차들이 길게 늘어선 게 보였다. 맨 끝에 세운 희진의 차는 8년 된 국산 SUV였다. 호재의 차기작이 잘되면 무리해서라도 새 차를 사는 게 좋을 것 같았다. 아이는 커 갈수록 부모의 부에 민감해지기 마련이니까.

오후에 인터뷰 한 건을 끝낸 뒤 일찍 퇴근했다. 희진은 주택단지에 들어가기 전에 대형마트에 들러 간단히 홈파 티를 즐길 수 있는 바비큐 립과 세일 중인 와인을 골랐다. 현관문을 열고 들어오자 불 꺼진 거실은 조용했다. 희진 은 사온 것들을 냉장고와 팬트리에 정리하고 곧장 서재가 있는 2층으로 올라갔다.

"글 쓴다더니 또 멍 때리고 있어?"

희진의 목소리에 놀란 호재가 고개를 돌렸다. 문을 등 지고 테라스 창 앞에 책상을 둔 터라 희진이 오는 기척을 못 느낀 거 같았다. 호재는 턱짓으로 창밖을 가리켰다. 뒷 산을 구경하던 중이었다고 했다.

자리에서 일어난 호재가 뒷목을 주무르며 희진에게 물 었다.

"커피 좀 마셔야겠어. 당신도 마실래?"

"응, 한 잔만."

호재가 서재를 나서자 희진이 호재가 앉아있던 의자에 앉았다. 각도가 미묘하게 오른쪽으로 틀어져 있었다. 옆집 수영장이 반쯤 내려다보였다. 선베드 옆 테이블에 보란 듯이 위스키 병이 올라가 있었다.

몇천만 원만 더 대출받을 수 있었다면 뒷마당에 수영장이 있는 집을 얻을 수 있지 않았을까? 희진이 고개를 저었다. 지금 집도 시세에 비해 싸게 얻은 거였다. 홍 과장에게 거짓말했지만 풀대출을 받은 것도 맞으니까.

호재가 탄 커피를 들고 함께 테라스로 나갔다. 난간에 허리를 기댄 채 어둑어둑한 뒷산을 보며 커피를 한 모금 마셨다.

"소설이 잘 안 써져?"

"뭐, 늘 그렇지."

"그래도 발등 걸리면 잘 쓰잖아. 지난번에도 그랬고."

호재가 희미하게 웃으며 뒷산을 향해 시선을 옮겼다. 습기를 머금은 나무줄기가 검었다. 부동산 중개인의 말로는 참나무 종류가 심겨있다고 했는데, 상수리나무와 굴참나무, 떡갈나무 순서로 많다고 했다. 희진은 그중 어떤 것도 구분하지 못했다.

커피잔을 난간에 걸쳐 들고 호재가 말했다.

"솔직히 이 큰 집에 괜히 무리해서 들어왔나 싶어. 두세 편은 더 성공하고 이사할 걸 그랬나?"

"다신 없는 기회였다며. 경매가로 싸게 나왔다고 싱글 벙글한 게 누구였는데."

호재에게 스트레스를 주고 싶지 않았지만 차기작 집필이 계속 미뤄지고 있었다. 불안한 것은 희진도 매한가지였다. 2년 전 출간한 《거인이 사는 숲》이 영화화되는 중이라, 영화가 개봉하면 반짝 특수를 노릴 수는 있지만 그게 정말 끝이었다. 그사이 쓴 얇은 에세이집은 그저 그런 판매 부수를 기록했다. 지금은 지상파 방송사의 문화 전반을 다루는 교양 프로그램 출연이 호재의 유일한 활동이었다. 수줍은 캐릭터로 밀고 나가도 종종 뱉는 말이 재미있어야 더 인기를 끌 텐데, 호재는 원체 소극적이었다. 차기작의 성공이 없다면 말재간 없는 호재에게 다음 기회를 줄 이유가 없었다.

"나야 당신이 전원주택에 사는 게 평생의 꿈이라고 했으니까 그랬지."

"정말 다 내 꿈을 위해서였다고? 당신 욕심은 한 톨도 없고?"

희진이 테라스 테이블에 커피잔을 내려놓았다. 호재가 피식 웃으며 고개를 저었다. 그때 호재의 등 뒤로 옆집 2층이 보였다. 또 한 번 터키색 커튼이 흔들렸다. 살짝 벌어진 틈으로 샤워가운을 입은 여자가 쓱 지나갔다. 허리까지 오는 검정 머리는 물에 젖은 상태였다. 이번에도 여자는 빠르게 사라졌지만 하얀 가운 속에 빨간 비키니를 입고 있던 모습이 희진의 머릿속에 잔상처럼 남았다.

"아까 옆집 여자 본 거야? 수영하고 있는 거?"

"무슨 소리야. 뒷산만 보고 있었다니까."

희진이 눈을 가늘게 뜨고 피식 웃었다. 지율이를 낳고 워킹맘으로 살아가면서 섹스리스로 산 지도 한참이었다. 호재가 옆집 여자를 보고 수음을 했다고 해도 모른 척할 수 있었다. 그 덕에 호재가 자기 소설에 쓸만한 문장 하나라도 뽑아낼 수 있다면 상관없었다.

"젊은 여자 같던데. 부동산 아저씨가 옆집에 누가 산다고 얘기 안 해줬어?"

"별말 없던데. 그게 중요해?"

"우리 지율이 또래 애가 있나 해서. 인사라도 한번 하러 가야겠다."

"그런 거 하지 마. 괜히 얼굴 터서 마주칠 때마다 마음에도 없는 말 주고받는 거 싫어."

희진은 호재의 말을 가볍게 무시하고 서재로 다시 들어왔다. 마트에서 산 와인이라도 한 병 들고 가면 될 것 같았다. 희진을 따라 서재로 들어온 호재가 희진의 허리를 껴안았다. 그러고는 번쩍 들어다가 책장 옆에 둔 리클라이너에 그녀를 눕혔다.

"뭐 하는 거야, 문호재!"

"서재에서 할래? 지율이 없이 같이 있는 게 얼마 만이야."

호재의 손이 희진의 셔츠 안쪽으로 다급하게 올라갔다. 깎지 않은 수염 때문에 초췌한 그의 얼굴이 희진의 목덜미를 쓸었다.

"아앗! 미쳤어? 옆집에서 들어."

"들으라고 해. 더 흥분되잖아."

호재가 낮은음으로 웃었다. 희진이 까슬까슬한 수염이 난 호재의 턱을 한 손으로 밀었다. 호재는 물러서지 않고 희진의 양손을 머리 위로 올렸다. 셔츠 단추를 빠르게 풀어내는 호재의 손에 핏줄이 불뚝 서있었다. 희진은 정말 오랜만에 자기 남편을 성적으로 느꼈다. 탁 트인 바깥 전경과 잘 정리된 책장, 매끈한 가죽으로 만든 새 리클라이너의 감촉. 비싸게 주고 산 풍경 안에서 오랫동안 가장의 자리를 빼앗겼던 남자가 허리춤을 풀고 있었다.

저녁이 되자 지율이가 미술 학원에서 돌아왔다. 그림을 워낙 좋아해서 이사하면 미술 학원부터 보내달라고 고집을 부렸다. 여덟 살 아이다운 투정을 희진은 대체로 다 받아주었다. 하나밖에 없는 자식이기도 했고, 원하는 걸 제

때 얻지 못했을 때 사람의 내면이 어떻게 구겨지고 부서지는지 희진이 제일 잘 알기 때문이기도 했다.

"학원에서 그린 거야, 우리 집!"

"와, 우리 지율이 진짜 화가네?"

2층짜리 주택을 키위와 체리 등으로 케이크처럼 꾸민 그림이었다. 한 살 많은 언니를 제치고 선생님이 제일 잘 그림이라고 칭찬을 해줬다는 말도 했다. 신이 난 지율이가 스케치북을 높이 들어 올리자 희진이 활짝 웃으며 말했다.

"우리 이거 벽에 걸까? 거실에?"

"우와! 좋아!"

희진이 부엌으로 가서 저녁을 차리는 호재에게 그림을 벽에 걸어달라 말했나. 바비큐 립을 먹기 좋은 크기로 자르던 호재가 칼을 내려두고 싱크대에서 손을 씻었다.

"창고에 남는 액자 있어. 금방 찾아올게."

호재가 2층에 올라간 동안 희진이 식탁에 접시와 와인잔 등을 보기 좋게 배치했다. 회사 동료 은지가 사준 향초를 식탁 가운데에 켜두니 제법 파티 분위기가 났다. 전에 살던 구축 아파트에서는 절대 내지 못할 분위기였다.

희진은 스마트폰 카메라로 필터를 바꿔가며 사진을 여러 장 찍었다. 인스타 스토리에 사진 몇 장을 올리자마자 은지를 비롯한 직장 동료들이 하트를 눌러주었다. 부엌으로 돌아온 호재가 액자는 찾았는데 전동 드릴을 담아둔 공구 상자가 보이지 않는다고 했다.

"그 큰 게 어떻게 없어져? 이사 올 때 확실히 챙겼잖아."

"이삿짐센터에서 가져갔나?"

"헷갈릴 게 뭐 있어. 자기들 로고 붙은 상자도 아닌데."

호재가 비닐에 싸인 액자를 테이블 아래에 내려놓았다. 자리에 앉은 지율이가 아쉽다는 듯 입술을 삐죽 내밀었다. 희진이 지율이의 접시에 바비큐 립 한 조각을 덜어주며 말했다.

"엄마가 밥 먹고 옆집에 전동 드릴 있는지 물어보고 빌려 올게."

"뭘 그거 가지고 옆집까지 가. 내가 내일 마트에서 사 올게."

호재가 슬쩍 인상을 썼다. 희진은 이웃끼리 뭐가 어떠냐고 받아쳤다. 이제 한 덩어리의 땅을 사이좋게 나눠 쓰는 사이였다. 이 김에 안면을 트고 가깝게 지낼 사이인지 거리를 두고 지낼 사이인지 파악해 보고 싶기도 했다.

"걱정하지 마, 호재야."

희진이 이케아에서 산 고블렛 잔에 호재가 좋아하는 맥주를 따라주며 말했다.

"우린 이 동네에 딱 어울리는 가족이 될 거야."

옆집으로 가는 길은 두 가지였다. 하나는 뒷마당을 반으로 가르고 있는 낮은 울타리의 문을 열고 옆집 후문을 두드리는 것, 다른 하나는 마당을 가로질러 대문까지 나갔다가 옆집 대문 초인종을 두드리는 것. 후자가 단연 비효율적인 동선이었지만 아직 인사도 나누지 않은 사이에서는 어쩔 수 없는 일이었다.

희진은 티슈로 입가를 닦고 립밤과 연한 컬러의 립스틱을 차례로 발랐다. 거울 앞에서 대충 머리를 정리한 뒤에 핑크색 헨리넥 셔츠와 통이 넓은 리넨 바지로 갈아입었다.

옆집 대문 앞에 서서 초인종을 누르자 목이 졸린 짐승이 지르는 소리처럼 시끄러운 소리가 났다. 부잣집 초인종은 다 이렇게 시끄럽다는데. 희진이 조용히 웃는 사이 마당 안쪽에서 현관문이 열리는 게 보였다. 낮에 테라스에서 본 긴 머리의 여자였다. 연보라색 긴 쉬폰 원피스 자락이 마당에 깔린 디딤돌을 밟을 때마다 가볍게 흩날렸다.

"안녕하세요, 옆집이에요. 며칠 전에 이사 왔는데, 처음 인사 드리네요."

여자가 철제 대문으로 가까이 다가와 문을 열었다. 잡티 하나 없는 하얀 피부에 빼어난 이목구비가 눈에 들어왔다. 정기적으로 피부관리를 받는 티가 났다. 입고 있는 원피스도 루이비통이었고. 희진은 자기도 모르게 허리를 곧추세웠다.

"아, 옆집. 반가워요."

"인사도 드릴 겸 와인 한 병 가져왔어요. 비싼 건 아니고요."

희진은 들고 온 2만 원대의 스파클링 와인이 조금 창피해지기 시작했다. 옆집 주차장에 어떤 차가 세워져 있는지라도 미리 살펴보고 생활 수준을 파악할 걸 후회했다.

"이런 것도 곧잘 마셔요. 사실 스파클링은 차갑기만 하면 다 비슷하게 느껴져서."

여자가 와인 병의 목을 쥐고 조명 빛에 이리저리 흔들었다. 걸친 옷에 비해 말투가 우아한 축은 아니네. 졸부인가. 희진이 여전히 환한 미소를 머금은 채 여자의 옷을 보았다.

"어디 늦게 외출하세요? 너무 아름답게 입고 계셔서요."

"아뇨. 곧 있으면 남편이 퇴근하거든요. 제가 결혼해도 지킬 건 지키는 편이라."

그렇게 말하는 여자의 눈빛이 짧은 순간 희진을 훑은 것은 오해일까. 희진이 다리지 않은 자기 셔츠의 어깨를 손바닥으로 쓸어내렸다. 순간 옆집에 온 목적을 잊어버릴 뻔했다.

"아, 혹시 전동 드릴을 빌릴 수 있나요?"

"전동 드릴요?"

"아이가 자기가 그린 그림을 벽에 걸어달라고 해서요. 근데 마침 이사 온 날에 공구 상자를 잃어버렸네요."

"아이가 몇 살이에요?"

희진은 순간 여자의 눈빛에 흥미가 떠오르는 걸 느꼈다. 한 마디 한 마디에 상대의 감정을 읽어내는 것은 그녀의 직업병이었다.

"여덟 살이요. 저기 영림초로 전학 왔어요."

"그래요? 우리 애들도 영림초 다니는데."

여자는 아들 하나 딸 하나를 키우고 있었다. 아들은 3학년, 딸은 1학년. 딸이 지율이랑 동갑이었다. 희진이 반색하며 말했다.

"어머, 다행이다. 안 그래도 동네에 또래 친구가 있으면 좋겠다 싶었는데 바로 옆집에 있었네요?"

여자가 먼저 영림초 1학년 학부모 단톡방에 초대해 주겠다며 살가운 미소를 지었다. 다행히 공통분모가 생겨 경계를 푼 모양이었다. 희진과 여자는 영림초의 학구열과 학부모 등쌀에 대해 짧게 수다를 떨었다. 옆집 여자는 애들 교육에 관심이 많은 타입은 아니라고 했다. 시아버지도 애들 아빠도 가만 놔둔 덕에 의사가 된 거라고 덧붙이면서.

"아, 남편분이 의사세요?"

"네, 흉부외과 교수요. 그래서 제시간에 들어오는 날이 거의 없네요."

희진은 영림동 주택단지에, 그것도 바로 옆집에 의사가 산다는 게 마음에 들었다. 베스트셀러 작가와 외과 의사가 가장 높은 지대에 살고 있다는 게 어떤 상징적 의미처럼 느껴질 정도였다.

"전동 드릴이 어디 있을 거예요. 좀 찾아야겠지만."

"어머, 그럼 괜찮아요. 그냥 제가 내일 일 끝나고 마트에서……."

"워킹맘이세요?"

"네. 그냥, 잡지 기자예요."

유림은 일하면서 아이를 챙기는 게 얼마나 힘든 일인지 상상도 가지 않는다고 했다. 희진을 치켜세워주는 동시에 동정 어린 눈빛도 함께 보냈다. 묘한 여자였다. 여자는 집에 돌아가서 기다리면 전동 드릴을 찾아 직접 희진의 집에 가져다주겠다고 했다.

"찾아야 하는 거면 두세요. 밤에 부산스럽게."

"와인도 주셨잖아요. 10분만 기다려요."

여자가 코를 찡긋하며 웃더니 돌아섰다. 희진이 이따가
는 후문을 두드리라고 크게 말했다. 이렇게 가까운데 괜
히 돌아가지 말라고.

집으로 돌아온 희진에게 호재가 레몬 조각을 넣은 탄산
수를 건넸다. 지율이는 일찍 졸린 모양인지 먼저 이를 닦
으러 올라갔다고 했다.

"없다지?"

"있대. 가져다주겠대."

"집으로? 꽤 친절하네."

호재가 어깨를 으쓱하며 싱크대 앞으로 향했다. 희진은
식탁에 앉아 탄산수를 마시며 호재가 그릇을 물로 대충
헹구어내는 뒷모습을 보았다.

"좀 말투가 싸가지 없긴 한데, 지율이랑 동갑인 딸이 있
더라고. 그래서 대강 친한 척하면서 지내려고."

게다가 남편은 의사였다. 혹시나 밤중에 가족이 아프
면 뭐라도 도움을 받을 수 있을지도 몰랐다. 호재는 심드
렁한 얼굴로 이래서 의사 아내들이 바깥에서 남편 직업을
숨기는 거라고 했다. 별것도 아닌 일로 사적으로 찾아가
서 진료를 봐달라고 부탁한다고.

"누가 진상 떤데? 우린 바로 옆집이잖아."

"내 얘기도 했어?"

"아직. 그 여자는 책 잘 안 읽을 것 같아."

그때 후문에 노크 소리가 났다. 희진이 문을 열자 전동 드릴을 권총처럼 한 손에 쥔 여자가 히죽 웃었다.

"금방 왔죠?"

"고마워요. 빨리 오셨네요, 진짜."

곧이어 여자가 물소리가 들리는 싱크대로 고개를 돌리더니, 호재를 보고 말했다.

"어? 호재 오빠?"

2

여자가 밝게 웃으며 구두 신은 발로 집 문턱을 성큼 넘었다. 희진이 호재와 여자를 번갈아 보다가 그녀 앞에 실내화를 가져다주었다. 여자는 각질 하나 없이 하얀 맨발을 실내화에 끼워 넣고 부엌으로 들어왔다.

"미안요. 오빠를 10년 만에 만나서 정신이 없었네요."

호재가 손끝으로 눈썹을 긁적이더니 말했다.

"대학을 같이 다녔어. 여긴 안유림."

"아는 사이였구나. 반가워요."

희진도 유림에게 통성명을 했다. 유림은 친근하게 '언니'라고 부르며 아까와 달리 살가운 여동생처럼 굴었다. 식탁에 전동 드릴을 올려놓고는 곧장 호재의 손을 붙잡았다.

"베스트셀러 작가 됐으면 연락 좀 하지. 이렇게 놀라게 하기야?"

호재가 손에 물기가 남았다며 유림의 손을 떼어냈다. 그다지 친한 사이는 아니었나. 희진은 호재가 유림의 눈을 거의 마주치지도 않는다는 걸 눈치채고는 두 사람 사이에 끼어들었다.

"한참 무명이었잖아요. 동창회도 안 나가고 그랬어요, 호재."

"그래도 잘됐네요. 나 오빠 잘되라고 얼마나 빌었는데."

호새가 고맙다며 조용히 고개를 끄덕였다. 유림이 이제는 희진의 손을 잡으며 눈웃음을 쳤다. 학구열 높은 아줌마들이랑 어울리기 힘들어서 심심했는데, 자기도 언니가 생겼다며 호들갑을 떨었다. 방금 전까지 적당히 가까워지고 싶었던 여자가 이제 너무 가깝게 다가오자 희진은 거부감이 일었다. 유난히 차가운 유림의 손도 왠지 모르게 마음에 들지 않았다.

"다행이다. 옆집에 이상한 사람이 이사 올까 봐 걱정했거든요."

유림은 희진의 집이 경매로 나온 집이라는 걸 이미 알고 있을 터였다. 희진은 그게 자존심이 상했다.

"전에 살던 이웃은 무슨 아동용 교육 완구 파는 회사를 운영했었어요. 점점 사업이 기울더니 하루걸러 한 번씩 접시 깨지는 소리가 들리잖아요."

희진은 이곳에 살던 사람이 얼마나 불행했는지 굳이 듣고 싶지 않았다. 호재를 슬쩍 돌아보았지만 호재는 모르는 척 전동 드릴을 집어 들 뿐이었다.

"이 동네, 겉보기에는 번지르르해 보여도 애매한 집이 많거든요. 수입 좀 늘었다고 헐레벌떡 들어왔다가 조용히 이사 가는 데가 많아요."

유림이 싱긋 웃더니 고개를 돌려 거실을 훑어보았다. 초등학생 아이를 키우는 집답게 주황색과 노란색, 초록색 등 밝고 따뜻한 색으로 꾸며진 집이었다. 대부분 이케아나 백화점 중저가 브랜드에서 산 가구였다. 베이지색 패브릭 소파에는 지난 크리스마스 때부터 꺼내둔 루돌프 쿠션이 올라가 있었다.

"집을 되게 귀엽게 꾸며놓으셨네요."

희진은 상대가 별것 없어 보일 때, '귀엽다'라는 표현으로 모든 칭찬을 대신하는 부류를 자주 보았다. 그 정도의 반응이면 알아서들 기분 좋게 받아들일 거라고 믿는, 인

간관계에 있어서 아쉬울 것 없는 사람들이 보이는 특징이
었다.

"뭘요. 아직 가구도 다 안 들어와서 휑해요."

"그러네요. 오빠, 이제 거실도 넓어졌는데 뭐 좀 더 사!"

호재가 건성으로 고개를 끄덕였다. 유림이 떠드는 내내
호재는 단답형으로만 대답했고 희진은 어색하게 웃으며
대꾸만 겨우 해주었다.

"우리 집에 안마의자 버리려던 거 있는데. 얼마 안 썼
어. 오빠가 쓸래?"

"괜찮아. 이쪽에도 책장 몇 개 들어올 거라 자리도 없어."

"그래, 그럼."

유림이 피식 웃으며 거실 통창을 향해 살랑살랑 걸어갔
다. 뜬금없이 창에 손바닥을 갖다 댄 탓에 유리창에 지문
이 남았다. 순간 그녀의 손목에 낀 에르메스 팔찌가 반짝
였다. 희진이 찾아갔을 때는 못 보던 장신구였다.

희진은 이제 자기가 어떤 감정을 느끼고 있는지 확실
히 깨달았다. 모멸감. 유림은 희진의 집 안을 구석구석 돌
며 가족의 보금자리 전체를 깔보는 중이었다. 명품 옷을
입은 의사 사모님의 악취미일까. 보기보다 자존감이 무척
낮은 사람일지도 몰랐다.

"어? 남편 왔네?"

거실 통창 너머로 대문 밖에 아우디 차량이 코너를 부드럽게 도는 게 보였다. 유림이 호재와 희진을 돌아보며 말했다.

"전 이만 가볼게요. 저거 다 쓰면 갖다 줘요."

유림이 부엌으로 총총 뛰어가더니 후문에서 신발을 갈아신고 떠났다. 초저녁의 불청객이 사라지자 다시 차분한 기운으로 돌아왔고, 희진은 이물질처럼 집 안에 침투해 왔던 여자에 대해 호재에게 묻고 싶어졌다.

"뭔데, 저 여자."

"그냥 미친년이지, 뭐."

호재가 전동 드릴 버튼을 눌렀다가 다시 껐다. 작동은 잘 되는 것 같았다.

"뭐 얼마나 미친년인데?"

"몰라. 문창과에 많았어. 미친년들."

호재는 적당히 거리만 두면 문제없을 거라고 했다. 또래보다 자기가 성숙한 줄 알고 사는 깊이감 없는 부류의 인간이라고. 예민하고 충동적인 게 무슨 매력이라도 되는 양, 학교 다닐 때는 학과생들 대부분이 자기를 좋아하는 줄 알고 살던 애였다고 말했다.

"같이 있으면 피곤해. 자기가 진짜 특별한 줄 알아."

"너랑 비슷하네. 나르시시스트에 미친놈."

"하긴, 나도 미친놈이긴 했어."

호재가 허허 실없이 웃고는 벽 앞에 전동 드릴을 들고 섰다. 못을 박은 벽에 지율이가 그린 그림을 걸자 희진은 하루치 숙제를 다 끝낸 기분이 들었다. 케이크 모양의 궁전 같은 집 오른쪽에는 공주 드레스를 입은 희진과 지율이 함박웃음을 짓고 있었고, 왼쪽에는 안경을 쓴 호재가 미간에 주름을 잡은 채 한 손에 책을 쥐고 있었다.

사실 호재와 지율이는 썩 보기 좋은 부녀관계는 아니었다. 서로 살갑게 대화하는 날이 거의 없다시피 했다. 호재가 한창 일이 풀리지 않아 굳은 얼굴로 살던 시절, 지율이는 희진이 퇴근하기만 기다렸다가 유치원에서 있었던 일을 종알종알 풀어놓았다. 유아기 때야 집에서 자기를 돌봐주는 호재를 따랐지만, 유치원에 들어가면서부터는 돈한 푼 벌지 않고 집에서 책만 읽는 호재가 다른 집 아빠들과 다르다는 걸 눈치챈 것이다.

"지율이는 좋겠네. 이런 큰 집에서 어린 시절을 보내고."

"여기서는 둘이 잘 좀 지내봐. 주말에는 텃밭도 같이 가꾸고."

이제 호재에게 가장의 자리를 넘겨주었으니 이 집에서는 호재와 지율이가 조금 더 친근한 사이가 되지 않을까. 그거면 될 것 같았다. 희진은 무리해서 이 집으로 이사 온 이유를 이런 식으로 덧붙였다.

"애는 이만 닦는다더니 뭐 하는 거야?"

희진이 지율이를 데리러 2층 계단을 오르자 호재가 전동 드릴을 옆집에 돌려주고 오겠다고 말했다.

"후문으로 가지?"

"저쪽 바깥양반 들어왔잖아. 좀 그렇지."

"그러네. 그럼 조용히 다녀와."

기왕이면 희진도 의사 남편에게도 인사를 건넬까 싶었지만, 호재에게 유림 얘기를 듣고 나니 거리를 두는 게 맞을 것 같았다. 자꾸 보니 눈빛도 불안하고 음침한 게 딱 자아가 비대한 예술가 지망생 출신의 모습이었다. 대단한 인생을 꿈꿨지만 모든 욕망을 부러뜨리고 스스로 새장에 들어간 사람 같달까. 호재는 이제 방송에 얼굴도 비추는 작가였으니 인간관계를 꽃밭처럼 소중히 가꿔야 할 때였다. 워낙 우유부단한 남자라 희진이 옆에서 맺고 끊는 걸 도와줘야 했다.

사람들은 희진이 호재를 챙기는 일을 귀찮아하는 줄 알고 있다. 호재가 문학상을 받거나 일간지 인터뷰를 할 때마다 회사 사람들한테 골치 아픈 척 머리 싸매는 연기를 했다. 사실은 자기 남편이 얼마나 문학계의 주목을 받고 있는지를 자랑하고 싶을 뿐이었다. 희진 또한 오래전부터 작가라는 직업에 로망을 갖고 있었다. 호재를 처음 만난 것도 출판사에서 진행한 소설 창작 강의에서였고.

잡지 기자 일을 하며 문장을 제법 다룰 줄 알게 되자 자연스레 소설을 쓰는 일에 관심이 생겼다. 하지만 강의 때 만난 소설가의 입을 빌려 말하자면, 희진은 자기감정에만 빠져 타인을 납작하게 그린다고 했다. 한 번쯤 타인을 관찰하고 그 사람의 과거를 상상해 보라는 조언에 소설가의 꿈을 단숨에 접었다. 남의 말을 듣기에는 자존심이 너무 강했던 시기였다.

"아이 씨, 진짜."

희진은 후문 안쪽에 찍힌, 유림이 남긴 발자국을 내려다보았다. 일부러 혼잣말을 뱉어 불쾌한 기분을 드러냈다. 조리대에 둔 행주로 발자국을 지우고 그대로 싱크대에 던져 넣었다. 유림이 오늘 밤 의사 남편과 한 침대에 누워 무슨 말을 할지 자기도 모르게 상상이 되었다. 옆집에 누가 들어왔는지 알아? 베스트셀러 작가도 별거 아니네. 경매로 잡은 집에 싸구려 가구라니. 잘 어울린다.

"남편은?"

호재가 유림의 집 현관문 앞에 섰다. 유림은 상체를 현관문 밖으로 내민 채 호재와 눈을 마주쳤다. 붉은 립스틱을 바른 입술이 장난스럽게 움직였다.

"씻어."

"애들도?"

"애들은 숙제."

호재가 씨익 웃으며 유림에게 전동 드릴을 건넸다.

"잘 썼어. 힘이 좋더라."

"문호재가 딸내미 하나 때문에 밤에 못도 박네."

유림이 말끝에 웃음을 흘리며 입술을 달싹였다. 도톰한 입술 사이로 빨간 혀가 귀엽게 움직였다. 호재는 참지 않고 유림의 입술에 키스했다. 유림이 잡고 있던 현관문이 앞뒤로 조금씩 흔들렸다. 헤어진 연인이 문 하나를 사이에 두고 밀회를 나눌 때까지 10년이 걸렸다. 창밖이 밝아지는 것도 모를 정도로 유림과 몸을 섞던 젊은 시절이 떠올랐다. 입술을 떼자마자 갈증이 일었다. 당장이라도 유림의 맨몸을 핥고 싶었다. 다 녹아버릴 때까지.

"문호재 넌 여전히······."

"병신이지?"

호재가 입맛을 다시며 유림을 뚫어져라 보았다. 유림의 드레스가 허물을 벗듯 흘러내리는 상상을 하며.

3

아침 6시가 되면 유림은 알람도 없이 눈을 뜬다. 실크 가운을 벗어 화장대 의자에 가지런히 올려둔 뒤 안방 샤워실에서 샤워를 마치고 홈드레스로 갈아입는다. 에어랩으로 머리를 단정하게 정리하고 헤어오일로 마무리한 뒤에는 곧장 부엌으로 가 아침 식사를 만든다. 오늘은 연어 머리구이와 크림치즈를 넣은 오이 샌드위치. 목요일은 가능하면 딸 시아가 좋아하는 메뉴로 아침을 하는 편이다.

남편 건우의 기상 시간은 6시 40분이다. 알람 없이 정확한 시간에 눈을 뜨는 것은 건우도 마찬가지다. 일어나자마자 가운을 벗고 알몸인 채로 러그 위에서 팔굽혀펴기를 한다. 턴테이블에 비탈리의 〈샤콘느〉를 크게 틀고 샤워를 끝낸 뒤에는 셔츠와 면바지를 챙겨 입고 식사를 하러 나온다.

결혼한 지 10년이 지났지만 건우는 식탁 테이블에서 흐트러진 모습을 보인 적이 없었다. 그의 완벽함은 '너도 그래야 한다'라는 압박이기도 했다. 차갑고 냉정하지만 그만큼 예민하기도 한 사람이었다. 정돈되지 않은 상황을 혐오했고 그런 상황을 마주할 때마다 무섭게 변했다. 유림은 눈을 뜨는 순간부터 상사인 남편 옆에서 일하는 비서처럼 행동해야 했다.

7시에는 건우가 먼저 식사를 시작했다. 10분 뒤에는 양치와 세수를 말끔히 한 영빈이, 20분 뒤에는 아직 잠이 덜 깬 시아가 내려왔다. 건우는 자식들에게 아무런 잔소리도 하지 않으며 식사를 마친 후에도 식탁 앞에 앉아 유림이 내려준 커피를 마셨다. 아침마다 제일 먼저 입을 여는 건 늘 시아였다.

"아빠, 우리 언제 이사 가?"

"집이 다 지어지면?"

"그게 언젠데?"

"올겨울. 크리스마스에는 다 지어질 거야."

지산호수를 끼고 있는 주택부지에 지금보다 두 배는 큰 저택을 짓는 중이었다. 대대로 의사 가문인 건우의 할아버지가 갖고 있던 땅이었다. 장차 병원장이 될 사람인데 터가 좋은 곳에 자리를 잡아야 한다는 시어머니의 말에, 유산을 미리 받는 격으로 저택 공사를 시작했다.

시아가 '칫' 소리를 내며 샌드위치 한 입을 입에 물었다. 시아에게 5월과 12월은 너무 멀다고 느껴졌다. 이대로라면 10월에 있을 자신의 생일 파티도 새 저택에서 할 수 없었다. 호숫가 저택 조감도를 보고 친구들에게 성을 짓고 있다며 자랑했는데.

"설계를 바꾸느라 좀 늦어졌어. 우리 공주 삐졌어?"

유림이 시아의 머리를 손바닥으로 쓸어내렸다. 시아는 뾰로통한 표정을 풀지 않으며 젓가락으로 연어 머리를 쿡쿡 쑤셨다. 맞은편에 앉은 영빈이 나이프를 손끝으로 톡톡 건드리며 날의 예리함을 확인했다.

"영빈아, 다쳐."

"이거 너무 무뎌요."

유림이 영빈의 나이프를 새것으로 바꾸어주고 나서 건우에게 말했다. 10월에 호텔을 빌려서 시아 생일 파티를 해주는 게 어떠냐고.

"그래, 제일 크게 해줘."

건우가 시아를 향해 윙크하고는 커피잔을 내려놓았다. 시아는 그제야 환하게 미소를 짓고 오이 샌드위치를 마저 먹었다. 건우는 무뚝뚝하고 가끔은 지나치다 싶게 차가운 남자였지만, 그래도 딸에게만큼은 자상한 아빠가 되려고 노력하는 편이었다. 태생이 부족할 것 없이 자란 남자라 누군가의 비위를 맞춰본 적이 없어도 시아는 예외였다. 영빈이를 대하는 것과는 확실히 달랐다.

"영빈이는 요즘 무슨 이슈 없어?"

"네, 없어요."

"그래. 수학 콩쿠르만 잘 준비하고."

부자간의 대화는 늘 간단명료했다. 아침마다 보고서를 올리는 부하 직원과 상사처럼 보일 정도였다. 시아가 티슈로 입을 닦더니 양말이 마음에 들지 않아 갈아 신어야 겠다며 2층으로 올라갔다. 대화가 사라진 테이블에 남은 유림은 자기가 더 수다스럽고 곰살맞은 여자였다면 집안 분위기가 한층 밝아지지 않았을까 생각했다. 시아나 영빈이를 위해서라도 건우에게 다정한 아내로 보이고 싶었지만, 건우는 무심한 대답과 건조한 시선으로 매번 유림을 무안하게 만들어 입을 다물게 되었다.

현관에 선 건우가 문을 나서기 전 유림을 돌아보았다.

"내일 낮에 지산호수 저택으로 소나무 한 그루 갈 거야. 선산에서 옮겨 심는 거니까 네가 어머니랑 가서 봐줘."

"어머니도 오세요?"

"왜. 불편해?"

건우가 냉기 어린 눈빛으로 유림을 지긋이 보았다. 유림이 대번에 미소를 짓고 고개를 저었다.

"그럴 리가 없잖아요. 아버님이랑 어머님이 지어주신 집인데. 같이 봐야죠."

유림은 건우가 자기를 선택한 이유 중 많은 부분이 이거라고 생각했다. 뭐든 거절할 것 같지가 않아서. 제 분수에 맞게 처신할 줄 알아서.

건우의 차가 대문을 나서는 걸 확인한 유림이 거실 벽에 걸린 시계를 올려다보았다. 오늘도 건우는 정확히 8시 정각에 집을 나섰다. 처음에는 건우의 자기 통제력에 소름이 끼쳤지만 이제는 전부 익숙했다.

건우가 출근하고 30분 뒤에는 영빈이와 시아가 모범택시를 타고 학교에 갔다. 그러고 나면 60평짜리 주택에 움직이는 생명체라고는 유림 하나였다.

거실 러그를 접어 한쪽에 두고 청소기를 돌렸다. 건조기에서 꺼낸 빨래를 개어 아이들 방에 정리했다. 10시에는 거실 바닥에 요가 매트를 깔고 명상 음악을 튼 채 간단한 스트레칭을 했고, 40분쯤 뒤에 부엌에서 커피를 내려 2층 건우의 서재로 향했다.

오늘 꺼내든 책은 《거인이 사는 숲》이었다. 제목 오른쪽 아래에 작가 문호재의 이름 석 자가 적혀있었다. 표지에는 크레파스로 아이가 그린 것처럼 거칠게 칠한 암녹색 숲에 형체가 뭉개진 거인의 형상이 그려져 있었다. 초판을 인쇄할 때만 해도 작품의 성공을 예측하지 못했으니 단출하게 표지를 디자인한 모양이었다. 개정판은 조금 더 대중성을 고려해 흰 블라우스를 입은 여자가 숲속에서 하늘하늘 춤을 추는 모습의 실루엣을 담은 고화질 사진이 들어갔다. 유명한 사진작가의 작품이라고 했다.

"병신새끼."

호재가 쓴 소설을 처음 읽던 날이 떠올랐다. 2년 전 시아의 동화책을 사러 들른 광화문의 대형 서점에서였다. 소설 신간 코너에서 문호재의 이름을 발견했고, 책날개를 펼쳐 그가 맞는지 확인했다. 소설 속에서 주인공은 암에 걸린 여자친구를 떠나지 않고 끝까지 그 옆을 지켰다. 여자친구의 병이 깊어지자 밤중에 소원을 들어준다는 '거인이 사는 숲'으로 달려가 거인을 만나기 위해 눈 속에서 벌벌 떠는 장면이 클라이맥스였다. 읽을수록 화가 나고 심장이 쿵쾅거렸다. 서둘러 책을 내려놓았다가 매대에 깔린 그의 책을 전부 불태워버리고 싶다는 상상까지 했다. 너 때문에 내가 뭘 버리고 살았는지, 너는 알아야 해. 소리라도 지르고 싶었다.

그로부터 2년이 지난 지금, 유림은 《거인이 사는 숲》에서 틈틈이 호재와 연애 시절에 실제로 나눈 대사와 장면을 찾아내는 걸 즐겼다. 매일 한 문장씩, 하얀색 색연필로 밑줄을 긋다 보면 그 남자가 지금 옆집에 살고 있다는 사실에 호흡이 흐트러졌다.

그녀의 허벅지에는 마른 나뭇가지가 새겨져 있었다. 이

른 아침 이슬을 머금고 깨어난 참새가 잠시 쉬고 갈만한 마른 가지. 푸드득 날개를 펼친 참새가 날아가고 나면 홀로 몸을 부르르 떨며 외로움을 견딜 가지. 오돌토돌 솟은 허벅지의 흉터를 훑자, 그녀가 종아리를 비비며 신음을 뱉었다. 그녀는 새처럼 날아간 내 손을 붙잡고 '조금 더'라고 외쳤다. 애처롭고, 가엾게. 이파리 하나 없이 홀로 선 나무가 되어.

서재 창가에 둔 안락의자에 앉은 유림의 발이 앞뒤로 살랑거렸다. 가느다란 종아리와 하얀 발목 위로 큰 창에서 들어온 햇빛이 황금빛 끈처럼 내려앉았다. 꼭 어딘가에 묶인 사람 같았다. 유림은 책을 테이블에 내려두고 원피스 자락을 올렸다. 매끄러운 오른쪽 허벅지 위로 진홍빛 흉터가 보였다. 조금 짧은 미니스커트를 입으면 나뭇가지 같은 흉터의 끝이 보이기도 했다. 그 여자는 알까. 옆집 여자의 치마 속에 이런 비밀이 숨겨져 있다는 걸?

유림은 월세 30만 원짜리 자취방에서 창문도 닫지 않은 채 신음을 내던 날들을 선명하게 기억하고 있었다. 대학 도서관에서 책장을 사이에 두고 선 유림이 책장 밖으로 손을 뻗어 호재의 아랫도리를 주무르던 날도, 애인이 있는 호재에게 고백한 다음 날 호재 여친에게 유림이 뺨을 맞던 날도. 그런 유림에게 호재는 미안하다는 말 대신 술이나 먹자며 너스레를 떨었다. 그 나이이기 때문에 즐길 수 있었던 호기로운 시절은 갔지만, 둘의 심장에는 일탈이 주던 기쁨이 문신처럼 새겨져 있었다.

서재에서 나온 유림은 건우가 출장을 다녀오면서 사온 검은색 베르사체 비키니를 입어보았다. 전신 거울 앞에서 등을 돌리면 날개뼈 모양을 따라 수술 자국이 보였다. 폐암 진단을 받고 왼쪽 폐를 전부 절제하면서 난 수술 흉터였다. 집도는 건우의 아버지가 했고, 건우가 어시스트했다. 등에 훤히 보이는 흉터를 보며 엄마는 이제 시집가기도 글렀다며 혀를 끌끌 찼지만, 유림은 보기 좋게 건우와 결혼했다.

유림도 사실 겨우 일곱 살 차이가 나는 젊고 건강한 의사가 어쩌다가 자기에게 손을 내민 건지는 여전히 이해할 수 없었다. 처음에는 건우가 위장 결혼을 시도하는 동성애자일지도 모른다고 생각했지만 그것도 아니었다. 흠이라고는 2년 전 이혼한 전적이 다였지만, 어차피 전처와의 사이에 자식도 없었다.

유림은 의심을 거두고 건우의 청혼을 받아들였다. 수술 후 치료는 끝났지만, 남들만큼 체력을 키워서 일하기가 어려웠고 사회에서 받은 작은 상처에도 억울함과 서러움을 느꼈다. 더 망할 길이 없는 사람에게 주어진 선택지를 고르는 일은 무척 쉬웠다.

날벼락 같은 비극 뒤에 따라오는 일생일대의 행운을 받아들인 건 결국 보상심리 때문이었다. 이 정도의 행운은 받아도 될 만큼 고통스러운 시간이 아니었던가.

"네, 어머님. 식사 잘하셨어요?"

유림은 한 손으로는 스마트폰을 든 채 시어머니의 전화를 받았고 나머지 한 손으로는 샤워실에 걸어둔 샤워가운을 집어 들고 있었다. 대부분 시아버지의 건강을 염려하는 소리였다. 대장에 용종이 세 개나 나왔는데 굳이 또 산탄총을 들고 사냥을 나간다고. 어디서 잡았는지 모를 사슴 고기와 함께 독한 술을 마시고 다닌다고.

"왜 그러실까요. 요즘도 스트레스가 많으신가."

유림은 살가운 며느리 연기를 하며 눈웃음을 지었다. 샤워가운의 앞섶을 묶으려다가 그냥 두었다. 애 둘을 낳은 몸이었지만 아직 봐줄만했다. 소식하고 때때로 수영도 하면서 몸매를 관리한 게 확실히 도움이 되었다.

"건우 씨는 뭐 알아서 잘하죠. 워낙 칼 같은 사람이잖아요."

말 많은 시어머니지만 아들 얘기는 늘 짧게 하고 끝냈

다. 시어머니도 건우는 건드릴 게 없는 사람이라는 걸 잘 알고 있는 터였다. 대화는 이제 선산에서 가져올 소나무 얘기로 흘러갔다. 200년이 넘은, 족보까지 있는 나무라고 했다. 그것이 얼마나 영험한 나무인지 건우 집안에 어떤 복을 나눠줬는지 한참을 떠들었다. 그래 봤자 친일파 집안에서 내려준 복이라는 생각에 유림이 작게 코웃음을 쳤다.

"네, 어머니. 소나무는 말씀하신 대로 주차장 입구에 심을게요."

4

모니터 앞에 앉은 호재는 마른 입술을 달싹였다. 키보드 옆으로 왼손을 뻗자 텅 빈 생수병만 만져졌다. 신경질이 난 호재는 생수병을 구겨 책장을 향해 던졌다. 네 시간째 노트북을 노려보고 있었지만 제대로 된 문장 하나 나오지 않았다. 두 시간 전에 겨우 한 문단 쓴 것을 결국 다 지우고 만 것이다.

"시발. 그건 그냥 운이 좋아서 된 거라니까."

호재도 예상치 못한 베스트셀러였다. 소설을 놓지 못하고 몇 년째 배를 곯고 있는 호재에게 대학 동창이 알음

알음 출판사를 소개해 준 것이었다. 문학 잡지 등에서 청탁이 끊긴 지 오래였지만 그래도 호재는 신춘문예를 통해 정식 등단을 한 작가였다. 친구는 그래도 책 한 권은 내보라며 호재 등을 떠밀었다. 사실 호재도 물성을 가진 종이책을 갖고 싶었다. 대박은 바라지도 않지만 책 한 권이 나오면 문화센터에서 강의라도 할 수 있을 것 같았다. 그렇게 가벼운 마음으로 쓴 소설은 이제 50만 부가 넘게 팔린 베스트셀러가 되었다.

호재, 아직도 글이 잘 안 풀려?

출판사 사장의 문자였다. 《거인이 사는 숲》이 베스트셀러 반열에 오른 뒤로는 서로 반말을 하는 사이가 되었다. 그저 그런 출판사를 운영하던 사장도 호재의 운빨로 반짝 특수를 얻었다. 하지만 두 번째는 운일 수가 없었다. 아버지가 차린 출판사를 생각 없이 이어받아 책을 만드는 일보다 출판사 사장이라는 감투를 얻고 사람들 만나러 다니는 게 낙인 놈이었다. 애초에 그에게는 문학이 뭔지 감지할 능력조차 없었다.

내일 프로그램에서 이 책 한 번만 언급해 줘. 책 소개 링크도 같이 보낼게.

이번에도 거지 같은 책을 홍보해 달라는 소리였다. 호재
는 짧은 한숨을 내쉬고 스마트폰을 책상에 던지듯 내려놓
았다. 답답한 마음에 테라스로 향하는 문을 열었다. 옆집
테라스 난간에서 유리병 두드리는 소리가 났다. 들으라는
듯 소리는 반복되었다. 마른 손으로 얼굴을 문지른 호재가
테라스로 향했다. 샤워가운을 걸친 유림이 와인을 병째 들
이켜고 있었다. 희진이 가져다준 스파클링 와인이었다.

"이거 진짜 구려. 싸구려 맛이야."

"술 그렇게 마셔도 돼?"

테라스와 테라스 사이가 가까웠다. 반쯤 남은 와인 병
을 바닥에 내려놓은 유림이 테라스 의자를 끌고 와 호재
와 마주 앉았다.

"왜, 또 어디 병 걸려 뒤질까 봐?"

"그렇게 화가 난 거면 날 왜 여기로 불렀어."

책이 영화화된다는 뉴스가 나오고 얼마 지나지 않아,
호재는 메일 한 통을 받았다. 희진과 한 침대에 누워 잠을
청하던 밤이었다. 처음 보는 아이디였지만 유림이라는 것
을 단번에 알 수 있었다. 호재의 책이 자전 소설이 아닌 것
은 물론 결말과 현실이 완전히 다르다는 것을 폭로하겠다

고 했다. 이별하기 며칠 전 호재와 나눴던 통화 녹음 파일과 주고받은 문자도 다 캡처해 뒀다고 협박까지 했다.

그리고 그 끝에는 호재에게 영림동 주택단지를 소개하는 기사 링크를 보냈다. 바로 옆집이 경매에 넘어갔으니 운이 좋으면 싼값에 집을 살 수 있지 않겠느냐는 내용이었다. 글이 산만하고 감정적인 건 10년이 지나도 변하지 않았다. 호재는 웃음을 참으며 끅끅댔다. 희진이 뒤척이자 얼른 노트북을 닫은 호재는 다음 날부터 유림의 옆집에 대한 정보를 모았다.

호재는 희진 몰래 영림동 주택단지에 임장을 갔다가 단지 사진을 찍었다. 유림에게 사진을 첨부한 메일을 보냈다. 장난스러운 말과 함께. '경매 성공하면 보고, 아님 평생 안 보고 살자. 이게 우리 운명. 어때?' 30분도 지나지 않아 유림의 답장이 도착했다. '돈 모자라면 5천까진 빌려줄 수 있어. 이게 마지막이면 피차 노력은 해봐야지.'

"얼마나 잘 사나 두 눈으로 보고 싶어서."

"남편이 의사라며. 아들도 있고. 견줄 게 되나, 내가."

"책 좀 팔렸다고 우쭐할 줄 알았더니. 겸손하네, 문호재?"

호재가 쓴웃음을 지었다. 유림이 옆집으로 이사를 오라

는 메일을 보냈을 때, 한동안 호재의 재미 없는 인생에 활기가 솟았다. 대출을 알아보고 희진에게 영림동 주택단지를 소개하는 내내 맛있는 간식을 앞에 둔 강아지처럼 입에 침이 고였다. 운이 좋게 주택을 사게 된 것이 유림과의 인연이 끝나지 않았다는 계시로 느껴지기도 했다

10년 가까이 희진에게 가장의 자리를 내어주면서, 앞에서는 아무렇지 않게 가족을 먹여 살리는 희진을 치켜세웠지만, 쓰디쓴 뒷맛을 들키지 않으려 전전긍긍했다. 벌이도 없는 남자가 여자의 사회적 성취를 질투하는 것만큼 후져 보이는 일은 없었으니까. 집에서도 희진이 명령조로 이불을 세탁하라거나 지율이 치과 진료 예약이나 해두라는 말을 군말 없이 따랐다. 희진이 종종 노트북을 집에 들고 와 남은 업무를 처리할 때면, 거실에 널브러진 책들이 누구 주머니에서 나온 돈으로 산 것인지 자각되면서 부끄러움을 느끼기도 했다.

그래도 희진이 그토록 원하던 주택을 사고 나자 가정에서의 대우가 조금씩 달라지는 것 같았다. 자기에게만 무뚝뚝하게 구는 지율이도 언젠가는 애교도 부릴 줄 아는 아이로 변하리라. 호재는 유림이 선물한 안락에 감사했다. 유림을 팔아 책을 썼고 유림을 팔아 가족으로부터 위상을 찾았다. 그러니 진실로 궁금했다.

"대답해 봐. 날 왜 불렀냐고."

끼이이익. 듣기 싫은 소음과 함께 유림이 테라스에 있던 철제 의자를 더 가까이 끌고 왔다. 유림은 의자에 다리를 꼬고 앉았다. 한낮의 햇빛이 유림의 짙은 머리칼과 하얀 피부를 따뜻하게 감쌌다.

"그걸 내가 어떻게 알아."

적막한 뒷산 앞에 마련된 집이 아니었다면 서로의 목소리가 이렇게 잘 들리진 않았을 거다. 게다가 유림이 샤워가운을 풀어헤치고 헐벗은 자기 몸을 아무렇지 않게 내보일 수도 없었을 거다.

"우리가 언제 이유를 알고 행동했어?"

유림의 봉긋한 가슴이 호재의 시야에 담겼다. 테라스 난간에 허리를 기대고 선 호재가 탄식과 같은 웃음소리를 냈다. 맞다, 이게 유림이었지. 꼬리에 불이 붙은 고양이처럼 앞뒤 안 가리고 달려들었지. 유림은 예술가는 아니었지만 자유라는 공기 외에는 아무것도 들이마시지 못하는 발칙하고 제멋대로인 에너지로 가득한 인간이었다.

유림이 만들어 낸 한 폭의 누드화에는 값싼 애욕과 값비싼 권태가 덕지덕지 묻어있었다. 이 여자도 나만큼이나 사는 게 심심했구나. 사랑이라는 뻔한 대답이 아니어서 좋았다. 호재는 이제야 손끝에 피가 도는 것 같았다. 뭐라도 쓰고 싶은 마음에 자기도 모르게 손을 쥐었다가 폈다. 젊은 시절에 유림은 호재의 아랫도리를 세웠지만, 이제는 손가락을 세워주는 존재가 되었다. 호재는 이 기회를 놓치고 싶지 않았다.

"건너갈까? 아님 네가 올래?"

유림의 야릇한 시선에 호재가 달뜬 숨을 내쉬었다.

"그래도 시작은 했네."

퇴근한 희진이 곧장 서재로 올라와 호재의 작업물을 살폈다. 호재는 셔츠 단추를 두 개 푼 채로 리클라이너에 쓰러지듯 누워있었다. 며칠 간의 지루한 시험을 끝낸 수험생 같았다.

"뭐야? 오늘은 열심히 썼다고 티 내는 거야?"

"체력이 예전 같지 않아."

호재가 씨익 웃으며 책상에 엉덩이를 걸치고 앉은 희진을 보았다. 희진은 무릎 위에 노트북을 올려놓고 호재의 하루 치 원고를 빠르게 읽어갔다. 서정적인 문체를 썼던 지난 작품과 달리 건조하고 딱딱한 문장들이었다. 아예 전작과 다른 루트를 잡아 파격적인 스토리를 담기도 했다. 남의 연인을 탐하는 이야기. 희진이 피식 웃고는 호재를 보았다.

"이렇게 시작해도 돼? 너무 야한데?"

희진은 이게 네가 쓸 수 있는 이야기가 맞는지 묻고 싶었다. 여린 감성이 강점이던 작가가 하루아침에 치정을 쓸 수 있는지 가늠이 되지 않았다.

"책임질 수 있냐고."

"소설은 일단 지르고 보는 거야. 책임은 그 뒤에 알아서 따르는 거고."

호재가 벌떡 일어나 기지개를 켰다. 기름진 머리와 깎지 못한 수염으로 후줄근한 모습이었지만 눈빛만은 빛났다. 카페인을 뇌 속에 쏟아부은 것처럼 각성 상태에 오른 그를 보는 건 오랜만이었다.

희진은 호재를 처음 만난 날을 떠올렸다. 출판사에서 연 소설 강의가 끝나고 술자리에서 옆에 앉게 된 둘은 고전 소설 전집의 1번부터 차례대로 별점을 매겼다. 어떤 건 일치했고 어떤 건 완전히 극과 극의 점수를 줬다. 호재가 별 다섯 개를 준 작품에 희진은 별 한 개를 주겠다고 말했다. 책의 문학적 성취는 인정하지만 작품 속에서 여자를 다루는 방식이 마음에 들지 않는다고.

호재는 부드러운 말투로 희진의 얘기도 맞지만 작품을 시대적 맥락에서 읽어야 한다고 말했다. 희진은 호재의 설득에 넘어간 것은 아니었지만 그래도 그가 말하는 방식이 좋았다. 교양이라고는 찾아볼 수도 없이 자기 의견과 다르면 무조건 반항이니 버릇이 없다느니 소리를 지르던 아빠와는 달랐으니까. 함부로 고성을 지르고 분풀이를 하던 부모에게서 벗어나 대화가 가능한 남자를 만났다는 게 기쁠 따름이었다.

겨우 그 정도가, 희진에게는 사랑에 빠질 충분한 조건이었다.

"걱정하지 마. 나 다신 안 내려가. 내가 어떻게 여기까지 왔는데."

"문호재, 이 집에 오면서 점점……."

희진이 호재의 양 뺨을 붙잡고 가볍게 키스했다.

"남자로 보인단 말이야. 진짜."

호재가 희진의 허리를 감싸며 그녀의 배에 얼굴을 댔다.

"우리도 아들 하나 낳을까?"

"돈 많이 벌어 와. 그럼 생각해 볼게."

희진이 호재의 팔을 풀며 서재를 나섰다. 1층으로 내려가는 희진의 얼굴에 씁쓸한 미소가 번졌다.

희진은 영림동 주택단지 입구에 서서 애플워치로 시간을 확인했다. 곧 있으면 지율이가 미술 학원에서 돌아올 시간이었다. 유림이 영림초 1학년 단체 채팅방과 영림동 주택단지 학부모 방에 초대해 준 덕에, 주택단지에서 같은 미술 학원에 다니는 아이들 너덧이 있다는 걸 알게 됐다. 5분 뒤면 아이들을 태운 학원 버스가 주택단지 앞까지 들어왔다.

초저녁의 주택단지는 노을빛에 천천히 물들고 있었다. 깨지고 갈라진 곳 하나 없는 쾌적한 아스팔트 길을 내려가 아줌마들 셋이 모여있는 자리에서 살짝 거리를 두고 섰다. 먼저 말을 걸까 싶었지만 피로가 일어 눈인사만 대충 했다.

"저기 그 집이네. 대학병원 의사네 옆집."

"아, 경매로 나온 집?"

희진은 전화를 받는 척 그들에게서 두 걸음 물러났다. 학부모 단톡방에서 묘하게 자기가 모르는 얘기만 나누는 것이나 희진이 대답하면 곧바로 다른 주제로 대화가 넘어가는 것들이 기분 탓만은 아니지 않나 싶었다.

"꼭대기가 좀 터가 안 좋은가. 바로 뒤가 숲이라 여름에는 엄청 습하다는데."

"숲이 좀 을씨년스럽지? 나도 거긴 기운이 별로더라. 의사 부인도 언제 한번 경기 일으켜서 응급실 다녀왔잖아."

누구든지 환영하는 커뮤니티의 밝은 분위기 뒤에는 역시나 서로를 배척하고 가십거리를 나누는 이들이 있기 마련이다. 작은 회사에서도 파벌이 생기는데 이곳이라고 다를까. 희진은 다만 경매에 나온 자기 집 얘기보다 유럽의 얘기에 하이에나들처럼 달려드는 아줌마들이 신기했다.

"그 여자 진짜 좀 이상하다니까. 외출하는 길에 그 집 딸을 만나서 별생각 없이 망고를 하나 줬거든? 근데 저녁에 그 여자가 우리 집에 찾아온 거야. 과일 선물 고맙다면서 귀걸이 상자를 가지고."

상자에 담긴 건 루이비통 정품 귀걸이라고 했다. 보증서까지 있는 진품. 망고 하나에 명품 귀걸이를 받았다는 말에 아줌마들이 횡재했다고 웃었지만, 말을 꺼낸 여자는 고개를 저었다.

"아니야, 찝찝해. 안 받는다고 해도 기어코 손에 쥐여주고 가."

"지산대학교 병원이 다 지들 거니까 과시하는 거지, 뭘. 그 집 금방 이사 갈 거라며. 100평도 넘는 대저택 지어서."

"재수 없지 않아? 여기 사는 사람들도 다 중산층 이상 아냐?"

그때 주택단지 입구로 노란 버스가 섰다. 희진이 버스에서 내린 지율이를 보자마자 활짝 웃으며 달려갔다. 꼭대기 집에서 누구보다 행복하게 살고 있다는 걸 과시하고 싶은 마음이었다. 평소보다 밝은 톤의 목소리로 오늘도 선생님한테 그림 칭찬을 받았는지 묻는데, 지율이 옆으로 구찌 로고가 프린트된 티셔츠를 입은 여자아이가 버스에서 내렸다. 옆집 여자의 딸 시아였다.

"엄마, 나 오늘 시아랑 저녁 먹어도 돼?"

지율이가 시아의 손을 꼭 붙잡고 말했다. 버스 안에서부터 서로 약속한 모양이었다. 각자 자기 아이 손을 잡은 엄마들이 인사도 없이 희진과 두 아이를 지나쳐갔다. 희진은 안 그래도 집에서 삼겹살을 굽던 중이었다며 시아에게 같이 가자고 말했다.

"아빠가 글 쓰다가 지쳐서 고기 먹고 싶다잖아."

지율이와 시아가 서로를 보며 씨익 웃었다. 시아가 곧 희진의 손을 붙잡았다. 유림을 닮아 눈코입이 뚜렷하고 조금은 성숙한 분위기도 났는데, 입을 열자 엄마와는 다른 밝은 매력이 보였다.

"아줌마, 오늘은 지율이 우리 집에 가면 안 돼요?"

"시아네로?"

"네. 오늘 저희 아빠가 스테이크 구워주는 날이거든요. 지율이랑 같이 먹게 해주세요. 제발! 네? 네?"

시아가 희진의 손을 양손으로 붙잡고 몸을 비비 꼬았다. 사랑받고 자란 아이들은 어른을 졸라도 애처로워 보이는 게 없었다. 희진은 어릴 적 허물없이 지낸 친구 몇몇을 떠올렸다. 밝은 가정에서 자랄수록 자존심을 쉽게 버린다는 걸 이들 옆에서 배웠다. 이들에게 자존심은 언제나 새롭게 채울 수 있는 무한 연료였다. 희진 같은 아이들이나 얼마 없는 자존심을 손에 꼭 쥐고 살아야 했다. 그것마저 없으면 나락에 빠진다는 걸 배우지 않아도 알 수 있었다.

"그래. 지율아, 폐 끼치지 말고 밥만 먹고 빨리 와."

희진은 지율이가 자기와 같은 환경에서 자라지 않아 다행이라는 생각이 들었다. 그런 생각을 하자마자 희진은 오랜만에 자기연민에 빠졌다. 자신에게도 언제든 버릴 수 있는 자존심이 있었다면 한층 여유를 갖고 삶을 살지 않았을까 하는.

언덕을 오른 지율이와 시아가 까르르 웃으며 옆집 대문을 넘었다. 희진은 집에 들어가기 전 마당에 서서 담배를 물었다. 뿌연 연기 한 줄기가 허공을 오르는 동안 언덕 아래 모인 집들은 각자의 비밀을 숨긴 별들처럼 은밀하게 반짝였다.

5

"엄마, 지율이 왔어!"

시아가 참새처럼 높은음으로 엄마를 부르며 2층으로 올라갔다. 홀로 남은 지율이는 멀뚱히 서있다가 거실로 들어섰다. 거실 평수는 자기 집과 비슷했지만 TV가 훨씬 컸고, 하얗고 푹신한 가죽 소파가 디귿자 형태로 거실 한쪽을 차지하고 있었다. 엄마였다면 때가 타기 쉽다며 하얀 소파를 사지 않았을 텐데. 신기한 마음에 소파에 앉은 지율은 구름처럼 푹신한 느낌에 또 한 번 놀랐다. 집 소파와는 비교가 되지 않을 정로도 편안했다.

지율이는 이어서 모서리를 금박으로 마감한 대리석 테이블과 원목으로 짠 TV장, 그레이톤의 러그를 살폈다. 소파 뒤에는 마블링이 들어간 디자인벽이 보였는데, 시아 집 뒷마당에 있는 수영장처럼 물결이 이는 모양이었다.

시아가 금방 돌아오지 않자 지율이는 조금 불안해지기 시작했다. 소파에서 일어나 부엌으로 향하는 벽에 걸린 그림 액자를 보았다. 눈코입이 없는 나체 여인의 추상화였다. 배경은 코발트블루. 지율이가 가장 좋아하는 물감색이었다. 비밀을 품은 듯 짙은 푸른빛과 입으로 발음했을 때의 이국적인 느낌이 마음에 들어서였다.

"시아 친구구나."

고개를 돌리자 안방 복도를 걸어 나오는 한 남자가 보였다. 아보카도색의 폴로 셔츠와 밤색 팬츠 차림. 시아의 아빠 건우였다. 퇴근 후에도 잠이 들기 전까지 홈웨어가 아닌 깔끔한 활동복을 입는 남자였다. 면도도 자주 빼먹는 데다가 잠옷 바지에 목이 늘어난 티만 입는 아빠와는 사뭇 다른 모습이었다.

"이름이 뭐니?"

"지율이요. 문지율."

지율이 건우의 강인한 턱선과 잡티 없는 피부, 잘 정리된 머리를 올려다보았다. 시아는 학원에서 아빠 자랑을 많이 했다. 대학병원에서 제일 잘 나가는 흉부외과 의사라고, 아빠 덕에 목숨을 구한 환자들이 명절마다 인사를 하러 올 정도라고 했다. 지율이는 환자의 펄떡이는 빨간 심장을 수백 번은 목격했을 건우의 눈을 빤히 보았다. 새카만 눈이 복도 조명 아래 반짝였다. 어른 눈을 오래 쳐다보는 게 좋은 버릇은 아니라고 배웠지만, 이상하게 건우에게서 눈을 뗄 수가 없었다.

"옆집 산다고 했지?"

"네."

건우가 입꼬리를 들어 웃었다. 까만 눈을 지율이에게서 떼지 않은 채였다. 지율이는 시아 아빠가 버릇처럼 귀엽다고 하는 어른이 아니어서 좋았다. 지율이도 많은 어른이 별다른 할 말이 없을 때 귀엽다는 말로 어색함을 얼버

무린다는 걸 알았다. 그 말을 듣고 억지로 감사 인사를 해야 하는 아이도 어색하기는 마찬가지였다.

"네가 지율이구나. 옆집 딸."

그때 시아와 함께 계단을 내려온 유림이 지율이를 보며 활짝 웃었다. 유림의 쉬폰 원피스 자락이 흩날리면서 좋은 향이 났다. 유림이 지율이의 얼굴을 이리저리 뜯어보며 '아빠 닮았네'라고 작게 말했다.

"우리 아빠를 알아요?"

"알지. 유명한 작가잖아."

유림이 지율의 뺨을 가볍게 만졌다. 매끈하고 차가운 촉감에 지율이 눈을 크게 떴다. 가까이서 보니 시아 엄마의 속눈썹이 꽃잎처럼 예쁘게 말려 올라가 있었다. 학원에서 선생님들이 시아 외모를 칭찬할 때마다 내심 부러울 때가 있었는데, 역시 다 엄마와 아빠를 닮은 거였다.

"어쩌지? 시아 아빠가 퇴근을 좀 늦게 해서 스테이크를 미리 못 구웠어. 시간이 좀 걸리니까 시아 방에서 놀고 있을래?"

유림의 말에 시아가 배가 고프다며 발을 동동 굴렀다. 건우가 시아의 머리를 부드럽게 쓰다듬으며 귀여운 투정을 받아주었다.

"아빠가 시아 좋아하는 파인애플도 많이 구워줄게."

"우아! 진짜? 아빠 최고!"

신이 난 시아가 지율이 손을 꼭 붙잡고 계단을 올라갔
다. 통통 소리를 내며 경박스러운 발소리를 내도 누구도
뭐라 하는 사람이 없었다. 지율이도 시아를 따라 무릎을
높게 들고 뛰었다. 집에서는 아빠가 글 쓰는 데 방해된다
며 늘 조심조심 걸었던 터라 작은 해방감이 일었다.

무기력과 냉소로 똘똘 뭉친 호재의 피가 섞인 탓인지,
본래 지율은 또래에 비해 말수도 웃음도 적었다. 시아처럼
자신감이 넘치고 언제나 할 말이 입에 가득한 아이와는 달
랐다. 외할머니가 지율을 보며 아이다운 귀여운 면이 없다
고 말한 적도 있었지만 상처받은 적은 없었다.

그래도 초등학교에 입학하면서는 조금씩 또래에 어울
리는 밝은 모습을 연기했다. 남들과 비슷하게 굴어야 친
구가 생기는 법이니까. 친구가 꼭 필요한가 싶어도 친구
가 없어서 눈에 띄는 아이가 되고 싶지는 않았다.

그러다 보니 전에는 친구가 되기 어려웠을 시아 같은
아이가 눈에 들어왔다. 인기 있는 아이의 친구가 된다는
것이 어떤 우월감을 주는지도 처음 경험했다. 지율이 가
진 허영심은 희진에게서 기인한 것이었으니, 지율은 호재
와 희진을 똑 닮은 딸이 맞았다.

"이거 다 지어지면 우리 가족 다 여기서 살 거야."

시아는 방에 들어오자마자 지율이에게 호숫가에 지어지고 있는 저택 조감도를 보여주었다. 보물 지도처럼 넓게 펼친 조감도에는 영림동 주택보다 훨씬 큰 궁전 같은 사진이 담겨있었다.

대지 320평, 연면적 130평, 지하 1층에서 지상 2층, 방 여덟 개와 샤워실 또는 화장실 다섯 개. 지율은 300평이 넘는 땅을 상상할 수 없었지만 여덟 개의 방과 다섯 개의 화장실이 담긴 집을 떠올리면 절로 입이 벌어졌다. 한 덩어리의 집에 열세 개의 문이 각각 용도를 달리하고 있다는 게 신기할 따름이었다.

"손님용 화장실 빼면, 우리 각자 개인 화장실이 생기는 거야. 짱이지?"

"우와! 좋겠다."

"집 앞에 호수가 있어서 아빠가 오리 배도 사준대."

지율이 다음 장을 넘겨 평면도를 보았다. 시아의 가족이 여덟 개의 네모난 방을 무엇으로 채울지 상상하면 자기가 다 설렜다. 시아가 2층 구석에 있는 방을 가리키며 말했다

"여기는 그림 그리는 방으로 꾸밀 거야. 만약에 내가 계속 미술 학원 다니면."

"미술 학원 계속 다닐 거잖아."

"모르지. 재미없으면 관두고. 발레하게 되면 발레룸으로 꾸며달라고 할래."

시아가 자기와 같이 발레 학원도 다니자고 했다. 지율은 알겠다고 했지만 희진이 학원을 하나 더 보내주지는 못할 것 같았다. 희진이 안 된다고 하면 시아에게는 발레는 재미없을 것 같다고 둘러댈 생각이었다.

"야, 나 똥! 잠깐만!"

시아가 벌떡 일어서서 방을 나갔다. 지율은 평면도 위에 검지와 중지를 다리처럼 꼿꼿이 세워 올리고 이리저리 움직여보았다. 널따란 궁전을 걷는 기분이 어떨지 상상하다 보니 고작 50평짜리 주택에 행복해한 자신이 왠지 멋없게 느껴졌다.

책상 위에는 시아 아빠가 프랑스에서 사왔다는 가죽 필통이 보였다. 핑크색 원목 진열장에는 어린이용 왕관과 구체관절 인형, 고급스러운 디자인의 키즈백도 있었다. 이런 것들을 마음껏 가질 수 있는 집에 태어났다면 엄마와 아빠가 덜 싸웠을까. 그런 생각을 하고 있는데 불쑥 문이 열렸다.

"놀랐니? 미안."

"아니에요. 안 놀랐어요."

"시아랑 같이 1층으로 내려와. 준비 다 됐어."

유림이 씨익 웃고는 계단을 내려갔다. 키즈백 로고가 엄마가 아끼는 샤넬 가방의 로고와 똑같아서 보고 있던 참인데 유림이 괜히 오해하지 않을까 걱정이 되었다. 예쁘긴 하지만 갖고 싶은 건 아니에요. 이런 말을 하면 더 이상하게 들리겠지?

건우가 잘게 썬 스테이크가 담긴 접시를 지율이 앞에 놓았다. 시아는 기다리지 않고 포크를 집어 스테이크를 입에 넣었다. 뒤이어 공부하다가 내려온 영빈이 무표정으로 자리에 앉았다. 유림이 영빈이에게 지율이를 소개했는데도 시큰둥한 반응이었다. 영빈이는 유림을 닮아 눈이 크고 예뻤다. 건우와는 다른 의미로 자꾸만 지율이의 시선을 끌었다.

"지율아, 짠할까? 우리 시아랑 잘 지내렴."

"네, 아줌마."

사과 주스가 든 와인 잔을 들고 시아의 가족과 건배했다. 유림이 자기 접시에 있던 아스파라거스를 잘라 지율이 접시에 올려주었다.

"잘 먹네. 지율이 아빠도 가끔 요리 해주셔?"

"해주긴 하는데 잘 못 해요."

"그래? 집에만 있으면서 요리 실력 좀 키우지."

유림의 목소리 톤이 미묘하게 올라갔다. 건우가 붉은 고기 한 점을 입에 넣고 유림에게 말했다.

"유명한 작가시라며. 글쓰기 바쁘겠지."

유림은 지율이에게 자기가 아빠와 대학 동창이라고 말했다. 동갑은 아니지만 친구랑 비슷해. 그러더니 이번 책이 잘 되어서 무척 기쁘다고. 지율이도 아빠가 자랑스럽지 않냐고 눈을 반짝이며 물었다.

"지율이도 아빠가 유명해져서 좋지? 아줌마도 한때 작가가 꿈이었는데, 보시다시피 애 둘을 키우면서 조용히 접었어."

"말린 적 없는데? 하고 싶으면 하지 그랬어."

"그야 당신이 하우스키퍼 들이는 걸 싫어하니까 그렇죠. 이 넓은 집을 매일 청소하는 게 어디 쉽나요."

건우가 피식 웃으며 와인 잔을 톡톡 두드렸다. 유림이 입술을 꾹 다물고 일어나 와인 냉장고에서 레드 와인을 꺼내왔다. 와인 잔을 빙빙 돌리며, 건우가 지율이에게 물었다.

"아빠가 작가면 어때? 자상하고 따뜻한가?"

"아뇨. 아빠는 만날 자기 얘기만 해요."

지율은 화려하게 장식된 커트러리와 부드러운 촉감의

테이블 매트가 좋았다. 육즙이 꽉 찬 스테이크가 입안에서 사르르 녹는 느낌도. 이 가정의 취향이 좋아서, 지율은 자기가 가진 것은 별것 아니라고 말하고 싶었다.

"자기 얘기만 하니까 작가지. 멋있네."

건우가 입꼬리를 올리고 유림을 보더니 다시 지율이에게 물었다.

"지율이는 그래서 엄마랑 더 친해?"

"네. 근데 엄마가 바빠서 많이 못 놀아요."

유림이 불쑥 대화에 끼어들었다.

"심심하겠네. 지율이 나이에는 엄마가 옆에 있어주는 게 좋긴 하지."

유림은 시아에게 지율이를 잘 챙겨주라고 했다. 워킹맘에 외동이면 외롭기 쉽다고, 마치 지율에게 무슨 문제가 생긴 것처럼 굴었다. 지율은 유림의 호들갑을 가만히 듣다가 무심코 엄마가 자주 하던 말을 뱉었다.

"그래도 엄마는 집에서 노는 여자는 되기 싫대요."

순간 유림의 표정이 굳었고 건우가 짧게 웃음을 터뜨렸다. 영빈이 처음으로 흥미로운 눈빛으로 지율을 보았다. 스테이크를 우물거리던 시아가 고개를 갸웃했다.

"왜? 난 궁전 같은 집에서 매일 친구들이랑 파티하는 게 좋은데."

지율이는 뒤늦게 자기가 말실수했다는 걸 알아챘다. 하지만 이미 뱉은 말을 포장하기에는 아직 어린 나이였다. 입을 꾹 닫자마자 부끄러운 마음이 들었다. 그때 현관에서 초인종이 울렸다.

거실로 들어선 희진은 소파와 스탠드, 스피커 등을 빠르게 눈으로 훑었다. 한 덩어리의 땅을 나눠 쓰는 집이었지만 격이 다르다는 게 체감되었다. 작년까지만 해도 인테리어 기사를 거의 혼자 도맡아서 썼던 터라 명품 가구 브랜드들은 디자인만 보고도 얼추 구분할 수 있었다. 이 정도면 희진이 꾸민 거실을 '귀엽다'고 표현할 만했다.

곧이어 유림이 거실로 허브차를 내왔다. 지율이가 옆집에 너무 오래 신세를 지고 있는 것 같아 찾아온 것인데, 유림이 차를 마시고 가라며 붙잡는 바람에 자리에 앉게 됐다. 식사를 끝낸 지율이는 선물을 주고 싶다는 시아를 따라 2층으로 올라갔다.

"스칸디나비아풍으로 꾸미셨네요. 북유럽 감성을 좋아하시나 봐요."

대충 봐도 거실에만 중형차 한 대 값을 쓴 듯싶었다. 단순한 패턴의 크림색 러그는 아는 사람만 아는 노르딕 브랜드의 제품이었고, 인어의 다리처럼 우아한 곡선을 그리고 선 고동색 스탠드는 스웨덴의 유명한 가구 디자이너의 리미티드 에디션이었다.

희진은 원목 TV장 한쪽에 무심히 올려둔 하이엔드 인테리어 잡지를 보았다. 유림이 소파에 등을 기대고 다리를 꼬며 말했다.

"다 잡지 참고한 거죠. 전문가들이 알아서 척척 추천해 주잖아요, 비서처럼."

희진이 유림을 향해 입꼬리를 올렸다. 남편이 벌어다 준 돈으로 사는 거면서 유세는. 문득 그녀를 비웃고 싶다는 충동이 일었지만 훈수를 두는 쪽으로 방향을 틀었다.

"노르딕노츠면 깔아만 둬도 현대미술이죠. 스탠드는 마르티넬리 루체? 화이트 제품만 봤는데 브론즈도 괜찮네요. 박쥐 날개에서 영감을 받았다던데, 디자인이 참 재미있죠?"

"잘 아시네요."

"기자잖아요. 시중에 나오는 잡지는 거의 다 읽거든요."

"아, 맞다. 언니 잡지 만드신다고 했지? 계속 까먹네."

유림은 정말 잡지에서 제시한 대로 인테리어를 하는 여자였다. 짧은 대화 속에도 희진은 유림이 가구에 대해 전혀 모르고 있다는 걸 알 수 있었다.

"스칸디나비아풍을 내려면 목재를 제대로 쓰는 게 중

요하잖아요. TV장을 특히 잘 고르셨어요. 너도밤나무 맞죠? 거실 톤에 잘 스며드네요. 근데 좀 더 과감하게 톤 다운 된 아이템을 배치하는 것도 좋겠다. 블랙이나 차콜 계열의 화분만 창가에 놔도 포인트가 되잖아요."

신이 나서 떠드는 희진을 보며 유림이 입술 안쪽을 슬쩍 깨물었다. 네 집안에는 들이지도 못할 비싼 가구는 척척 알고 살면서, 왜 네 집에 있는 남편이 뭘 하고 다니는지는 모르니? 유림이 가볍게 미소 짓고는 뜨거운 차를 마셨다.

곧이어 몸에 밴 고기 냄새를 빼기 위해 샤워를 하러 갔던 건우가 거실로 나왔다. 그는 거실 복도에 멈춰 서서 희진을 보고 아는 체를 했다.

"근데 우리 본 적 있죠? 꽤 오래전에."

희진이 찻잔을 내려놓고 고개를 갸웃했다. 조금 전 통성명할 때도 긴가민가했는데 건우의 손목에 찬 시계를 보고 나자 알 것 같았다. 10년 전 사회 초년생인 희진의 인터뷰이였던 남자. 30대 초반의 나이에 바쉐린 콘스탄틴을 찬 남자. 당시 희진은 건우의 사진을 당시 회사 대표에게 보여주고 나서야 그 시계가 얼마짜리인지 알게 되었다.

할아버지부터 3대가 전부 의사인 집안이었다. 지산대학교 병원장이 아버지였고. 젊고 잘생긴 외모 때문에 대표가 알음알음 먼저 연락을 취했다. 몇 주간 여성 잡지에

실을 의학 정보 기사가 필요했다. 희진은 건우 앞에서 실수하지 않으려 허리를 곧추세우고 앉아, 그의 말 한 마디 한 마디에 귀를 기울였었다.

"한남동 칸타빌레 스튜디오. 비 오는 날, 맞죠?"

"맞아요. 어떻게 그걸 기억하세요?"

벌써 10년 전의 일인데도 건우는 장소와 날씨를 정확히 기억했다. 유림이 건우와 희진의 대화를 따라가며 흥미로운 척 눈웃음을 지었다.

"그때 20대 후반이셨나? 외모는 어려 보였는데 인터뷰 질문이 좋아서 인상적이었어요. 지금도 그 일 하시죠?"

"네. 벌써 10년이 넘어가네요."

"그럴 줄 알았어요. 일 오래 하실 것 같았어요."

벌써 40대 중반이 된 그의 얼굴에는 잔주름이 거의 없었다. 게다가 살짝 차갑게 느껴졌던 지적인 외모가 중년에 접어들며 고아한 분위기까지 냈다. 가까이 다가온 건우에게서 크리드 향수 향이 났다. 10년 전에도 무슨 향수를 쓰냐고 물었던 것 같은데, 나중에 백화점에서 가격을 알고는 놀랐던 것이 떠올랐다.

"임팩트가 컸나 봐요. 언니는 그때도 열심히 살았구나."

유림이 소파에 앉은 건우의 어깨에 자연스레 몸을 기댔다. 그때도 건우는 유림과 결혼한 상태였다. 인터뷰를 끝내고 스튜디오를 나오자 갑자기 비가 내렸다. 희진은 건우의 차를 타고 지하철역으로 향했다. 마침 사건 지 3년이 다 되어가던 호재에게 전화가 왔다. 아는 교수의 출간회 갔다가 뒤풀이에 가고 있다고 했다. 혼자 저녁을 먹어야 겠다는 말을 끝으로 통화를 끝냈는데, 대뜸 건우가 희진에게 식사를 제안했다. '저희 아내도 오늘 모임 때문에 늦는다네요.'

그날 건우와 무슨 대화를 나눴더라. 와인 몇 잔에 볼이 붉어져서 취미로 소설을 쓰고 있다고 했었나. 처음 먹어 보는 비싼 요리에 호재 생각을 한 건 기억 났다. 호재와도 이런 곳에 올 일이 생길까? 자기 팔자에 그럴 일은 없을 거라고 생각하니 그냥 웃음만 나왔다.

"10년 전에는 제가 건우 씨랑 같은 동네에 살 거라고는 상상도 못 했네요."

물론 건우는 연말에 저택으로 이사 갈 테지만, 잠시나마 그와 '이웃'이 되었다는 것에 출세했다는 기분이 들었다. 두 인생의 접점이라고는 인터뷰를 위해 만난 그날이 처음이자 마지막일 줄 알았는데.

노골적으로 지루한 티를 내던 유림은 애들을 부르러 2층으로 올라갔다. 건우가 하얗고 긴 손가락으로 허브차가 담긴 유리 팟을 톡톡 두드렸다.

"더 드릴까요?"

"아니에요. 신세를 오래 져서 빨리 가야죠."

자리에서 일어선 희진이 거실을 다시 둘러보고 말했다.

"인테리어가 너무 좋네요. 많이 배워 가요."

"집사람 취미예요. 노는 것도 질렸는지 이런 거라도 안 하면 심심한가 봐요."

건우가 자연스레 아내 흉을 봤다. 희진은 혹시나 자신이 느낄지 모를 박탈감을 덜어주려고 그가 일부러 한 말이라고 생각했다. 냉정하다 싶을 때는 세심했고 무심하다 싶을 때는 친절했다. 그게 그의 매력이었다는 걸 다시 상기하게 되는 순간이었다.

"전 병원 업무가 남아서 먼저 들어갈게요. 다음엔 이웃끼리 정식으로 식사하시죠."

"좋아요. 다시 봬서 반가웠어요."

희진이 먼저 손을 내밀었다. 건우가 얇은 눈꺼풀을 찡긋하고는 그녀의 손을 잡아 악수했다. 매끈한 감촉이 마치 수면 위로 조심스레 손바닥을 올려놓은 느낌이었다. 끈적이다가도 부드럽고 가슴이 울렁이는 기분이 들어 희진 쪽에서 먼저 손을 놓았다.

곧이어 시아와 지율이가 신이 나서 우당탕 계단을 내려

오는 소리가 났다. 희진이 계단에서 뛰면 위험하다고 잔소리했지만 지율이는 듣지도 않고 희진에게 발렌시아가 로고가 적힌 쇼핑백을 내밀었다.

"시아가 이거 줬어. 이제 안 입는데."

희진이 쇼핑백 안을 들여다보았다. 반팔 티셔츠 한 벌과 긴팔 티셔츠 한 벌이 들어있었다. 둘 다 명품 로고가 크게 보였다.

"다 새것 같은데? 이거 진짜 지율이 다 줘도 돼?"

"네! 반팔만 딱 한 번 입었어요. 긴 팔 옷은 진짜 새거예요."

시아가 활짝 웃으며 지율이를 뒤에서 껴안았다. 유림이 지율이를 향해 무릎을 살짝 굽히며 말했다.

"지율아, 아까 시아 방에 있던 가방도 봤지? 갖고 싶어?"

지율이 뭐라고 말해야 하는지 모르겠다는 표정으로 희진을 올려다보았다. 시아가 어깨를 들썩이며 지율이에게 말했다.

"그거 비싼 거야, 샤넬!"

희진이 미간을 찌푸리는 대신 눈웃음을 지으며 대신 대답했다.

"괜찮아요. 이걸로도 충분한데요, 뭘."

유림에게 머리를 까딱 숙여 인사하고는 지율이의 손을

잡았다. 갖고 싶으면 엄마가 사줄게. 작은 목소리였지만 유림이 충분히 들을 수 있을 만큼 또박또박 말했다. 애한 테 함부로 비싼 물건을 사주는 건 교육관에 맞지 않는다 는 소리를 늘어놓으려다가 입을 다물었다. 저 여자는 자 기가 능력이 없어 그런다고 생각할 테니까.

대문을 향해 놓인 디딤돌을 밟으며 희진이 빠르게 걸었 다. 지율이는 어느새 자기 손을 놓고 앞서 걷는 희진의 속 도를 맞추려 뛰다시피 따라갔다. 말하지 않아도 엄마가 화가 났다는 걸 알았다.

"누굴 거지로 아나, 시발년이."

희진이 이를 꼭 깨문 채 작게 중얼댔다.

담장을 넘는 덩굴

1

토요일 저녁 희진의 집으로 직장 동료들이 모였다. 희진의 동기 은지와 내년이면 같은 팀으로 묶여 일할 혜윤 주임과 막내 하영이 작은 선물을 들고 찾아왔다. 캡슐 커피 머신과 디퓨져, 두루마리 휴지. 은지는 현관문을 넘자마자 널따란 거실과 높은 천장을 둘러보며 부러운 표정을 지었다.

"너 진짜 인생 폈다. 부러운 년."

"그만 좀 해. 민망하게."

"복 받은 줄 알아. 나처럼 부러우면 그냥 부럽다고 말하는 친구가 얼마나 귀한데."

은지의 말에 희진보다 일곱 살이 어린 혜윤 주임이 말을 보탰다.

"그건 그래요, 대리님. 요즘 남의 행복에 진심으로 축하해 줄 사람이 얼마나 되겠어요."

어느새 부엌으로 들어온 여자들이 함께 먹을 음식을 접시에 예쁘게 담았다. 혜윤은 이번에 뽑은 새 차를 친구들에게 중고차로 속였다는 말을 꺼냈다. 아직 취업을 준비 중인 친구나 최근에 권고사직을 당한 친구가 있어서 더 조심하는 중이라고. 자기만 세파를 쏙쏙 피해 간다고 비아냥거리는 통에 자랑하고 싶은 건 인스타그램 비공개 계정에다만 한다고 했다.

"애쓴다, 진짜."

"어떡해. 그게 사람인데."

은지가 혀를 끌끌 차자 희진이 담담한 말투로 말했다. 테이블에는 루꼴라 피자와 해산물 파스타, 크림 리소토, 리코타 치즈 샐러드가 올라갔다. 널따란 테이블에 푸짐하게 음식을 올리자 제법 태가 났다.

"접시 이거 예쁘다. 어디서 산 거야?"

"저는 이거 샐러드 볼이요. 이따가 어디서 산 건지 링크 공유해 주시면 안 돼요?"

은지와 하영이가 사진을 찍으며 희진의 안목에 감탄했다. 마블링이 들어간 화이트 테이블은 양주 가구단지에서 전시 상품을 싸게 구입했고, 머스터드색 펜던트 조명은 성수동 편집숍에서 고가 브랜드의 모조품을 찾아 샀다.

"인테리어 잡지는 얘나 나나 같이 봤는데 감각은 임희진만 물이 올랐어."

"비결이 뭐예요, 대리님? 저도 패션 기사 맡았는데 이런 센스가 없어서 힘들어요."

포크에 파스타 면을 돌돌 말던 은지가 희진을 흘끗 보고는 곧장 장난기 어린 표정으로 말을 이었다.

"물욕이지. 임희진이 우리 중에서 물욕이 가장 셀걸?"

"무슨 소리야. 그냥 필요한 거 산 건데."

희진이 피식 웃으며 대꾸하자 은지가 널따란 거실과 통창 밖에 난 잔디 마당을 물끄러미 바라봤다.

"하기야 집이 이렇게 넓어지면 나라도 이것저것 채우고 싶겠다."

3년 전 남편의 불륜으로 이혼한 은지는 38평짜리 상가형 아파트에서 20평대 빌라로 이사했다. 결혼 기간이 짧아 재산을 반으로 뚝 자르는 건 불가능했다. 남편을 그리워하는 마음은 한 톨도 없지만, 지하에 주차하고 대형마트에서 장을 본 뒤 엘리베이터를 타고 올라가 저녁 식사를 만들던 동선의 삶이 그립다고 했다.

"그냥 모른 척할 걸 그랬어. 쌍년이랑 붙어먹든 말든 난 나만 사랑하면서 아파트에서 몸 편히 늙어 죽을걸."

"쌍놈 잘못은 왜 빼. 하여간 개는 멍청해서 바람 난 것도 제대로 못 숨겼어. 그치?"

은지와 희진의 무람없는 대화에 혜윤와 하영이 당황한 표정을 지었다. 서른이 되지 않은 젊은 여자들에게 불륜은 당연히 이혼 도장을 찍어야 하는 일이었다.

"막상 닥쳐봐. 너네들 그렇게 쉽게 이혼 못 한다? 근데 또 죽어도 용서가 안 된다?"

"그럼 어떻게 해야 하는 거예요?"

"몰라. 그걸 몰라서 나도 이렇게 살잖아."

은지는 아직도 남편의 SNS를 염탐하며 지냈다. 자기가 사준 골프 셔츠를 온라인 중고 장터에 파는 걸 알았을 때는 희진과 술을 마시며 엉엉 울기도 했다. 은지에게 말한 적은 없지만, 희진은 그때마다 호재가 소설만 아는 남자라는 게 다행이라는 생각이 들었다.

식사 후 희진은 거실 테이블에 샤인머스캣과 사과를 후식으로 내왔다. 하영이 진열장에 올려둔 트로피를 가리켰다. 작년 말에 호재가 받은 작가상이었다.

"호재 작가님이 예능에서 연애 조언하는 숏츠 봤어요.

바로 '좋아요' 눌렀어요."

"은근 인기가 많으시다니까요? 사랑꾼에 외모도 동안
이시고."

희진이 민망하다는 듯 웃음을 터뜨렸다. 사랑꾼 이미
지야 호재의 과거를 꾸며 만든 환상이었지만 외모 칭찬
은 또 달랐다. 희진의 조언대로 늘 쓰고 다니는 뿔테 안경
덕인지 불혹이 코앞인 나이에도 소년미가 풍겼다. 피곤할
때마다 쌍꺼풀지는 눈은 묘한 모성애도 불러일으켰고.

"희진 대리님은《거인이 사는 숲》읽고 나서 질투 안 나
셨어요?"

"질투? 왜?"

"살면서 그렇게까지 사랑한 사람이 있다는 게, 그게 내
가 아니라는 게 저는 좀 마음이 그럴 것 같아요."

전혀. 20대 초반이라면 성냥불처럼 쉽고 빠르게 아랫도
리가 타오를 만했다. 영원을 꿈꾸는 사랑 같은 건 진짜 소
설 속에서나 벌어지는 일이었다. 잠깐의 불장난에 질투가
날 일은 없었다.

둘의 사랑이 노골적으로 묘사된 장면을 읽을 때도 드라
마를 보는 것처럼 그러려니 하는 마음이었다. 어차피 결
말은 이별이었고, 지금 호재 옆에는 자기가 있으니 질투
따위가 날 리가.

어느 날인가 술에 취한 호재가 병에 걸린 여자를 책임질 자신이 없어 도망쳤다며 엉엉 운 적이 있었다. 암에 걸린 여자는 얼마 지나지 않아 죽었다고. 호재에게는 미안하지만 희진은 그때의 상처가 그를 진짜 작가로 만들어주었다고 믿었다.

"돈 벌어다 줬잖아. 난 호재가 그런 사랑 백 번은 더 했으면 좋겠는데?"

세 여자가 맞는 말이라며 크게 웃었다. 은지가 눈을 가늘게 뜨고 희진을 보았다.

"호재 씨는 진짜 이미지 잘 잡았어. 요즘처럼 사랑이 가벼운 시대에 남자들한테 경종을 울리는 이야기였다고. 그러니까 다들 신선하다고 하지."

"확실히 그래서 젊은 여자들도 좋아하는 것 같아요. 그런 남자는 요새 유니콘이죠. 어디에도 없다니까요?"

혜윤이 대리님은 좋겠다며 양 뺨을 감싸 쥐고 호들갑을 떨었고, 은지가 이혼녀 옆에서 눈치도 없다고 또 한 번 웃음을 만들어 냈다. 희진이 분위기에 편승해 한마디를 보탰다.

"너무 환상 갖지 마. 문호재 책 잘 팔려봤자 나한테 가락지 하나 안 사줬어."

"그야 안 써버릇하고 산 세월이 있으니까 그렇지. 그래도 이 집 샀잖아."

은지가 다시 한번 희진이 단독 주택을 얼마나 노래 부르고 살았는지 상기시켜 주었다. 희진은 겸손한 이미지를 챙길 겸 혜윤과 하영에게 말했다.

"너희한테 돈 아끼지 않는 사람 만나. 결혼하면 어차피 다 짠돌이 돼."

"에이, 좋으시면서 괜히."

"진짜야. 너네도 알기 싫어도 알게 될 때가 온다니까?"

희진이 큰 언니처럼 고개를 빳빳이 세우고 웃었다. 인생이 안배한 불행을 코스요리처럼 찬찬히 즐기고 난 뒤 느낄 수 있게 된 지금의 포만감에 기분이 좋았다. 이 또한 남들보다 앞서 어려움을 겪고 이겨냈다는 일종의 우월감이었다.

은지가 화장실 간 사이에 희진은 3분기부터 꾸려질 팀 얘기를 꺼냈다. 대표가 우리에게 어떤 걸 기대하고 있는지, 해가 지나기 전에 어떤 성과를 달성해야 하는지 설명했다.

"우리 회사 크지는 않아도 업계에서 비전 있는 회사야. 알지?"

"그럼요. 많이 배우겠습니다."

"내 밑에서 딱 2년만 배워봐. 같이 일할 때는 욕 나오더라도 이직할 때 커리어 잘 맞춰줄게."

"무슨 말씀이세요. 저 어디 안 가요."

혜윤이 손사래를 치며 웃었다. 희진은 이미 과장이 된 책임감을 느꼈다. 내가 아니면 안 된다는 생각으로 여기까지 온 거였다.

우리 딸 아니면 우리 가족 다 거리에 나앉았지. 희진아 너 아니면 내가 어떻게 남자 구실 하고 살겠어. 네가 아니면……. 어쩔 뻔했냐. 이 한마디가 그녀의 삶의 유일한 보상이었다.

집으로 돌아가는 동료를 배웅하러 나간 길이었다. 먼저 대문을 나선 은지가 희진을 불렀다.

"이거 프리츠한센 아니니?"

옆집 담벼락 귀퉁이에 의자와 스탠드, 테이블 등이 놓여있었다. 여전히 쓸만해 보이는 하이엔드급의 가구들이었다. 은지가 허리를 굽혀 낮은 장식장이며 협탁을 하나하나 살폈다.

"세상에 누가 프리츠한센이랑 아무라를 이런 데 버려? 스크래치도 하나 없는데?"

은지는 본격적으로 쭈그리고 앉아 가죽 의자를 이리저

리 돌리며 살폈다. 의자는 중고가로 계산해도 300만 원이 넘었다.

"대리님, 옆집에 누가 살아요? 연예인이에요? 아니면 어디 사장님?"

"에이, 그 정도는 아니야. 그냥 의사 집안."

희진의 말에 은지가 가볍게 웃음을 터뜨렸다.

"얘 봐라? 그냥 의사 집안? 이 동네 살더니 말투가 아주 사모님이 다 됐네?"

그때 조용히 있던 하영이가 스탠드를 가리키고 말했다.

"이거 버리는 거 맞아요. 바닥에 수거용 스티커 붙어있어요."

"나이스! 그럼 이거 협탁은 내 거다?"

은지가 모던한 디자인의 블랙 협탁을 가리켰다. 몰고 온 승용차 뒷좌석에 충분히 들어갈 거라고 했다. 가죽 의자는 팔다가 호텔이라도 빌려서 놀면 어떠냐고 제안했다. 혜윤은 희진의 눈치를 살폈고 하영은 좋은 생각이라며 웃었다.

그때 옆집 현관문이 열리는 소리가 났다. 선글라스를 낀 유림이 무릎까지 오는 블랙 실크 원피스를 입고 나왔다. 늘씬한 다리와 붉은색의 스틸레토 힐. 또각또각 돌바닥을 걷는 유림의 가는 발목이 위태롭고 아찔해 보였다.

"언니, 안녕하세요. 집들이하셨어요?"

"네, 회사 동료."

유림이 선글라스를 슬쩍 내리고 가구 앞에 선 은지와 젊은 여자들을 보았다.

"그거, 가져가시게요?"

"어머, 제가 허락도 없이 맘대로 집어 들었네요. 죄송해요."

은지가 어색한 표정으로 발치에 둔 협탁을 보았다. 유림이 고개를 저었다.

"아니에요. 편히 가져가세요. 버리는 거 맞으니까."

유림이 디올 가방에서 수거용 스티커를 꺼내 담장 위에 슬쩍 올렸다. 필요한 건 다 가져가고 버릴 거면 수거용 스티커를 붙여놔달라고 했다. 희진은 그럼 가죽 의자도 가져가도 되냐고 물어보는 은지를 째려보며 말했다.

"이건 차에 안 들어가잖아."

"용달 부르면 되잖아. 용달비 10만 원 불러도 우리가 이득이지."

희진이 못마땅한 표정으로 입술을 달싹였다. 유림이 알아서 결정하라는 듯 어깨를 으쓱거리고는 미리 부른 택시를 타고 사라졌다. 언덕을 내려가는 검정 모범택시를 뚫어져라 보던 희진이 은지에게 말했다.

"그냥 버려. 넌 무슨 호텔 갈 돈도 없어?"

"야, 무슨 말을 그렇게 해? 그냥 꽁돈 만들어서 같이 놀자는 거지."

며칠 전 지율이를 데리러 옆집에 간 저녁이 떠올랐다. 적선하듯 건네는 유림의 선의가 영 거슬렸다. 호재부터 시작해서 자기 가족을 전부 제 발아래로 보는 기분이었다.

"그래도 이건 충분히 가져갈 수 있잖아요. 뒷자리에 넣어둘게요."

눈치 빠른 혜윤이 협탁을 집어 들었다. 하영이 차에 싣는 걸 돕겠다며 주차장으로 따라나섰다. 말없이 입술을 삐죽이는 은지를 보고 나서야 아차 싶었다. 희진이 손바닥으로 입가를 쓸다가 조심스레 말했다.

"미안해. 그런 뜻이 아니었어."

"뭐가 아니야. 네 옆집에 내놓은 물건 주워가니까 쪽팔려? 친구가 거지라서?"

"그게 아니라…… 내가 저 여자를 부러워해서 그래."

희진은 거짓말이라도 해서 은지의 기분을 풀어주고 싶었다. 사실 옆집은 수영장도 있고 의사 집안이라 들고 다니는 게 죄다 명품이다. 같은 단지에 살아도 소비 수준이 이렇게 다른지 몰랐다. 회사에서는 홍 과장 때문에 조용했지만 사실 이곳 분위기에 적응하기 힘들다…….

은지가 날카롭던 눈빛을 풀며 말했다.

"네가 뭐가 아쉬워서 저런 여자를 질투해. 맨 집에서 노는 여자라며."

"너도 남자 잘 만나서 집에서 펑펑 돈이나 쓰는 게 소원이라며. 저 여자는 진짜 그러고 산다니까?"

"에이, 말이 그런 거지. 이제 금방 과장 달 내 친구가 몇 배 더 나아."

은지가 씩 웃고는 희진을 가볍게 안았다. 은지 말이 맞았다. 대기업에 다니는 건 아니었지만 희진은 자기 분야에서 커리어를 착실하게 쌓아왔다. 관련 업계라면 어디서든 신뢰를 갖고 데려갈 인재였다. 경제력이 없는 남편을 10년이나 보필한 의리 있는 여자이며 가난과 불행, 무지로 가득한 가정에서 맨발로 걸어 나와 중산층 주택에 입성한 여자였다.

그런 자신이 왜 유림을 질투하겠는가. 건우의 재력이 아니었다면 벌써 세파에 휩쓸려 미간에 주름이 잡혔을 여자였다.

동료들을 보내고 희진은 곧장 뒷마당으로 향했다. 담배를 입에 물고 울타리 건너 6월의 햇살에 반짝이는 수영장을 보았다. 얼마든지 유림을 업신여길 수 있었다. 건우도 이렇게 말하지 않았나. 할 일이 없어서 장난감을 갖고 노

는 어린애처럼 계절마다 가구를 바꾸는 일이 전부인 여자
라고.

"별것도 아닌 게."

희진은 울타리 옆면에 반쯤 남은 담배를 비벼 끄며 웃
었다.

2

아이들은 학교에, 남편은 병원에 간 오전이었다. 유림
은 피크닉 바구니를 들고 후문을 벌컥 열었다. 오른쪽에는
수영장이, 왼쪽에는 잔디 마당이 싱그러운 여름 햇살 아래
반짝였다. 유림은 뒷마당을 반으로 사이좋게 나눈 울타리
앞으로 향했다. 가운데 난 작은 문을 열면 반으로 나뉜 울
타리를 담벼락까지 열어젖힐 수 있었다. 울타리를 담에 붙
여놓고 잔디 중앙에 돗자리를 깔았다. 피크닉 바구니를 내
려놓고 앉은 유림이 청명한 하늘을 보며 웃었다.

"하, 살 것 같다."

자기도 모르게 이 말부터 나왔다. 말라 죽기 전 물속으
로 돌아간 금붕어처럼, 참았던 숨이 이제야 쉬어지는 것
같았다. 유림은 바구니에서 쉬림프 샌드위치와 와인 한

병을 꺼냈다. 샌드위치는 아이들 아침을 차려주면서 넉넉히 만들었고 와인은 건우가 즐겨 마시는 것 중에서 아무거나 집어온 것이었다.

"덥지 않아? 안에서 먹자니까."

옆집 후문이 열렸다. 잠옷 바지에 가운을 걸친 호재가 비틀대며 나왔다. 새벽까지 소설을 쓰다가 겨우 세 시간 자고 나왔다고 했다. 호재의 퀭한 눈빛을 보고 있으면 자기 글이 세상을 놀라게 할 정도로 대단한 줄 알고 살던 그의 젊은 시절이 생각났다.

"좋잖아. 이렇게 바람도 쐬고."

"넌 종일 집에서 놀잖아. 난 여기가 직장이라니까?"

"나 안 놀아. 저 넓은 집을 매일 쓸고 닦는 게 쉬운 줄 알아?"

호재가 피식 웃으며 와인 병을 땄다. 잔 없이 병 입구를 물고 와인을 벌컥벌컥 마셨다. 돈도 많이 버는 남편이 가사도우미 쓰는 건 왜 반대하느냐고 비아냥거렸다. 유림도 의아한 부분이었다. 백화점에서 기분 따라 명품 귀걸이를 사고 카드를 척척 긁어도 별말 없는 남자였다. 계절마다 멀쩡한 가구를 버리고 새로 들이는 일도 그랬다. 그런데도 몸살기가 온 유림이 일주일만 가사도우미를 부르자고 하는 것에는 눈치를 주는 게 이상했다.

하기야 유림은 자신이 한 번도 건우를 제대로 이해해 본 적 없다고 생각했다. 살아온 배경이나 지적 능력 차이 때문만은 아닌, 근본적으로 그와 '종'이 다르다는 느낌이 있었다.

"넌 집안일 혼자서 다 해?"

"거의 내가 하지. 희진이는 이제 곧 과장 다느라 일이 많아."

"작가 남편이 글 쓰는 거나 돕지. 과장이 뭔데 유세야."

"내 돈은 이 집 사느라 다 썼어. 생활비는 지금도 희진 이가 번 돈으로 커버하고."

유림은 호재에게서 와인 병을 건네받아 한 모금 마셨 다. 건우를 대하는 깔끔한 말투와 유머를 보고 있으면 확 실히 사회생활 좀 해본 태가 났다. 계절마다 건우와 나가 는 부부 동반 모임에서 부잣집 사모님들에게 쩔쩔매는 자 신의 모습이 저도 모르게 비교되면서 짜증이 치솟았다.

"네가 그래서 아내 말을 잘 듣는구나?"

"너도 네 남편 말 잘 듣잖아. 아냐?"

유림이 고개를 틀어 호재를 노려보았다. 소설을 쓰겠다 는 생각은 대학에 들어가자마자 버렸지만 그녀에게도 꿈 이 있었다. 유림은 요리를 좋아했다. 제과제빵을 배워서 화려한 디자인의 케이크를 만들고 자기만의 브랜드도 운영하고 싶었다.

하지만 요양 기간이 끝난 뒤 유림의 체력은 또래 여자들의 절반 수준으로 떨어졌다. 처음 제빵 수업을 하러 갔을 때는 조리대 앞에서 10분도 서있기가 힘들었다. 등을 절개해서 수술을 받은 바람에 등 근육이 힘을 제대로 쓰지 못해서였다. 구부정한 자세로 수업을 겨우 듣고 나면 집으로 오자마자 침대에 누워 긴 잠을 잤다. 남들보다 하루가 짧았고 남들보다 자꾸만 뒤처졌다. 살아만 있게 해달라는 기도는 충분치 않았다. 남들처럼 살고 싶었다. 아니, 자신을 버리고 간 호재가 후회할 만큼 더 잘 살고 싶었다.

"나도 아프지만 않았으면 네 아내만큼은 벌어. 아니, 훨씬 많이 벌었을걸?"

"새삼스럽게 질투는."

유림이 와인을 마시는 호재를 빤히 보다가 와인 병을 뺏어 들었다.

"넌 그 여자랑 왜 결혼한 거야? 촌스럽던데. 진짜 그냥 돈 때문에?"

"단순하잖아."

호재가 샌드위치를 집어 크게 한입 물었다. 하얀 크림치즈가 아랫입술에 지저분하게 묻었다. 갑자기 또 짜증이 난 유림이 티슈를 집어 호재의 입가에 던졌다. 실실 웃는 호재가 입을 닦고는 말했다.

"겉보기에 평범한 가정만 만들어주면 다 되는 여자야. 그러니까 내가 글 쓰느라 돈 한 푼 안 벌어도 알아서 가장 역할 톡톡히 한 거지."

"애 낳고 길러주는 엄마가 필요하다며. 나 버리고 갈 때 그렇게 말했잖아."

"필요했지. 나 아들 갖고 싶어 했잖아."

호재가 쓸쓸한 얼굴을 하고는 티슈를 구겼다. 사실 건우의 재력은 현실감도 없을 정도로 차이가 나는 터라 그다지 부럽지 않았다. 어차피 연말에는 떠날 이웃이기도 했고. 다만 건우의 지능을 빼다 박았다는 아들이 있는 게 부러웠다. 똑똑하고 듬직한 아들만 있다면 다시 20평짜리 아파트로 돌아가도 좋을 것 같았다.

"그럼 하나 더 낳으면 되잖아."

"임희진이 자기 월급으로만 나랑 애를 키울 수 있었겠냐? 회사 몰래 내 이름 빌려서 외주 작업한 게 몇 번인데. 또 임신하면 지금 생활 수준을 어떻게 유지하라고."

"하긴, 그러다 또 딸 나오면 문호재 열 좀 받겠네."

유림이 그랬으면 좋겠다고 호재를 향해 얼굴을 들이밀고 웃었다. 호재가 자조 섞인 미소를 지으며 그대로 돗자리에 누웠다.

"아들 나온다는 확신만 있으면 나도 돈 벌겠다고 뭐든 하겠지. 근데 이제 앞뒤 안 가리고 도박할 나이가 지났다."

"불쌍하네, 문호재. 내가 하나 낳아줄까?"

호재가 유림을 빤히 올려다보았다. 유림은 당장이라도 호재의 뇌를 갈라 그 단면에 쓰여있는 문장을 읽어보고 싶었다. 이 남자의 진심은 뭔지. 한낮의 밀회가 잠깐의 불장난인지 사랑인지.

유림은 질문 대신 호재의 옆자리에 누웠다. 하늘을 올려다보니 시야의 반이 뒷산으로 채워졌다. 바람이 불 때마다 습기를 머금은 나무 향이 풍겼다. 투병 중에 잠깐 다니던 한의원에서 한의사가 한 말이 떠올랐다. 오장육부 중에 폐는 슬픔을 주관하는 장기라고. 뭐가 그리 슬퍼서 한쪽을 떼어내야 했나 생각해 보면 늘 호재가 떠올랐다.

지금은 내 것이잖아. 적어도 아침부터 한낮까지는. 그러니까 더는 슬퍼하지 말자고. 유림이 호흡을 가다듬었다. 불룩 솟은 뒷산이 금방이라도 호재와 자기를 덮칠 것 같았지만 두렵지 않았다. 차라리 그와 같이 천벌이라도 받는다면 괜찮은 결말 같았다.

"난 네가 아이를 낳을 수 있을지 몰랐어."

호재가 눈을 감고 나지막이 말했다. 유림의 암세포가 자궁에 번졌다는 말을 듣자마자 호재는 도망쳤다. 번식

본능은 모든 남자가 갖는 보편적인 본능이라고 생각했다. 유림의 발칙함을 사랑했고 유림의 집착을 즐겼지만 가정을 꾸리기 위해서는 둘만으로 부족했다. 호재는 자기를 닮은 아들을 낳아 자기보다 나은 삶을 주고 싶었다. 기독교 집안에서, 장애를 가진 형을 돌보며 자란 호재에게는 그것이 자기연민에 빠진 자신에 대한 유일한 보상이었다.

"아이 낳는데 문제가 없었으면 나 안 버렸을 거야?"

"……."

"나쁜 새끼."

"너무 미안해서《거인이 사는 숲》에서도 널 살려둘 용기가 없었던 거야."

"네가 필요한 대로 과거를 편집한 게 아니고?"

호재가 억울하다는 듯 몸을 돌려 유림을 보았다. 유림은 호재의 촉촉한 눈을 바라보며 더 화를 내지도 못했다.

두 사람이 서로 알게 된 지 15년이 넘어가고 있었다. 불같은 사랑이 삶을 지탱해 주지 못한다는 건 살면서 자연스럽게 터득했다. 호재는 태생이 한량이었고 유림은 겁이 많았다. 밖에 나가 전투를 치르고도 제 발로 집에 들어올 수 있는 사람들에게 기생하는 삶만이 두 사람의 유일한 생존법이었다.

"다 가짜 같아. 구름 한 점 없는 하늘도, 쏟아질 것처럼 솟은 뒷산도."

"영화 세트장? 뭐 그런 거?"

"여기서 이제 우리가 뭐 할 수 있을까."

호재가 유림의 뒷목을 잡고 부드럽게 끌어당겼다. 입술을 포개고 난 호재가 그르렁대는 강아지처럼 거친 숨을 쉬었다.

"뜨거운 모래 같은 한 줌의 추억과 푹 끓인 사과잼처럼 끈적한 일탈."

유림이 곧바로 일어나 호재의 위로 올라갔다. 그의 가운을 벗기고 목과 어깨에 키스를 퍼부었다. 햇볕이 따가울 정도로 강하게 그녀의 헐벗은 어깨에 내려앉았지만 아랑곳하지 않았다.

"하아…… 하나 낳아주라, 아들."

"미친 새끼."

호재가 싱긋 웃으며 유림의 허리를 붙잡았다. 땀에 젖은 다리 사이가 미끈댔다. 아무것도 모른 채 모니터 앞에서 씨름하고 있을 희진을 생각하면 아랫도리가 뻐근하게 부풀었다. 죄악은 잘 조린 설탕의 맛. 호재는 희진의 사회적 성취를 진심으로 존경했지만 이따금 돈 못 버는 남편이라고 눈치를 주는 순간을 잊지는 못했다. 지금 호재가 유림과 몸을 섞으며 느끼는 희열은 보통의 불륜과는 달랐다. 언젠가 희진이 이 사실을 알고 느낄 상처와 배신감을 상상하면 나쁜 짓이 더 즐거워졌다.

"이거 반칙이지? 그치?"

유림이 호재의 가슴을 양손으로 쓸며 몸을 흔들었다. 두 가정이 교집합처럼 얽힌 뒷마당 한가운데서 교성이 터졌다. 습기를 흠뻑 머금은 참나무 사이로 새가 지저귀는 소리가 들렸다. 상대를 엿 먹였다는 기쁨을 느끼는 건 유림도 마찬가지였다. 똑똑한 척은 혼자 다 하며 자존심을 긁어대는 건우도, 제 아내의 속내는 모르는 채 지금쯤 남의 가슴만 열어보고 있겠지.

"호재야, 나 진짜…… 이제 숨이 쉬어지는 거 같아."

맨눈으로 태양을 노려보는 유림의 눈가에서 눈물이 톡 떨어졌다.

저녁 7시. 희진의 차가 주차장에 들어왔다. 종일 홍 과장의 짜증과 견제에 두피가 빳빳하게 굳은 느낌이었다. 뾰족한 대안도 없이 희진이 잡아온 컨셉과 인터뷰이 목록에 딴죽만 거는 그녀 때문에 회의 분위기는 최악이었다. 곧 있으면 승진하는 희진에게 미리 기선제압이라도 하려는 모양이었다. 팀을 꾸리자마자 홍 과장과 대놓고 경쟁해야 했으니 신경이 날카로워진 건 희진도 마찬가지였다.

뒷마당으로 오자마자 담배부터 입에 물었다. 울타리 너머에 수영장이 화려한 조명을 뽐내고 있었다. 자세히 보니 선베드에 익숙한 티셔츠와 바지가 보였다. 지율이 것이었다. 저녁 동안 시아와 같이 물놀이를 한 모양이었다.

4년 전 대리를 달고 월급 40만 원이 올랐었다. 그걸로 지율이 수학 학원비를 내고 호재 용돈을 충당했다. 그 정도의 여유만으로도 세상을 다 가진 듯 행복했는데, 몇 달 지나고 나니 여전히 적은 돈 같았다. 이제는 과장급 월급이 필요했다. 주택 대출금을 갚고 호재가 차기작을 실패할 경우를 대비해야 했다. 제 앞길 건사도 못하는 남동생을 때때로 도와야 했고, 일흔이 넘어 온몸이 삐걱대는 엄마의 병원비를 모아야 했다.

"안 들어와?"

후문을 열고 나온 호재가 희진을 불렀다. 희진이 손가락 사이에 낀 담배를 올려 보였다. 집 밖에서 받은 스트레스를 집 안까지 끌고 들어올 생각은 없었다.

"뭔데. 회사에서 뭐 문제 생겼어?"

호재가 희진에게 회사 일을 먼저 묻는 일은 거의 없었다. 제대로 된 회사 생활을 해본 적이 없다 보니 서로 입을 닫은 거였다. 희진도 호재에게 동료 사이의 반목과 치졸한 짓들을 꺼내놓으려다가도 관둔 적이 많았다. 딱히 도움이 되지도 않거니와, 남편이 자기가 원하는 걸 채워줄 수 없는 남자라는 걸 구태여 확인할 생각이 없었다.

희진은 버릇처럼 담뱃불을 울타리 안쪽에 비벼 껐다.

"희진아, 그걸 여기다가 끄면 어떡해. 옆집이랑 같이 쓰는 건데."

동그란 나무 하나에 이미 옹이처럼 검정 구멍이 나있는 게 보였다. 희진이 피식 웃으며 화단 위로 자라고 있는 덩굴을 울타리 위에 덮었다.

"사람은 누구나 자기만의 악취미가 있어야 숨 쉬고 사는 법이야."

"으휴, 저질."

호재가 고개를 저으며 울타리에 등을 기댔다. 희진은 호재의 발치에 난 붉은 자국으로 시선을 옮겼다. 잔디 위로 와인이 스민 것이었다.

희진이 뭐냐고 묻기 전에 호재가 먼저 입을 열었다.

"아침에, 옆집에서."

"그 여자 혼자?"

"그럼. 혼자 마시지."

"알코올중독인가?"

희진은 주택단지 입구에서 아줌마들이 떠들던 말을 떠올렸다. 사람을 긁는 화법이나 히스테릭한 분위기가 그냥 나오는 게 아닐지도 몰랐다.

"중독까지는 모르겠고 심심하니까 종종 마시나 봐."

"너랑도 마시자고 해?"

"미쳤어? 난 종일 글쓰기 바쁘잖아."

"마셨냐고 물은 게 아니라 마시자고 했는지 물은 거잖아."

호재가 미간을 찌푸리며 울타리를 따라 걸었다. 대답하기도 귀찮다는 투였다.

"쟨 나 싫어해. 얼굴 보기도 싫을걸?"

"왜?"

"난 책 써서 성공했고 쟤는 아니니까. 돈 많은 남편 잡아서 명품 걸치고 다니는 게 유일한 업적인 여자잖아."

보통의 여자들이라면 조금은 더 의심할 수도 있었다. 아이들이 다 학교에 가고 아내와 남편이 직장에 있는 동안 얼마든지 바람을 피우라면 피울 수도 있었다. 그동안 무감하게 굴었던 건 물론 회사 내 기 싸움 때문이었지만, 유림에게 남편을 빼앗길까 불안함을 보이고 싶지 않았던 마음도 있었다.

그러니까, 감히, 저런 여자가.

호재는 희진의 허영이 어디를 향하고 있는지 제대로 알고 있었다. 기생충 같은 남편을 견뎌낸 것은 호재가 언젠가 유명한 작가가 될지도 모른다는 희망 때문이었다. 작가인 남편을 내조하고 있다는 사실이 그녀의 고생에 어떤 '당위성'을 만들어주기도 했고.

"불쌍하네, 쟤도."

후문으로 걷던 희진이 옆집으로 시선을 옮겼다. 층마다 따뜻한 색감의 조명이 유리창을 밝히고 있었다. 호재의 말대로 유림도 자기에게 스포트라이트가 쏟아지는 어떤 순간을 기다리고 있었을 거였다. 하지만 당연하게도 노력 없이 얻을 수 있는 건 없었다. 희진은 지방으로 운전하며 호일에 싼 김밥을 입에 욱여넣던 날을, 오만한 소리로 자기를 현혹하려 들던 나이 많은 남자 교수의 끈적한 시선을 받던 날을 떠올렸다. 포기하고 싶던 무수한 순간을 이겨냈기에 퇴근 후에 돌아갈 안락한 가정이 생긴 거였다. 노력 없이 얻은 부를 엉덩이 밑에 깔고 사는 유림은 평생 모를 성취감이었다.

"지율이는?"

"일찍 자. 수영하다가 힘을 다 뺏나 봐."

"당신도 시아 초대해서 뭐라도 해줘. 지율이 자존심 상하지 않게."

이사하고 나서도 지율이와 호재의 사이가 희진의 욕심만큼 가까워지지는 않았다. 희진은 그게 다 호재가 은연

중에 품고 있는 아들에 대한 아쉬움 때문이라고 생각했다. 지율이도 호재를 닮아 예민하고 눈치 빠른 아이였다. 지금껏 호재가 아들을 갖고 싶은 마음을 꽁꽁 싸매고 산 것도 아니었고.

"이제 너도 노력 좀 하란 말이야. 우리 가정을 위해서."

"알지. 알지, 희진아."

호재가 희진의 허리를 감싸 안았다.

"내가 우리 가족 말고 또 뭐가 있겠어."

3

아침부터 희진의 회사에 비상이 터졌다. 한 달 내내 공들인 잡지의 인쇄를 겨우 일주일 앞두고 인터뷰 한 꼭지를 차지한 성형외과 의사가 마약 스캔들에 휘말렸다. 웹예능에서 인지도를 쌓은 의사라 대표도 관심을 보인 인터뷰였다. 홍 과장이 인터뷰를 따내겠다고 보톡스 회원권까지 끊어가며 애를 썼는데 이 사달이 나버린 것이었다.

"어쩐지 구석진 자리에 세운 병원이 벌이가 좋다 했어."

잔뜩 역정을 낸 홍 과장이 인쇄소 전화를 받고 급히 사무실을 나갔다. 지난주까지만 해도 홍 과장은 의사와 찍은 사진을 인스타그램에 올리며 갖은 자랑을 했다. 남자 아이돌이 보톡스를 맞았다는 침대에서 자기도 관리를 받고 왔다며 웃던 게 바로 어제였다.

은지가 희진이 앉은 자리로 고개를 빼꼼히 내밀고 씨익 웃었다. 혜윤과 하영이 있는 단톡방에서는 홍 과장이 보톡스 때문에 울상을 지어도 웃는 것 같다며 폭소를 터뜨리는 이모티콘이 오고 갔다.

그때 대표실 문이 열렸다.

"지금 다 같이 비상인데 한가해 보이네?"

대표가 자리에 남은 직원들을 한눈에 훑었다. 화장기 없는 얼굴에 반듯한 단발, 흰 무지 티에 펑퍼짐한 청바지 차림이 나이에 맞지 않지만 힙해 보였다. 희진은 자기가 여태껏 미혼이었다면 대표처럼 살고 싶었다.

"이거 어떡할까. 그냥 빼고 가?"

지금으로서는 그게 가장 베스트였지만, 희진은 지금이야말로 자신의 가치를 증명할 수 있는 순간이라는 걸 알았다. 희진이 손을 들자 대표의 눈빛이 그녀에게 멈췄다.

"어차피 의학 정보가 중요한 건 아니었잖아요. 잘나가는 의사의 서재를 보여주고 싶었던 거지."

"그래서?"

혜윤과 하영이 긴장한 얼굴로 희진과 대표를 번갈아 보

왔다.

"저희 옆집 이웃이 의사예요. 지산대학교 병원 흉부외과 교수요."

"친해? 집에 가봤어?"

"서재까진 안 가봤는데 거실 인테리어가 나쁘지 않아요. 몰테니나 로쉐보보아도 있고요."

"감각이 중요하지. 서재 사진 받아서 공유해 주고 그다음에 결정하자."

"네, 대표님."

방으로 돌아가려던 대표가 다시 뒤를 돌아 희진에게 물었다.

"근데 그 의사, 외모는 어때?"

"나쁘지 않습니다."

희진이 만족스러운 미소를 지으며 답했다.

다음 날 오후 희진은 지산대학교 병원으로 향했다. 흉부외과 교수실 앞에서 희진은 옷매무새를 정리했다. 손에 든 위스키가 그의 성에 찰지 긴장이 되었다.

"왜 이런 애매한 시간에 왔어요. 점심 먹기도 저녁 먹기도 어정쩡하네?"

"이거 구하느라고요. 거실 진열장에 조니워커랑 로얄살

루트는 꽉 차 있는데 맥캘란만 드시는 것 같더라고요."

건우가 테이블 위에 오른 맥캘란을 보고는 물었다.

"나머지는 아껴 먹느라 뚜껑도 안 딴 거라는 생각은 안 했어요?"

희진이 수줍은 듯 살짝 웃었다.

"선생님은 뭘 아껴 먹을 사람이 아닐 것 같아서요."

건우가 재미있다는 듯 웃었다. 까만 눈동자에 장난기 가득한 소년이 숨어있는 것 같았다. 희진은 건우의 사회적 지능을 높게 샀다. 대대로 의사 집안인 데다가 그의 할아버지는 은퇴 전까지 해마다 몸이 아픈 아이들에게 후원을 해왔다고 했다. 건우는 조부와 아버지에 대한 존경을 아낌없이 내비쳤지만 대화 내내 겸손을 지켰다. 자기가 잡고 태어난 금 동아줄에 대한 얼마간의 부끄러움도 대답 속에 녹일 줄 알았다. 그러면서도 손목에 4천만 원대 손목시계는 포기하지 않는 모습에 웃음이 났다.

겸손한 부자가 세간의 사랑의 받기란 얼마나 쉬운지. 건우는 그걸 아주 잘 알았다.

"그때도 그랬어요. 희진 씨는 참 관찰을 잘해요. 짧은 순간에도."

"눈칫밥 먹고 살아서 그래요. 회사에서 살아남으려고 기를 쓰고 살았거든요."

희진이 가볍게 웃고는 건우의 등 뒤, 책장과 책상 위에 널브러진 서류뭉치와 논문 등을 흘끗 보았다. 희진의 시선이 움직이는 걸 보고 건우가 말했다.

"엉망이죠?"

"네? 아, 솔직히 좀 더 깔끔할 거라고 상상하긴 했어요."

희진은 유림이 쓸고 닦는 부엌과 거실만 본 상태였다. 일하는 남자의 서재는 아무리 깔끔한 아내라고 해도 완벽히 정리하지 못할 수도 있겠다는 생각이 들었다. 희진은 완곡하게 인터뷰 전에 서재를 정리하는 게 좋겠다고 말할 생각이었다.

그런데 건우가 먼저 선수를 쳤다.

"집 서재는 깨끗하니까 걱정하지 마세요. 저는 일이 많으면 여기서 해결하는 타입이라."

"다행이네요. 그냥 선생님도 인간적인 구석이 있는 게 신기해서 봤어요."

"인간 같지가 않았어요?"

"너무 완벽하시니까요."

건우가 검지와 중지로 관자놀이를 톡톡 두드렸다. 나이를 먹으면서 깊어진 이지적인 분위기와 여유가 사람을 매혹했다. 안정적인 호흡과 속도로 말하는 그의 목소리를 듣고 있자면 불치병 선고를 받아도 담담한 기분이 들 것 같았다.

희진은 주말에 있을 인터뷰 콘셉트에 대해 빠르게 설명했다. 바쁜 의사 선생의 근무 시간을 빼앗고 싶지 않기도 했고, 그와 오래 대화하다가는 괜히 호재와 비교하면서 자기 처지를 비관할지도 모른다는 이상한 예감이 들었다.

"서재에 두신 가구들 몇 점 얘기하고, 선생님이 추천해 주는 책 세 권 정도 간단히 이야기 나눌 거예요."

"근데 서재가 지금은 좀 휑할 텐데 어쩌죠. 유림이가 무슨 바람인지 의자랑 스탠드를 맘대로 버렸더라고요."

건우가 그것 때문에 골치가 아프다는 듯 엄지와 중지로 앞머리를 살짝 잡았다가 놓았다.

"시아까지 학교에 들어가니까 부쩍 심심했나. 요즘에는 가구 바꾸는 주기가 빨라졌네요. 곧 이사도 갈 거면서."

"넓은 집에 종일 혼자 있으니까 마음이 허한가 봐요."

"희진 씨는 그래본 적 없죠?"

"저야, 지율이 낳고도 워낙 정신없이 일해서요."

여기서 건우가 한마디를 보탠다면 조금쯤 유림을 흉볼 말이 떠오를지도 몰랐다. 하지만 희진은 선을 넘지 않기 위해 자리에서 일어섰다. 남의 가정 얘기를 입에 길게 담으면 꼭 뒤탈이 나니까.

"조만간 뒷마당에서 위스키 나눠 마셔요. 조니워커나

로얄살루트로."

희진이 웃으며 고개를 끄덕였다. 교수실 문까지 따라
나온 건우가 얇은 눈꺼풀을 끔뻑이고 말했다.

"전 사실, 아껴 먹는 거 좋아하거든요."

병원을 나온 희진은 곧장 엄마가 사는 낡은 빌라로 차
를 몰았다. 눈에 터진 핏줄처럼 이리저리 갈라진 시멘트
벽, 녹슨 대문과 전봇대에 함부로 붙여둔 대출 광고 스티
커, 칠이 벗겨진 철제 울타리 안으로 아무렇게나 던져 넣
은 쓰레기봉투들. 30년째 변하지 않은 가난의 흔적은 더
깊고 치밀하게 엄마의 삶에 스며들어 있었다. 희진은 그
사실이 손톱 사이에 날카로운 바늘을 찔러 넣은 것처럼
아팠다.

"그래도 아빠가 일찍 가서 얼마나 좋아. 너도 나 하나만
챙기면 그만이니 부담도 덜었잖아."

"무슨 엄마만 챙겨. 제 앞가림 못 하는 상진이 새끼도
있는데."

"동생 그렇게 부르지 마. 걔도 잘 살려고 노력해. 다 너
처럼 운이 좋은 건 아냐."

희진은 자기 인생에서 어디에 '운'이 있었는지 버럭 소
리라도 치고 싶었다. 그 대신 숨을 삼키고 천장을 올려다

보았다. 엄마는 식혜를 해놨다며 조금 싸주겠다고 했다. 고관절이 약한 엄마는 절뚝이는 걸음으로 부엌 냉장고를 열었다. 그사이 희진은 누렇게 뜬 벽지를 바라봤다. 지난여름에 도배하라고 준 돈은 또 상진이 주머니에 들어갔나?

희진은 허름한 빌라에 담긴 모든 가구와 세간이 불결하게 느껴졌다. 왜 아직도 이러고 사는지 한숨짓고 나면 이내 엄마에게 미안한 마음이 들었다. 흙수저로 태어난 가정의 자식은 결국 이중으로 마음고생을 했다. 경쟁에서 도태된 부모를 한심하게 느끼는 동시에, 자기를 낳아준 부모를 한심하게 여기는 자신을 혐오해야 했다.

"관절에 좋대. 저녁마다 챙겨 먹어."

"애는…… 돈으로 달라니까."

새치가 가득한 머리를 하나로 질끈 묶은 엄마가 희진이 내민 쇼핑백을 열었다. 뜯어보지도 않고 등 뒤에 놓는 폼을 보니, 희진이 가고 나면 상진을 시켜 중고 사이트에 팔 것이 뻔했다.

"이리 줘. 먹는 거 보고 가게."

"얘가 왜 또 유난이니."

희진이 영양제 상자를 꺼내 포장을 뜯었다. 알약이 담긴 뚜껑을 열고 나서야 자기 행동이 유치하게 느껴졌다.

"됐어. 알아서 먹던가."

희진은 엄마가 내미는 식혜도 거절하고 현관으로 향했다. 엄마는 초점 없는 눈으로 희진을 응시하다가 호재 얘기를 꺼냈다. 빨리 화제를 돌리지 않으면 희진의 입에서 상진이 욕이 튀어나올 거란 걸 알아서 그랬다.

"문 서방은 글 잘 쓰고 있어?"

"똑같지 뭐. 내내 애쓰다가 탄력받으면 잘 가겠지."

"요즘 잘나간다고 유세 떠는 거 아니지? 잘 살펴봐. 응?"

사뭇 진지한 표정으로 말하는 엄마를 보고 희진이 피식 웃었다. 호재가 돈 한 푼 못 벌 때는 자기 딸만 고생이라고 온갖 욕을 하다가, 이제는 또 잘나가는 사위가 막 나갈까 봐 걱정이었다.

"아내 뒤에 빌붙을 때는 애처가여도, 밖에 나가면 또 모른다? 사내새끼들 검은 속을 어떻게 알 거야."

외출하고 나면 스마트폰에 이상한 메시지가 없는지 확인하라고 했다. 희진이 건성으로 고개를 끄덕이며 신발에 발을 끼웠다. 엄마가 희진의 팔뚝을 붙잡고 말했다.

"절에 등 달 거야. 내 입으로 들어가는 게 아니라 너희 가족 이름으로 다는 거야."

희진이 군말 없이 지갑에서 3만 원을 꺼내 엄마에게 건넸다. 절이라도 가야 엄마가 걷기 운동이라도 할 테니 돈이 아깝지는 않았다. 게다가 희진은 호재의 성공에 엄마의 기도도 얼마큼의 몫을 했다고 믿었다. 딸 혼자 고생하는 꼴 안 보려고 엄마가 밤낮으로 법화경을 필사하며 불심을 모은 것도 사실이었으니까.

"이번엔 부처님한테 무슨 소원을 빌게."

"소원이 아니라 저주야."

엄마가 주름진 입술을 움직여 말했다. 눈가와 입가 주름이 깊게 패면서 썩 개운하지 않은 웃음소리가 났다. 희진이 이맛살을 들어 올리고 물었다.

"엄마, 진심으로 걱정하는 거야? 문호재가 바람이라도 피울까 봐?"

아빠도 소싯적에 동네 미장원 여자를 꼬시다가 개망신을 당한 적이 있었다. 엄마가 살면서 처음으로 죽겠다며 미장원 가위로 자기 목을 찌르려던 기억이 났다. 지금이야 그때를 떠올리며 씁쓸한 미소라도 지을 수 있었지만 당시 희진은 열 살의 어린아이였다. 아빠가 더는 엄마를 사랑하지 않는다는 게 어떤 의미인지도 명확히 이해할 수 없었다.

"엄마가 생각하는 저주가 뭔데?"

엄마의 눈이 현관문 조명 아래서 누렇게 빛났다.

"밖에서 버리지도 못할 자식새끼 낳는 거. 그 새끼 때문에 평생 고통받으면서 사는 거."

그게 엄마가 생각하는 최대치의 지옥이었다. 매일 무슨 상상을 하며 잠이 드는 건지 알 수 없었지만, 누군가의 비극을 상상하는 건 엄마의 오랜 버릇이었다. 그렇게 이중 삼중으로 잔혹한 불행을 떠올리고 나서야 현실이 그나마 살만한 곳이라는 걸 깨닫는 건가 싶었다.

"어디 내 딸 눈에 피눈물 나게만 해봐. 부처님 귀에 다 들어가. 알아?"

차를 타고 영림동으로 돌아가는 길에 신축 빌라 몇 채가 쑥쑥 지나갔다. 주택을 사면서 진 빚만 없었다면 방 두 칸짜리 빌라 전세라도 얻어줄 수 있지 않았을까. 좁더라도 말끔한 벽지와 장판으로 채워진 집이라면, 그 안에서 나누는 대화가 조금은 희망찬 내용을 품게 되지 않았을까. 살아가는 환경이 한 사람의 인생에 얼마나 중요한지 매일 깨닫고 있는 지금, 이제 영영 엄마를 과거에서 꺼내올 수 없다는 걸 알았다.

어느새 주택단지로 들어가는 희진이 손톱 끝을 세워 핸들을 할퀴듯 긁었다.

4

　건우의 서재는 늘 모노톤을 유지했다. 그레이톤의 마블
링이 들어간 대리석 바닥, 한쪽 벽면을 천장까지 높게 채
운 흑갈색의 원목 책장. 건우는 사회생활을 할 때를 제외
하고는 자신만의 공간에 불필요한 색감이 끼어드는 것을
원치 않았다. 집 안의 인테리어를 전부 유림의 담당으로
넘기면서도 서재의 톤은 건드리지 못하게 했다.

　블랙 철제로 프레임을 짠 유리 진열장 앞에 선 건우가
조용히 그 안을 들여다보았다. 의대에서 논문으로 수상한
상패와 의사협회에서 받은 감사패가 반듯하게 놓여있었
다. 마땅히 서재에 있어야 할 것들만 모아놓은 덕에 오히
려 사람 냄새가 나지 않는 공간 같았다. 하다못해 책상 위
에 손톱깎이나 행사장에서 빋은 볼펜, 병원 로고가 찍힌
머그잔이라도 있다면 달랐을 것이다.

　지금 건우의 서재는 뭐랄까, 사람이 사용하는 공간이면
서 사람의 흔적을 철저히 지운 듯한 기묘한 분위기가 났
다. 마치 지문도 체모도 타액도 없는 생명체가 그림자처
럼 왔다 간 공간 같았다.

　"네가 보기엔 어떠니?"

　창가에 둔 은빛 패브릭 의자에 앉은 영빈이 고개를 돌

렸다. 양손에는 초등학생이 읽기에는 살짝 어렵다 싶은 인류학자의 책이 들려있었다. 영빈이 책을 가슴께로 내리고 주위를 둘러보았다.

책상 뒤로 벽을 완전히 가린 대형 책장에는 한국어와 영어, 일본어로 써진 의학서적들이 가득했다. 그나마 의자 발치에 둔 낮은 책장 속 각종 인문학 베스트셀러와 과학 잡지가, 목 끝까지 와이셔츠 단추를 채운 사람처럼 답답한 서재의 풍경을 조금쯤 유하게 만들어주었다. 영빈이 다양한 독서를 하도록 배려한 건우의 부성애 덕이었다.

"모르겠어요. 남들한테 어떻게 보이는지가 중요한 건가요?"

건우가 가볍게 웃으며 책장 앞에 둔 앤티크 책상을 손바닥으로 쓸었다. 100년이 넘어 반질반질 윤이 나는 어두운 빛깔의 호두나무 책상. 증조할아버지 대부터 물려받은 집안의 유산이었다. 여닫을 때마다 삐걱거리는 서랍에는 손에 쥐기 영 불편한 작은 크기의 놋쇠 손잡이가 달렸고, 자세히 살피면 손잡이에 앵무새가 세밀하게 양각된 것이 보였다.

"그냥 적당히. 남들처럼만 보이면 돼."

건우가 앤티크 책상을 손바닥으로 통통 두드렸다. 죽은 나무는 삶을 견딜 필요가 없어서 비명도 심심했다. 꼭 백

골이 담긴 관을 두드리는 것처럼 고즈넉한 침묵만 남았다.

"엄마한테 물어보면 되잖아요."

건우가 피식 웃으며 고개를 절레절레 흔들었다.

"네 엄마가 인간미는 넘치는데…… 사람이 좀 촌스럽 잖아."

영빈은 건우의 얇은 눈꺼풀과 까만 눈동자를 지긋이 보았다. 언젠가부터 저런 눈을 갖고 싶다고 생각했다. 사람을 쳐다보는 것만으로도 말을 잃게 만드는 눈빛. 얼음을 머금은 입술 사이로 흘러나오는 냉기처럼, 건우의 눈꺼풀 사이에는 그런 차가움이 서려있었다.

영빈이 눈곱을 떼듯 손톱으로 자기 눈 앞머리를 눌렀다. 건우가 흐린 날에는 창가에서 책을 읽지 말고 독서등을 사용하라고 조언했다. 의사가 되려면 앞으로도 읽어야 할 것들이 너무 많다고. 영빈은 엄마의 눈을 닮은, 마치 포식자의 손에 잡힌 연약한 토끼 같은 동그란 눈을 깜빡였다.

"아빠를 닮았으면 시력도 좋을 텐데요."

"네 엄마도 시력은 좋은 편이야."

"나머지는 다 약하잖아요. 암에 걸린 적도 있고."

"겁이 나? 엄마 닮을까 봐?"

"아빠를 닮지 못할까 봐요. 그게 겁나는 거죠."

건우가 영빈을 향해 입을 뗐다. 무언가 말하려던 찰나,

유림이 서재 문을 벌컥 열고 들어왔다. 영빈의 눈빛에 순간 불쾌감이 일었다. 쌍꺼풀이 진 그녀의 큰 눈을 많은 여자들이 부러워했다. 가족 모임이나 병원 행사 때마다 그랬다. 아빠의 권력에 빌붙으려 으레 하는 소리만은 아니었다. 어른들은 종종 영빈의 눈도 유림을 닮아 예쁘다고 쓸데없는 칭찬을 했다. '외탁'이라는 단어를 처음 알던 날 영빈은 작은 앞니를 꾹 깨물고 화를 참았다.

영빈이 책을 제자리에 두고 조용히 서재를 나갔다. 유림은 아이의 기분 따위 감지하지 못하고 건우를 보며 말했다.

"어쩌자고 인터뷰를 하겠다고 했어요. 나랑 상의도 없이."

유림의 얼굴에는 불쾌감과 설렘이 오묘하게 섞여 담겨 있었다. 희진에게 도움이 되는 일을 하게 되었다는 것에 기분이 나쁘면서도, 유림이 직접 꾸민 서재를 지면에 선보일 수 있어 신이 난 마음이었다.

건우는 유림과 결혼한 지 10년이 넘었는데도 그녀가 자기감정을 아무 때나 필터 없이 드러내는 모습이 신기했다. 기질이라는 건 쉬이 바꿀 수 있는 게 아니었다.

"마음에 드는 가구 찾으려면 내일부터 바쁘겠네."

"배송이 빨리 될까 모르겠어요. 일단 단골집에 연락해

봐야죠."

유림이 마치 탱고를 추듯 발을 바삐 움직이며 서재를 구석구석 돌아보았다. 희진이 어떤 각도로 서재 사진을 담을지 미리 예상해 보는 것이었다. 그러다 책상 위에 올려둘 장식품을 하나 사는 게 어떨까 하는 생각이 들었다. 모던한 디자인의 서재는 아무리 좋은 가구를 들여도 심심했지만, 대대로 내려오는 앤티크 책상에는 서사가 있었으니까. 이걸 강조하면 시어머니도 좋아할 거였다.

"그냥 전문가한테 부탁하지."

"전문가? 아는 사람이 있어요?"

유림이 책상에 엉덩이를 걸치고 앉았다. 맨발에 신고 있던 실내화 한쪽이 바닥으로 툭 떨어졌다.

"가구는 희진 씨가 잘 알잖아."

건우는 영빈이 평생을 길치 부러워할 까만 조약돌 같은 눈으로 유림을 보았다. 유림의 미간이 순간 움찔거린 걸 보고는 조용히 윗입술에 힘을 줬다. 의도치 않게 웃음이 터질 것 같아서였다.

"그 여자가 뭘 아는데요."

유림의 목소리 끝이 갈라졌다. 건우가 손바닥으로 입가를 쓸며 짧게 웃었다.

"매거진 측에서도 생각해 둔 이미지가 있을 거 아냐."

"여기 우리 집이에요. 그 여자가 뭘 안다고요!"

유림은 희진의 집 거실이 얼마나 촌스러운지 아느냐며 날을 세웠다. 싸구려 공립 어린이집처럼 유치한 색감만 잔뜩 넣은 패브릭 소파와 소파 쿠션, 얼룩이 진 유리 테이블, 디자인도 통일하지 않고 고른 엉망진창의 책장.

"무슨 촌 동네 심리상담센터 같다고요. 나라에서 지원해 주는 그런 허름한……."

"안유림."

건우가 양손으로 유림의 갈비뼈를 부드럽게 그러쥐었다. 10년 전 전폐절제술을 받았으니 왼쪽은 비어있었다. 엑스레이를 찍으면 블랙홀처럼 검은 땅이 나왔다. 당장 손에 힘을 줘서 왼쪽 갈비뼈를 부러뜨린다면 빈자리가 뼛가루로 채워지려나. 건우가 더 해보라는 눈빛으로 유림을 지긋이 바라보았다.

"아니, 아니에요. 너무 흥분했어요."

건우가 그대로 손을 내려 유림의 양발을 잡았다. 그러고는 차가운 혀를 내밀어 유림의 발목과 종아리를 핥았다. 곧이어 유림의 무릎에 붉은 입술을 대자, 유림이 어깨를 떨며 신음을 뱉었다. 기분이 좋아서가 아니라 한기에 놀란 것이었다. 마치 파충류의 피부에 닿은 기분이었다. 몇 년이 지나도 익숙해지지 않는 건우의 스킨십을 생각하면 그와 한 침대를 쓰고 두 아이를 낳았다는 게 농담 같았다.

"옆집 여자한테 왜 그렇게 신경을 써. 너도 밖에 나가서 뭐라도 하고 싶어?"

"아뇨……."

"언젠 집에서 놀면서 내 카드 쓰는 게 제일 좋다며."

"맞아요……."

건우의 입술이 유림의 무릎 안쪽으로 허벅지로 미끄러져 올라갔다. 두 사람은 이렇다 할 연애 기간도 없었다. 진료가 끝난 유림에게 몸은 어떠냐고, 어디 가보고 싶은 곳은 없냐고 뻔한 플러팅으로 시작한 사이였다. 수술 후 회복되지 않은 몸 때문에 자존감이 바닥으로 치달았을 때지만 유림은 아직 자신의 외모를 매력적으로 봐주는 남자가 있다는 사실에 기뻤다. 그것도 돈 잘 버는 의사가 뭣도 없는 자신에게 데이트 신청이라니.

건우에게 자신에 대한 사랑이 없다는 걸 알면서도 상관없었다. 어차피 유림의 심장은 호재와의 사랑으로 전부 으깨져 버렸으니까. 언젠가 호재를 만났을 때 값비싼 장신구를 갑옷처럼 두르고 이렇게 말하고 싶었다. 네가 나를 버려준 덕에 나는 하루하루를 축제처럼 살았어.

"하아……."

유림은 건우의 상체를 끌어안고 책상에 등을 대고 누웠

다. 건우의 벨트가 풀리는 소리가 나자 눈을 질끈 감았다. 앤티크 책상이 삐걱대며 서랍이 조금씩 열렸다. 유림이 가쁜 숨을 쉬며 어둑어둑한 천장을 올려다보았다. 희진은 호재를 정말 사랑했을까? 그랬으니까 여태껏 모든 세파를 혼자 견뎌냈겠지? 자기 성공 외에는 아무런 관심도 없는 이기적인 남자가 뭐가 좋다고.

"하아, 하아. 아아아……."

유림이 건우와의 건조하고 지루한 생활을 견디는 동안, 은근한 무시와 냉담한 대우에 익숙해지는 동안, 희진은 자기가 무척이나 낭만적인 사랑의 주인공이 되었다고 생각했겠지. 그런 상상을 하면 명치 속에서부터 타오르는 불길이 온몸을 태우는 고통이 일었다. 호재를 안고 호재와 키스하고 함께 달콤한 미래를 꿈꾸고 같은 목표를 향해 애쓰던 그 모든 세월을 빼앗긴 기분이었다.

"그…… 거지 같은 여자한테 관심 갖는 건 아니죠?"

"왜?"

"당신…… 그 여자한테…… 너무 친절하잖아."

"자신 없어?"

유림이 건우의 땀에 젖은 목 뒤를 손바닥으로 쓸어 올리며 웃었다.

"그럴 리가요. 내가 왜?"

낮에는 호재와, 저녁에는 건우와 몸을 섞었다. 희진이 어느 쪽을 주워 먹어도 자기가 먹다 남긴 걸 주워 먹는 것에 불과했다. 그런 생각을 하니 건우를 품에 안고 있는 지금이 꽤 만족스러웠다. 결혼 후 매번 의무적인 섹스를 하던 유림이었지만 가능한 한 오래도록, 양쪽을 다 취하고 싶었다.

건강한 양쪽 폐로 매일 저녁 뒷마당에서 담배를 뻑뻑 피워대는 그 여자는 아무것도 모를 것이다. 뭐든 제 손으로 다 해야 직성이 풀리는 여자들은 곧 불행해졌다. 여자는 남자한테 기대고 남자에게 키를 쥐여줘야 사랑받을 수 있었다. 호재도, 건우도.

'넌 좀 배워야 해. 이 불쌍한 년아.'

유림이 흔들리는 천장을 보며 히죽였다. 이겼다는 생각에 꺼져있던 건우에 대한 성욕이 다시 피어올랐다. 유림은 건우의 단단한 허벅지를 붙잡으며 더, 더, 사랑해 달라고 소리쳤다.

5

토요일 오전, 희진은 달리아 꽃 자수가 박힌 흰 티셔츠와 진청색의 에이치라인 스커트를 입었다. 상의는 펑퍼짐했지만 하의는 힙라인이 돋보이는 디자인이었다. 화장대 앞에 선 희진이 메이크업을 확인했다. 주말에, 바로 옆집으로 일을 하러 가는 건 처음 있는 일이었다. 그래도 흐트러진 모습을 보여주고 싶지는 않았다.

호재는 출판사 사장과 미팅을 하러 나갔고 지율이와 시아는 희진의 집에서 놀기로 했다. 방학 중이라 아이들은 더 부쩍 같이 있는 시간이 많아졌다. 인터뷰하는 동안 시끄럽게 굴지도 모른다는 생각에 희진이 먼저 시아를 집으로 부른 거였다.

"냉장고에 복숭아 잘라둔 거 있으니까 먹고."

"자두는요, 아줌마? 나 자두 좋아하는데!"

시아가 씨익 웃으며 희진의 허리를 감싸 안았다. 희진이 시아의 얇은 눈꺼풀을 보며 뺨을 쓰다듬었다. 다시 보니 눈매는 딱 건우를 닮은 것 같았다. 더 크면 잘생긴 축에 드는 미인이 될지도 몰랐다.

"일 끝나면 백화점 가자. 자두도 사주고 지율이랑 시아 좋아하는 랜덤 피규어도 하나씩 사줄게."

"야호! 사랑해요, 아줌마!"

시아가 소리치자 지율이가 흥이 나서 말했다.

"그럼 백화점 다녀와서 수영도 할래. 응?"

"알았어. 조용히 있겠다고 약속하면."

지율이와 시아가 양손을 맞대어 두드리고 방방 뛰었다. 확실히 지율이는 시아와 있을 때 발랄한 분위기를 풍겼다. 호재의 일이 잘 풀리지 않던 시절, 희진은 종종 그에게 짜증을 냈다. 자식 앞에서 친구와 통화를 하며 배우자 험담을 한 적도 많았고.

희진은 지율이가 또래에 비해 성숙하고 조용조용한 것이 꼭 호재의 기질을 닮고 태어나서만은 아닐 거라는 생각에 미안한 마음이 들었다. 그럴수록 딸을 부족하게 키우고 싶지 않았다. 가진 능력을 전부 끌어모아 누구보다 귀하게 키우고 싶었다.

"와, 대충 봐도 서재에 아우디 하나 값은 썼겠는데요?"

건우의 서재 문을 열자마자 시진작가 경민이 감탄하며 말했다. 군대를 막 제대한 외주 사진작가로, 최근 들어 희진과 인터뷰 사진을 찍으러 자주 함께 다녔다.

"나 따라서 부잣집 몇 번 돌더니 너도 이제 안목 좋아졌다?"

피식 웃은 경민이 제일 먼저 앤티크 책장으로 향했다. 매끈한 표면을 손끝으로 두드리며 원목의 소리를 들었다. 고전적인 가구와 세련된 인테리어의 부조화가 왠지 모를 긴장감을 일으켰다.

"이거 의사 선생님이 실제로 사용하는 서재 맞죠?"

"좀 삭막하지? 서재라면서 조명도 어둡고."

희진이 창가 커튼을 활짝 열어젖혔다. 건너편 아래쪽으로 희진의 안방 창문이 보였다. 딱 화장대가 보이는 자리였다. 조금 전 희진이 공을 들여 메이크업하는 모습을 건우가 봤을까? 쓸데없는 생각이 들어 고개를 저었다.

"커피요. 테이블 위에 둘게요."

건우가 책상을 찍고 있는 경민을 보며 희미하게 웃었다. 연보라색 니트 셔츠에 베이지톤의 면바지. 희진을 향해 다가와 인사하자 시원한 향수의 향이 느껴졌다. 크리드의 오리지날 베티버. 깔끔하면서도 여름의 싱그러운 나뭇잎이 연상되는 향기였다.

"가구 한 번씩만 찍고 바로 인터뷰 들어갈게요. 주말에도 시간 내주셔서 고마워요."

"뭘요, 이웃끼리."

얼음이 가득 든 아메리카노를 마시던 건우가 리클라이너 옆으로 시선을 옮겼다. 낮은 책장 위에 하얀색 상자와 쇼핑백이 보였다.

"저건 뭐예요. 제 선물?"

"네. 비싼 건 아니고 키네틱 아트라고 데스크테리어용

으로 샀어요."

건우가 곧바로 리클라이너에 엉덩이를 걸치고 앉아 상자를 열었다. 천체 모형이 빙빙 도는 장식품이었다. 희진이 쇼핑백에 든 작은 상자에서 블랙톤의 자기부상 펜 홀더를 꺼내 보였다. 받침대 위로 펜이 둥둥 떠있었는데, 손끝으로 펜을 톡 건드리면 한참 빙빙 돌았다.

건우가 만족스러운 얼굴로 희진이 내민 펜 홀더를 집어 들었다.

"재미있네요. 유머러스하고."

"인테리어는 해치지 않으면서 좀 더 친근감을 줄 수 있는 아이템이 뭘까 고민해 봤어요. 서재가 멋지긴 한데 좀……."

"재수 없죠? 재미도 없고."

"솔직히 그러네요. 히핫."

희진은 건우의 자기 객관화가 재미있었다. 가벼운 자기 비하에 뒤따르는 여유는 아무나 흉내 낼 수 있는 게 아니었다. 어디 나가서든 자기 부족함을 들킬까 봐 전전긍긍하는 호재와는 확실히 달랐다.

"혹시 책갈피 있나요?"

희진이 리클라이너 옆에 둔 책장을 보다가 물었다. 비교적 대중적인 내용의 물리학과 인문학 서적을 눈으로 훑다가 최근 출간한 베스트셀러 두 권을 꺼내 앤티크 책상 한쪽에 쌓았다.

그녀를 따라온 건우가 책상 첫 번째 서랍을 열고는 물었다.

"혹시, 이걸로도 될까요?"

은빛 레터나이프였다. 끝이 제법 뾰족하고 손잡이 끝에 월계수가 양각되어 있었다. 고풍스러운 원목 책상에 걸맞은 중세 귀족들이 쓸법한 디자인. 희진은 이 방에 있는 물건 중에 건우와 제일 잘 어울리는 물건이 바로 이 레터나이프라고 생각했다.

"예쁘네요. 이런 것도 유림 씨 취향이에요?"

"아뇨. 이건 할아버지 집에서 훔친 거."

건우가 한쪽 입꼬리를 올리며 장난스럽게 웃었다. 희진은 그것을 책 사이에 껴두었다. 베스트셀러 몇 권쯤은 읽고 있다는 걸 보여줘야 건우가 원하는 '인간미'가 조금쯤 살아날 것 같았다. 부잣집 사장님도 요플레 뚜껑을 핥는 건 똑같다는 데서 재미를 찾는 대중들의 심리 때문이었다.

"이 정도면 적당히 재수 없을 거예요."

"역시 전문가는 다르네요."

그때 경민이 건우를 정중히 불렀다. 책상 앞에 앉은 모습부터 찍겠다고 했다. 희진이 딱히 시선을 둘 데가 없으면 자길 보면 된다며 건우 앞에 섰다. 경민이 입을 꾹 닫은 채 건우의 남자다운 턱선과 지적인 눈빛, 잘 정리된 이목구비를 카메라에 담았다. 말끔하고 단정한 이미지가 프레임 속에 하나둘 담겼다.

"영빈이는요?"

희진이 팔짱을 낀 채 건우에게 물었다. 대화를 나누며 건우의 긴장을 풀어주기 위해서였다.

"방에서 공부요. 곧 있으면 수학 콩쿠르라."

"어머, 그럼 어른들이 조용히 해야겠네요."

"초등학교 3학년짜리가 무슨 고3 수험생 같다니까요."

건우가 순간 카메라를 돌아보며 씨익 웃었다. 경민은 순간 피사체의 형용할 수 없는 압도적인 기운에 눌리는 기분이 들었다. 동네 수준보다 높은 재력과 명성을 갖춘 사람이어서 그럴까. 일 때문에 성공한 CEO를 만나다 보면 0.1초 만에 사람을 판단하는 은근한 눈빛을 받을 때가 꽤 있었다. 물론 훌륭한 인품으로 상대를 편안하게 해주는 이들도 있었으나, 어떨 땐 시계 브랜드 계급처럼 자신의 이마에 등급을 찍어버리는 기분이 들어 불쾌했다.

그런데 순간 카메라 안으로 들어온 건우의 눈빛은 뭐랄까. 사람을 등급이 아니라 '종'으로 나누는 느낌이 들었다. 포유류나 파충류 아니면 조류, 뭐 이런 것으로.

"이제 인터뷰 시작할까요? 녹음기 켤게요."

자리를 옮긴 두 사람이 유리 테이블 앞에 앉았다. 건우가 리클라이너의 등받이를 올려서 희진과 마주 보았다.

"이거 미드에서 종종 나오는 장면 같은데요? 심리 상담받는 장면."

"하하. 그럼 자리를 바꿔야 하는 거 아니에요? 선생님이 의사시잖아요."

"의사도 종종 미쳐요. 사람 목숨 움켜쥐는 일이잖아요."

건우는 그것 때문에 아버지가 사냥에 빠졌다는 말을 꺼냈다. 사람을 살리는 일에 늘 긴장을 하고 살다 보니, 차라리 사슴이나 조류 사냥을 나가서 생명을 빼앗는 취미를 가졌다고. 무언가를 살리고 죽이는 게 한 인간의 손에서 벌어지는 일이라는 걸 알아야 수술대에 설 용기가 나는 모양이라고 했다.

"이건 인터뷰에서 뺄 거죠? 영양가 없는 얘기라."

"알아서 잘 만들어볼게요. 지금처럼 편히 말씀해 주시면 돼요."

희진은 능숙하게 화제를 바꾸었다. 폐 건강 정보와 몸에 좋은 음식 등을 질문하고 대답하는 시간이 짧게 지나갔다. 둘의 모습을 찍는 경민은 확실히 건우가 희진과 대화할 때는 부드러운 분위기를 뿜어낸다는 느낌을 받았다.

이건 희진의 프로페셔널함 덕인지 건우의 의뭉스러운 마음 때문인지 알 수 없었다.

이윽고 서재 인테리어 얘기를 할 차례였다. 건우가 이사 오면서 공을 들인 서재 콘셉트를 설명하면서 아내를 언급했다.

"보통 아내의 선택을 따르는 편입니다. 저는 특히 예술성이 부족해서 제 감각을 믿지 않거든요."

"그래도 서재 꾸밀 때 의견을 내신 부분이 있다면요?"

"음…… 청소하기 편하게? 먼지 쌓이는 걸 싫어하거든요. 호흡기에도 안 좋잖아요."

"푸하하. 방금 너무 의사 같았어요. 아니, 당연히 의사 선생님이긴 하지만 그래도……."

"맞아요. 그래서 아내도 저보고 멋없다고 불평할 때가 많이요."

둘은 사회생활용 웃음을 주고받으며 교양 있는 대화를 이어나갔다. 좋아하는 가구 브랜드나 요즘 읽고 있는 책, 건우가 자주 듣는 클래식 음악 같은 것들. 건우가 얘기하는 정보들은 희진도 대부분 다 알고 있는 내용이었다. 잡학다식은 희진의 생존 무기였으니까. 경민은 희진이 때때로 인터뷰이의 성향을 파악해 알고도 모르는 척 연기를 한다는 것도 알았다. 여러모로 존경스러운 선배였다.

희진이 건우의 얘기를 경청하다가 경민에게 손짓하며 앤티크 책상의 디테일도 전부 찍으라고 지시했다. 특히 손잡이 부분도 신경 써서. 건우가 책상으로 향하는 경민을 흘끗 보고 말했다.

"희진 씨는 진짜 관찰력은 타고났어요."

"죄송해요. 그래도 저거 안 찍고 가면 아깝잖아요."

"아니에요. 프로페셔널해 보이고 좋아요."

건우는 10년 전 희진과 처음 인터뷰를 하던 날을 떠올렸다. 물욕은 많지만 자기 처지는 직시하는 여자, 자본주의를 혐오하면서 자본주의에 철저히 굴복한 여자. 축축하고 습한 자기 자리를 찾아 앉으면서도 햇빛이 드는 쪽을 향해 끊임없이 고개를 돌리는 여자. 저녁 식사가 끝나고 테라스로 함께 나가 "제가 갖고 싶은 건 늘 비싼 거더라고요."라며 담배를 물던 그녀를 건우는 다시금 떠올렸다.

"책상 얘기도 좀 더 들어보고 싶어요. 거의 집안의 가보라면서요?"

"네. 증조할아버지 때부터 내려온 거니까 이제는 거의 100년이 넘었죠."

건우는 의사 집안의 역사를 담담하게 읊었다. 마치 어느 관광지의 박물관 벽면에 적혀있을 지루한 연혁을 읽는 것 같았다. 뇌의학을 전공한 할아버지가 대전에 동료 의사들과 종합병원을 만들고, 경기도 지산시에 대학병원 병원장이 되기까지의 일들이 담담하게 지나갔다.

"할아버지를 생각하면 떠오르는 게 있으세요?"

"글쎄요?"

건우가 희진을 지긋이 보며 나른한 표정을 지었다. 조금 피곤한 건가. 인터뷰가 길었나. 희진이 테이블에 올린 스마트폰의 시계를 흘끗 보았다. 구름에 햇빛이 가려져 창가에 어둠이 쌓였다. 순간 건우의 얼굴에 음영이 지고 그의 표정을 읽을 수가 없어졌다.

"뜨겁게 활활 타오르던…… 사람?"

"네?"

희진이 이맛살을 들어 올리며 건우를 보자, 건우가 고개를 저으며 웃었다. 소리가 거의 나지 않는 웃음이었다.

"열정적이었다고요. 자기 연구에 늘 진심이셨거든요. 노년기까지도."

"아, 역시. 훌륭하신 분이었네요."

희진이 만족스러운 표정으로 녹음기를 껐다.

경민의 차를 타고 언덕을 내려가는 길이었다. 희진이 택시에서 내리는 유림을 발견했다. 피부관리라도 받고 온 건지 챙이 넓은 밀짚모자에 마스크를 쓴 채였다. 손목에 작은 토드백을 걸어둔 채 살랑살랑 걷는 폼이 오늘따라 더 우습게 보였다. 유림이 살던 대로 사는 동안 자신은 오늘 또 대표의 신임을 얻는 데 성공했다는 생각에 쾌감이 인 것일까.

"옆집 사모예요?"

"응. 어때 보여?"

"저한테는 그냥 아줌마죠, 뭘."

근처 카페에서 조금 전 찍은 사진을 골라다가 빠르게 보정 작업을 해야 했다. 희진이 지율이에게 한 시간만 기다려달라고 메시지를 보냈다.

"뭔데요, 둘이."

"뭐가?"

"제가 인물 사진을 하루 이틀 찍은 것도 아니고. 이거 봐요."

경민이 희진에게 카메라를 건넸다. 사진을 넘겨 보던 희진이 건우가 책상에 앉은 사진에서 멈추었다. 희진을 보는 건우의 눈빛에 호기심이 읽혔다. 백화점 쇼윈도에서 예쁘게 포장된 물건에 눈길을 흘끗 던지는 정도. 아직 내부에 뭐가 담겼는지 파악하지 못했으나 이제부터 흥미를 가져보겠다며 입꼬리를 살짝 올린, 그 오만한 표정도.

"끈적하죠, 눈빛이."

"뭐가. 네 뇌 속이 끈적한 거겠지."

원체 자유로운 타입의 젊은이라 희진도 그러려니 하고 경민의 말을 듣고 넘겼다. 차를 타고 카페를 향해 코너를 도는 경민이 말을 이었다.

"저 의사, 어떨 때는 주머니 속에 리모컨을 넣어놓고 웃고 싶을 때마다 버튼을 누르는 사람 같아요. 아니, 무슨 로봇인가?"

AI로 생성한 세상에 없는 인간의 미소 같았다는 말에 희진이 웃음을 터뜨렸다.

"경민아, 너 꼭 부자 돼라."

"갑자기 무슨 덕담이세요?"

"넌 그냥 돈 많은 남자한테 압도당한 거야. 너도 부자 되면 그냥 웃기만 해도 저 사람 뭐 있는 것 같다고 남들이 수군댈걸?"

"에이, 그건 너무 속물스럽다."

희진이 시원스레 웃으며 선바이저를 열고 거울로 얼굴을 살폈다. 화장이 무너지지 않은 것을 확인하면서 자신의 집과 건우의 집이 나란히 선 풍경을 들여다보았다. 이유를 알 수 없는 만족감이 명치에 차오르자, 희진은 다시 한번 영림동 주택단지에 들어온 자신의 선택에 감사했다.

호재의 호재

1

 유림과 이별 후 4년이 지났을 때였다. 호재는 다니던 대학교 문예창작과 교수의 출간회에 참석했다. 서울 강서쪽에 있는 작고 오래된 2층짜리 독립 서점에서였다. 이미 하나 건너 친구를 통해 유림이 수술을 마치고 요양 중이라는 소식을 들었다. 자리에 앉자 유림과 친했던 여자 후배가 자신을 비난의 눈초리로 노려보는 시선을 받았다. 이미 소설로 잘 풀리지도 않고 허송세월하고 있는 터라 타인의 혐오 섞인 눈빛에 익숙했다.

 호재의 동기가 옆자리에 앉아 그의 마른 몰골을 보고

등을 두드려 주었다.

"그래도 왔네. 연락이 없어서 걱정했잖아."

"교수님이 부르시면 와야지. 면목 없지만."

동기가 등 뒤에서 느껴지는 여자 후배의 시선을 흘끗 보고 말했다.

"무시해라. 안유림 대학 생활에 하나 남은 친구 아니냐."

"이해 못 할 것도 없지. 아픈 여자친구 버리고 도망간 쪼다 새끼라고 생각해도."

"이미 3기 수준이었다며. 너도 젊었는데 암 걸린 여자 수발하는 게 쉬웠겠냐? 다른 애들은 너 비난 안 해."

어쩌면 호재는 이런 말을 듣고 싶어 출간회에 왔는지도 몰랐다. 오랜만에 만난 동기들 앞에서 한껏 어깨를 굽히고 초조한 눈빛을 비췄다. 살이 빠지고 초췌해진 건 작가로 먹고사는 일이 뜻대로 풀리지 않아 그런 것이었는데도, 호재는 이들이 자기의 우울과 불안을 모조리 유림에 대한 죄책감으로 오해해 주길 바랐다.

"유림아, 여기."

그때 호재 뒤에서 여자 후배가 유림을 부르는 소리가 들렸다. 곧 무대 위로 교수가 올라오고 박수가 쏟아졌다. 호재는 뒤를 돌아 유림을 찾을 엄두도 내지 못하고 멋쩍은 표정으로 앞만 보았다.

유림이 멀쩡히 살아있다는 걸 알고 있었지만, 호재는 오랫동안 그녀를 죽은 사람인 양 여겨왔다. 그래서 자신의 등 뒤 어딘가에 앉아 살아 숨 쉬고 있는 유림이 있다는 것이 얼마간은 공포스럽게 느껴질 정도였다.

"보고 싶었어, 오빠."

그 잠깐의 혼란을 뚫고 먼저 다가온 건 이번에도 유림이었다. 교수가 자신의 소설을 조곤조곤 낭독하고 있을 무렵, 호재는 나비에 홀린 아이처럼 유림을 따라 서점 2층으로 향했다. 걸을 때마다 원목 바닥이 삐걱댔다. 먼지 쌓인 책장에는 오래전 절판된 책들이 가득했고 리모델링을 앞두고 있는지 가구마다 비닐이 덮여있었다. 유림은 충혈된 눈으로 호재를 무섭게 노려보았다. 호재는 유림이 들고 있던 샤넬 핸드백에서 당장 권총을 꺼내 자기 미간을 쏜다고 해도 납득할 수 있었다.

"살아있었네."

"살아있어야지, 그럼."

유림이 핸드백 손잡이를 세게 그러쥐었다. 그녀의 네 번째 손가락에서 큼지막한 다이아몬드 반지가 반짝였다. 이제 잃을 게 많은 사람이 되었구나. 이제 나를 조금 덜 원망하겠구나. 다분히 호재다운 발상으로 유림을 보며 희미하게 웃었다.

유림이 핸드백을 옆에 놓인 소파에 툭 던졌다. 두텁게 쌓인 먼지가 피어올랐지만, 그녀는 아랑곳하지 않고 블라우스 단추를 천천히 하나씩 풀었다. 호재가 참지 못하고 유림에게 달려가 그녀의 목덜미에 코를 묻었다. 상큼한 오렌지 향과 살 냄새가 야릇하게 코끝을 간질였다.

"나 없이 살만했어? 좋았어?"

"지옥이었지."

호재가 다급하게 유림의 블라우스 안으로 손을 집어넣었다. 그녀의 갈비뼈 뒤쪽으로 불룩한 수술 흉터가 만져졌다. 호재는 유림을 책장까지 밀어붙이고 블라우스를 완전히 벗겼다. 살기 위해 남긴 칼자국을 손끝으로 훑다가 축축해진 목소리로 말했다.

"미안해. 아팠지?"

유림이 호재의 목을 감싸 안았다가 천천히 그의 입술에 키스했다. 벌어진 입술 사이로 혀가 섞이며 그동안 하지 못한 얘기를 대신 나누었다. 곧 입술을 뗀 유림이 호재를 보며 말했다.

"오빠가 나한테 준 상처에 비하면 아무것도 아니지."

호재가 다급하게 벨트를 풀었다. 화가 난 듯 솟은 자기 물건을 유림에게 밀어 넣으며 신음을 뱉었다. 호재가 허리를 움직일 때마다 유림의 등 뒤에 있던 책장에서 책이 하나둘 툭툭 떨어졌다. 어떻게 돈 많은 남자를 꼬셨을까. 나이 많은 남자인가. 유림처럼 하자가 있나? 호재는 그래도 유림이라면 영악하게 자기 삶을 꾸려갔을 거라고 생각했다.

유림은 내가 아니어도 되었다. 내가 아니어서 잘되었다. 이런 생각으로 호재는 자기 죄를 스스로 사하며 그녀의 가슴에 얼굴을 묻었다.

"아, 아, 이 개새끼야……."

"유림아…… 미안해, 미안해……."

뜨겁게 달아오른 살과 살이 부딪히면서 격정으로 치달았다. 입을 막고 있던 유림의 눈가에 눈물 한 방울이 툭 떨어졌다. 호재는 그녀가 홀로 겪었을 외로움과 분노, 좌절을 떠올렸다. 그만큼 유림이 자신을 사랑했다는 생각에 온몸의 세포가 미쳐 날뛰는 기분이었다. 자기 인생 하나 제대로 책임지지 못한 그에게 여전히 자신을 열렬히 탐하는 여자가 있다는 게 상상 이상의 위로가 되었다.

"미안하면 더 세게 해줘."

호재가 유림의 허벅지를 한 손으로 부여잡으며 비릿하게 웃었다. 턱, 턱, 터억. 마룻바닥 위로 책들이 떨어지고 호재는 속죄하는 마음으로 유림의 몸속을 사정없이 탐했다.

짝짝짝짝짝.

아래층에서는 낭독을 끝낸 교수를 향해 박수가 터졌다.

2

방송국 라디오 부스에 앉은 호재가 《거인이 사는 숲》의 영상화 소식을 전했다. 원작 소설을 바탕으로 만든 영화가 막바지 촬영을 끝내고 편집 중이라고 했다. 개봉은 연말이었고, 출판사 사장은 이번 영상화를 기회로 해외 출판 시장을 노릴 계획이라고 했다. 잘 좀 해봐. 유머도 좀 섞고. 사장은 이번에도 호재에게 하나 마나 한 응원 메시지를 보냈다. 작가가 차기작 스트레스로 어떤 상태인지는 궁금하지도 않은 투였다.

"그럼 이제 소설의 감동을 스크린에서 이어볼 수 있겠네요."

진행을 맡은 아나운서가 데스크에 올려둔 호재의 책을 손바닥으로 가볍게 두드렸다.

"저도 무척 기대하고 있어요. 소영 씨도 봐주실 거죠?"

"당연하죠. 가족들 반응은 어때요?"

"제 아내가 특히 좋아하죠. 늘 제가 쓴 소설의 1호 팬이니까요. 손잡고 같이 보러 가려고요."

"역시. 책을 읽으면 작가님이 얼마나 로맨티스트인지 딱 보이더라고요. 자전적 소설이라고 했으니 작가님을 주인공이랑 겹쳐 봐도 무리는 아니겠죠?"

호재가 대답 대신 눈웃음을 지으며 작게 웃었다. 그러고는 아직 딸이 초등학생이라서 영화를 같이 볼 수 없어 아쉽다는 말로 화제를 돌렸다. 희진의 눈에는 늘 성에 차지 않지만 호재도 점점 자신을 꾸며내고 오묘한 말로 거짓을 섞은 화법에 익숙해지는 참이었다.

방송이 끝나고 아나운서와 나란히 서서 사진을 찍었다. 사장은 곧 출판사 공식 계정에 호재와 아나운서의 사진을 올려 자신의 회사와 호재의 작품이 건재함을 과시할 거였다.

"사인해 주세요, 작가님. 저도 진짜 찐팬이에요."

아나운서가 책을 내밀자 호재가 겸손한 모습으로 감사 인사를 전했다. 사인본을 건네고 나니 주머니에서 다시 스마트폰이 울렸다. 또 출판사 사장의 잔소리일까 싶었는데 모르는 번호로 온 메시지가 떴다.

호재의 집 대문 앞에 서류봉투 하나를 덩그러니 놓아둔 사진이었다.

집 앞에 뒀습니다. 아직 자택에 아무도 안 계신 듯하여.

무슨 뜻인가 했더니 금세 다음 사진이 전송되었다. 옆
집 뒷마당 수영장에서 나체로 유림을 껴안고 키스하는 사
진이었다. 물 아래로 두 사람의 살덩이가 뭉개진 실루엣
이 그대로 찍혀있었다. 물속에서 몸을 섞을 때만 해도 스
스로 꽤 섹시한 장면이라고 상상했던 순간인데, 건조한
카메라의 시선으로는 두 마리의 수달이 엉겨 붙은 모습처
럼 우스꽝스럽게 보였다.

"작가님, 점심 드시고 가실 거죠?"

아나운서의 말에 놀란 호재가 서둘러 스마트폰을 주머
니에 집어넣었다. 방송국에서 새로 시작하는 책 추천 유
튜브 채널에 게스트로 섭외하고 싶다며 녹음 전에 점심
약속을 해두었다. 식사하면서 천천히 일 얘기를 하자는
말에 내심 기대했지만, 지금은 급한 불을 꺼야 할 때였다.

"죄송합니다. 식사는 다음에 해도 될까요?"

택시에서 내린 호재는 빠른 걸음으로 대문 앞으로 달려
갔다. 다행히 서류봉투는 제자리에 있었다. 희진은 한창
근무 중이었고, 지율이는 학교가 끝나자마자 미술 학원에
갔을 시간이었다. 메시지를 보낸 이는 지금 시간에 이 집

에 아무도 없다는 걸 이미 알고 있는 게 분명했다.

"협박이라도 하겠다고?"

호재가 거친 손으로 뺨을 비비며 한숨을 쉬었다. 이 집
이 어떻게 돌아가는지 제대로 알고 있다면 돈을 요구하지
는 않을 텐데. 그럼 그냥 누군가의 복수심인가? 호재가 옆
집으로 곧장 고개를 돌렸다. 만약 호재가 짐작하는 사람
이라면 미련 없이 유림과의 밀회를 끝낼 생각이었다.

10년 전 출간회에서 몸을 섞을 때나 지금이나 다를 바
가 없었다. 유림은 여전히, 아니 그때보다 더 지킬 것이 많
은 부잣집 사모님이었다. 겨울이면 200평이 넘는 저택의
안주인이 된다고 하지 않았던가. 게다가 토끼 같은 두 아
이도 아직 엄마의 손길이 필요할 나이였다.

호재는 서류봉투를 들고 곧장 집을 가로질러 후문으로
나갔다. 화단 구석에 둔 전 집주인이 놓고 간 화로가 떠올
랐다. 화로를 질질 끌고 주차장까지 간 호재가 서류봉투
에서 꺼낸 사진을 갈기갈기 찢어 그 안에 넣었다. 그러고
는 화로에 불을 붙여 사진을 전부 활활 태웠다.

어차피 유림과의 일탈은 기껏해야 여름이 끝이라고 생
각했다. 달큼한 복숭아 냄새를 풍기는 여름이 마지막. 진
짜 마지막. 머릿속이 쨍하게 울릴 만큼 강렬한 햇살이 없
었다면 처음부터 유림과 선을 넘는 장난을 치는 일도 없

었을 것이다. 이제 호재 자신도 잃을 게 많은 사람이 되었으니.

화로 안에 남은 잿더미를 집게로 휘휘 저었다. 작은 불씨가 허공으로 올라갔다가 천천히 가라앉았다. 집게를 주차장 선반에 내려두고 다시 뒷마당으로 들어서니 울타리 너머로 영빈이가 보였다. 선베드에 누워 아빠의 것이 분명한 선글라스를 쓰고 책을 읽는 중이었다.

"더운데 밖에서 책을 읽는 거야?"

호재가 울타리로 바짝 다가서서 물었다. 선글라스를 슬쩍 내린 영빈이 심드렁한 얼굴로 대꾸했다.

"더운데 아저씨는 왜 주차장에서 불을 피워요?"

"글쎄다. 어른이 되면 한 번쯤 엉뚱한 짓을 하고 싶어져서 말이야."

호재는 여유를 가장한 미소를 지었다. 영빈이 읽고 있던 책을 들어 호재에게 표지를 보였다.

"이거 아저씨가 쓴 책이죠?"

"맞아. 아직 네가 보기에는 어려울 텐데."

영빈이 다시 선글라스를 끼고 책을 펼쳤다. 어른에게도 은근한 무시를 내비치는 건 아마도 아빠에게서 배운 게 아닐까 싶었다.

"재미는 있어?"

호재가 실쭉 웃으며 울타리에 팔을 걸치고 섰다. 얼마나 지 아빠를 닮아 싸가지가 없는지 테스트라도 해볼 심산이었다. 영빈이 책장을 건성으로 넘기며 말했다.

"엄마가 밑줄 친 부분만 보는 중이에요."

"밑줄? 어디에?"

영빈이 선글라스를 벗어 주머니에 넣고 선베드에서 일어났다. 기울어진 선베드 다리 한쪽이 삐걱 소리를 냈다. 그 위에서 호재와 유림이 격정적인 오후를 보내다가 망가뜨린 거였다. 옆에 멀쩡한 선베드도 있는데 왜 하필. 호재가 피식 웃자 영빈이 울타리까지 천천히 걸어왔다. 토끼처럼 동그란 눈을 보니 확실히 유림의 아들이 맞았다.

"이거, 우리 엄마예요?"

영빈이 펼친 페이지에는 유림의 허벅지 흉터를 묘사한 대목이 나왔다. 유림이 자신을 묘사한 문장에 붉은색 색연필을 직직 그어놓았다. 당황한 호재가 신경질이 난 속내를 숨기며 방긋 웃었다.

"왜 그렇게 생각해?"

"엄마 허벅지에도 같은 모양의 흉터가 있거든요. 길이도 그렇고 생긴 위치도 그렇고."

"탐구심이 강하네. 똘똘하다는 소리는 들었는데."

이 꼬맹이가 그런 사진을 보냈다는 건 아무래도 비약이

겠지. 호재가 영빈을 지긋이 보다가 고개를 돌렸다.

"아빠한테는 그 책 읽었다고 하지 마. 안 좋아하신다."

후문 비밀번호를 누르는 호재의 얼굴이 빠르게 굳어갔다. 어쩌자고 책에 함부로 밑줄을 그어놓은 건지. 대학 때도 남들 관심에 안달이 나던 여자였다. 베스트셀러 책에 자기를 묘사한 대목을 보고 신이 났겠지. 그렇게라도 자기 존재에 밑줄을 긋고 싶었던 유림에게 화가 났다.

호재는 교수의 출간회에서 재회한 유림과 자신이 왜 다시 뜨뜻미지근하게 끝났던 건지 떠올렸다.

"우리가 아직 20대인 줄 아나?"

3

건우의 인터뷰 덕에 무사히 펑크 없이 매거진을 마감했다. 8월 초, 과장으로 승진한 희진은 동료들의 축하와 시기를 한몸에 받으며 자기 팀을 꾸렸다. 희진은 성수동 파인다이닝에서 은지를 제외한 팀원 둘에게 이른 저녁을 샀다. 혜윤과 하영은 승진을 축하한다며 함께 고른 커트러리와 코스터 세트를 선물로 내밀었다.

앞으로 두 사람은 희진의 인사 평가를 받고 그걸 기준

으로 연봉을 협상하게 되었다. 진심을 담은 존경은 곧 생존을 위한 수단으로 변질될지도 몰랐다. 희진도 그랬으니까. 사회에서는 사실 그 두 가지가 제대로 구별되지 않을 때가 많다는 걸, 이제 두 사람도 알게 될 거였다.

"홍 과장님 표정 봤어요? 그새 보톡스를 또 맞았는지 눈매가 살쾡이가 됐어."

"과장님, 우리 팀 연말에 홍 과장님 팀 발라버려요. 저희 진짜 열심히 할게요."

늘어난 책임은 달콤한 과실처럼 희진의 혀 밑에 침을 고이게 했다. 이제 희진은 팀 단위로 움직이며 다시 한번 경쟁에서 승리하기 위해 온갖 힘을 짜내야 했다. 호재의 소설이 갈피를 못 잡을수록, 희진은 언제나 밖에 나가 더 애를 써왔으니까.

"근데 이번에 그 의사 선생님 외모 너무 제 스타일이었어요. 유부남만 아니면!"

"하영이 너랑 스무 살 가까이 차이 나는데 무슨 소리니, 애는."

"그래도 그 외모면 전 가능할 것 같아요."

혜윤이 자기도 그렇다며 하영과 마주 보고 까르르 웃었다.

"혹시 제 또래 잘생긴 레지던트 없으시대요?"

"왜. 의사 남친 필요해?"

"아버지가 '사'자 하나만 트로피로 쟁여놓고 싶대요."

희진이 피식 웃는 찰나 옆에서 잠자코 미소만 머금은 하영이 보였다. 혜윤은 학벌이 좋지 않지만 어학연수를 다녀와 영어를 곧잘 했다. 게다가 월급의 반 이상을 쇼핑에 쓰는 덕에 젊은 세대의 소비 트렌드를 빠르게 알았다. 반면 하영은 월세 60만 원을 내기 위해 조금이라도 사치스러운 소비는 딱 끊었다. 혜윤이 매일 스타벅스 커피를 사서 출근하면 하영은 조용히 탕비실에서 캡슐 커피를 타서 마시는 정도의 차이였다.

하지만 일상에서 벌어지는 그 작은 차이에서 업무력이 드러난다는 걸 희진은 알았다. 어려운 살림에도 꾸역꾸역 백화점을 돌고 향수 시향을 하러 다녔던 그녀의 노력을 하영도 눈치채야 했다. 소비하지 않는 삶은 쉽게 건조하고 척박해지기 마련이니까.

희진과 혜윤은 디저트가 나오기 전 흡연실로 들어갔다. 희진이 담배 연기를 내뿜고 말했다.

"하영이 좀 잘 챙겨줘. 유행하는 맛집 있으면 같이 좀 가고."

"저도 그러고 싶은데 매번 돈이 없다잖아요."

"그럼 주임이 좀 사주면 좋지. 집도 잘 사니까."

혜윤이 피식 웃으며 고개를 돌려 담배 연기를 뿜었다.

"사준다고 했었죠. 근데 자존심이 상하나 봐요."

혜윤은 하영이가 확실히 글빨이 좋은데 묘하게 촌스러운 지점이 있다고 했다. 유행하는 신발도, 코스메틱에 대한 정보도 다 느리다고.

"저였으면 저한테 눈 딱 감고 배웠을 텐데요. 그깟 자존심이 뭐라고."

혜윤이 그렇지 않냐는 눈빛으로 희진을 보고 웃었다. 희진도 하영과 별반 다르지 않은 사회 초년생 시절을 보냈으나 지금은 아니었다. 그사이에 희진이 얼마나 뼈를 깎는 고통과 무시와 멸시를 견뎠는지, 이제는 잘 기억도 나지 않았다. 은지 말대로 이제는 원하는 걸 다 얻었으니 자존심을 금덩이처럼 다룰 필요가 없어진 걸까.

"그리니까, 그깟 자존심이 뭐라고."

희진이 재떨이에 담배를 비벼 끄고 조용히 웃었다.

식사를 마친 희진이 수학 학원에서 나온 지율이를 태우고 백화점으로 갔다. 승진 기념으로 딸에게 좋은 걸 사주고 싶었다. 조수석에 앉은 지율이가 창문을 내다보며 알록달록한 도시의 풍경을 구경했다.

"아빠는?"

"촬영하고 회식. 좀 늦을 거야."

호재는 오늘부로 고정으로 나오던 프로그램에서 하차했다. 다음 패널로는 저명한 인문학자가 자리를 채운다는 소식을 들었다. 희진이 보기에도 호재는 방송을 잘하는 타입은 아니었다. 아마 다음 기회를 얻기는 쉽지 않을 것 같았다.

"집 오면 심심하지? 아빠가 글만 써서."

"맨날 그러는데 뭐."

"지율이가 좀 이해해 줘. 아빠 요즘 중요한 때라."

"괜찮아. 어차피 지금은 매일 시아랑 놀잖아."

호재는 요즘 부쩍 꼬리에 불이 붙은 고양이처럼 무언가에 쫓기는 눈치였다. 눈을 뜨자마자 서재로 향했고 희진이 퇴근할 때까지 자리를 지켰다. 어느 날은 책상 앞에 앉아 모니터만 뚫어지게 보고 있길래 다가갔더니 화들짝 놀라 짜증을 내기도 했다. 생각 중이라고, 생각 좀 하게 두라고.

백화점에 도착한 희진은 지율이와 곧장 수영복 매장으로 향했다. 요즘 들어 지율이가 수영에 재미를 붙여서 저녁마다 시아네 수영장에서 물놀이를 했다. 몇 주 전부터 희진은 시아가 지율이에게 종종 자기 수영복을 빌려주는 게 신경 쓰였다. 지율이도 개인 수영복이 없는 건 아니었지만, 날마다 다른 수영복을 입는 시아를 내심 부러워할지도 모른다는 생각이 들었다.

희진은 노란색과 연보라색 수영복을 지율이에게 대보며 웃었다. 값이 꽤 나가는 물건이었지만 수영장은 못 사줘도 수영복은 사줄 수 있는 엄마가 되고 싶었다. 지율이는 하나만 사달라며 끝까지 제자리에 서서 고개를 저었다.

"시아가 억지로 입으라 해서 입은 거야. 나 수영복 많이 안 필요해."

"그랬어? 시아가 자기 맘대로 입으라고 주는 거야?"

"공주들은 옷이 많아야 한다잖아. 완전 공주병."

희진이 피식 웃음을 터뜨렸다. 지율이는 시아가 가끔 귀찮게 굴 때가 있다고 했다. 학교 애들도 시아한테 예쁘고 좋은 물건이 많아서 신기한 마음에 다가왔다가, 몇 주 지나면 다 시아의 잘난 척에 질려 떠나간다고 했다.

"그래도 지율이는 시아랑 잘 놀아주네?"

"옆집이니까. 혼자는 심심하고."

희진은 지율이 그런 마음으로 시아를 대한다는 건 처음 알았다. 시아를 질투하고 부러워하는 게 아니라서 조금은 다행이라는 생각도 했다.

수영복을 사고 1층으로 올라오자 명품관이 보였다. 희진은 유리 진열장에 있는 가방들을 보다가 큰맘 먹고 지율이의 손을 잡아끌었다.

구찌 매장 입구에 걸린 키즈백이 눈에 들어왔다. 초록색, 빨간색, 파란색. 비비드한 색감의 작고 단순한 디자인이었지만 만만하게 볼 가격은 아니었다.

"어떤 색이 좋아? 하나 골라 봐."

"왜 또 사줘? 수영복 사줬잖아."

"그건 필요해서 산 거고. 이건 엄마 승진 선물."

조용히 지나간 줄 알았는데, 희진은 유림이 지율이에게 샤넬백을 주겠다고 한 날을 아직 잊지 못했다는 것을 깨달았다. 자존심 상하는 기억은 피부에 입은 화상처럼 정도에 따라 지울 수 없이 깊은 자국을 냈다.

희진은 결국 지율이 손에 빨간색 구찌백을 들려주고 나서야 만족스러운 미소를 지었다. 월급 인상까지 생각해서 석 달 정도 아끼면 충분히 커버할 수 있었다.

"지율이 미술 학원 다닐 때 들면 되겠다."

"물감 묻으면 어떡해."

지율이 키즈백 표면을 손바닥으로 쓸었다. 희진이 지율이의 뺨을 살짝 꼬집었다.

"애가 뭘 그런 걸 걱정해. 막 써. 더러워지면 다음엔 아빠가 사줄 거야."

새벽 3시, 지율은 갑자기 눈이 떠졌다. 무서운 꿈을 꾸거나 오줌이 마려운 것도 아닌데 가끔 그랬다. 한 달에 한두 번 지율은 이렇게 잠에서 깨 눈을 끔벅였다. 어떤 날은 다시 눈을 감자마자 잠이 들었지만 어떤 날은 한참 동안 천장을 노려보아도 다시 잠이 오지 않았다.

지루함을 느낀 지율이가 이불을 걷어내고 앉았다. 책상 위 구찌백에 걸린, 시아가 만들어준 토끼 키링을 멍하니 보았다. 개학이 3주 남짓 남았다. 학교에 가면 전과는 달라지는 것들이 생길 거였다.

처음에 시아는 옷도 잘 입고 얼굴도 예뻐서 친구들의 부러움을 샀다. 같은 반 남자아이들에게 고백을 두 번이나 받기도 했다. 지율이는 쉬는 시간에 가끔 시아 반에서 놀았다. 시아는 지율이 손을 잡고 아이들 자리를 돌며 이것저것 참견하곤 했는데, 언젠가부터 아이들이 시아를 귀찮아한다는 걸 느꼈다.

"지율아, 너는 왜 시아랑 다녀?"

며칠 전 미술 학원 화장실에서 만난 친구가 지율에게 이렇게 물었다. 시아가 자주 너를 무시하지 않냐고 진지하게 물어왔다. 남자들 앞에서 예쁜 척을 하는 거 웃기지 않아? 걔 맨날 자기 붓 비싼 거라고 자랑하잖아. 재수 없어.

"그냥, 불쌍하잖아."

지율이가 어색하게 웃으며 대답했다. 친구들은 개학하고서는 시아와 점심을 같이 먹지 말라고 했다.

"친구 있으면 걔 계속 그럴걸. 우리 반 애들도 다 안 놀아주기로 했어."

시아도 그사이 친구들에게서 자신의 평판이 달라진 걸 알아챘다. 오빠인 영빈만큼의 공부 머리는 없었지만 시아도 눈치는 있었다. 그걸 다 알면서도 남들에게 주목받고 싶은 욕망을 제대로 조절하지 못한 거였다.

그래서인지 시아가 요즘 부쩍 지율이에게 개학하면 같이 점심을 먹자고 졸랐다. 급식실에서 같이 밥을 먹을 친구가 없으면 확실히 초라해 보이긴 했다. 한번 망가진 이미지는 회복하기 어렵다는 걸 아이들도 다 알았다. 지율이는 아빠가 왜 사람들 앞에서 좋은 사람인 척 바보같이 웃는지 조금은 이해할 수 있을 것 같았다.

지율이는 결국 방을 나와 발뒤꿈치를 들고 조용히 복도를 걸었다. 벽에 붙은 가족사진을 보며 뭉그적대다가 아빠 서재로 들어갔다.

책상은 과자 부스러기와 작게 뭉친 휴지들로 지저분했다. 바닥에는 아무렇게나 구겨서 던져 놓은 생수병도 보였다. 한창 글쓰기에 여념이 없을 때는 엄마도 아빠 서재를 치우지 않았다. 일주일이 지나면 아빠가 커다란 봉지를 가져와 책상에 있는 것들을 죄다 쓸어 담아다가 버렸다.

아빠가 쓴 책을 괜히 꺼내 보았다. 일부는 초판본이라 표지가 달랐다. 지율이는 고화질의 사진이 담긴 리커버 책보다 초판본 표지를 더 좋아했다. 어린아이가 크레파스로 멋대로 칠한 숲의 풍경을 보고 있으면 말로 표현하지 못할 슬픈 감정이 피어났다. 아빠는 이런 감정들을 글로 붙잡아 돈을 벌고 있던 걸까. 갑자기 신기하다는 생각이 들었다.

지율은 몇 번이나 아빠의 책을 읽고 싶었지만 엄마가 늘 반대했다. 아직 어린아이가 읽기에 적절한 내용도 아니거니와, 아빠 소설을 제대로 이해하려면 10년은 더 기다려야 한다고 했다. 지율은 언젠가 뒷마당 선베드에 앉은 영빈이 아빠의 소설을 읽고 있는 걸 보았다. 영빈은 똑똑하니까 아빠가 뭘 썼는지 전부 이해했을까? 물어보고 싶었지만 영빈은 시아처럼 친해지기 쉬운 타입이 아니었다.

착착착.

그때 테라스 밖에서 기척이 났다. 한여름의 새벽이라 그런지 4시가 조금 지나자 하늘은 푸른빛으로 물들어갔다. 지율은 테라스로 향하는 유리창에 이마를 댔다. 무언가를 푹푹 퍼내는 소리가 옆집 뒷마당에서 나고 있었다.

지율이 창을 조용히 열고 고개를 빼꼼히 내밀었다. 수영장 넘어 뒷마당 구석에 느릅나무 한 그루가 있었는데, 바로 그 아래에 남자의 실루엣이 등을 돌리고 선 게 보였다. 시아의 아빠, 건우였다.

착착, 착착.

건우는 삽을 들어 나무 아래 흙을 파내는 중이었다. 깔끔하고 군더더기 없는 몸짓이었다. 호기심이 일은 지율이 테라스로 발 한쪽을 빼고 더 가까이 다가갔다. 삽질하는 건우의 옆에 검정 봉지가 보였다. 나무 아래는 그림자로 어둡기도 했고, 봉지 입구가 묶여있어 안에 무엇이 있는지는 알 수 없었다.

구멍 안으로 발을 넣어 깊이를 확인한 건우가 발끝으로 봉지를 밀어 넣었다. 그리고 아까와 같은 속도로 흙을 메꾸었다. 지치지도 않는지 흙을 퍼내고 다시 덮는 내내 1초도 쉬지 않았다. 건우는 마지막으로 볼록 솟은 흙을 운동화 바닥으로 꾹꾹 눌렀다. 그리고 자연스레 고개를 돌려 테라스에 선 지율이를 보았다.

멀뚱히 서있는 지율이를 향해 건우가 먼저 손을 흔들었다. 놀란 지율이는 새벽에 마주한 어른의 인사를 받아 줘야 할지 판단이 서지 않았다. 몰래 자신을 지켜보고 있었다고 화를 내지 않으려나? 새벽에도 당신의 딸이 잠을

자지 않는다고, 내일 엄마한테 걱정을 가장한 고자질을
하려나?

건우가 하품하듯 입을 손으로 두드리는 시늉을 했다.
이제 그만 침대로 돌아가 자라고 메시지를 보내는 것 같
았다. 지율이는 말 잘 듣는 아이처럼 곧장 방으로 돌아갔
다. 큰 잘못을 저지른 것도 아닌데 심장이 두근거렸다.

화장실에 다녀온 지율이는 한여름 밤의 개꿈처럼 느껴
지는 장면을 곱씹으며 침대에 누웠다. 금방 오줌을 싸고
왔는데도 찝찝한 잔뇨감이 일었다.

4

여름은 비밀을 숨기기에 좋은 계절은 아니었다. 7월에
다 자란 방울토마토가 떨어지고 나니 8월의 더위를 이기
지 못한 가지가 종달새의 다리뼈처럼 말라갔다. 이글거리
는 태양 아래 두 집의 비밀을 품은 잔디에서 아지랑이가
피어올랐다. 싱크대에 올려둔 바나나 껍질이 날파리를 불
렀고 빗물을 머금은 숲에서 비릿한 철 냄새가 풍겨왔다.
무언가가 썩고 무너지고 부서지는 것들이 축축한 대기 속
에 포진해 있었다.

고마워요, 건우 씨. 덕분에 일이 잘 끝났네요.

희진이 '건우 씨'를 '선생님'으로 고치려다가 그대로 두었다. 인터뷰 후에 건우가 먼저 편하게 이름을 불러달라고 청하기도 했고, 직업상의 명칭으로 부르다 보면 영 이웃이라는 느낌이 들지 않아서였다.

서재 의자에 앉은 희진이 스마트폰으로 건우 집에 보낼한우 세트를 검색했다. 최고급 한우는 값이 비싸 상급 품목 중 하나를 골라 결제했다. 그러고는 점심시간 전까지서재를 지키며 회사에서 가져온 일을 끝냈다. 호재는 동창을 만나러 나갔고 지율이는 시아와 발레 일일 클래스를들으러 갔다. 오랜만에 느끼는 귀한 고독이었다.

희진은 커피를 내린 잔에 얼음을 띄워 뒷마당으로 향했다. 어제저녁 호재를 시켜 창고에 있던 야외용 조립식 테이블을 꺼내놓았다. 플라스틱 의자에 앉아 뒷산을 감상하며 아이스아메리카노를 마셨다. 언젠가 이런 침묵을 그린에세이집을 낸다면 어떨까. 소설은 아니어도 내 얘기를담은 책 한 권이 있다면, 지금껏 남의 얘기만 받아적었던자신의 삶에 작은 보상을 받는 기분일 것 같았다. 호재의출판사 사장을 통한다면 가능한 일일 수도 있지만 희진은수줍게 웃으며 고개를 저었다. 꿈은 꿈으로 남아있는 게 가장 아름다웠다.

희진이 담배를 피워 물었다. 비가 온다더니 멀찌감치 뒷산에서 안개가 몰려왔다. 습한 공기에 팔뚝이 끈적였다. 한숨을 내쉬듯 조용히 입술 사이로 연기를 내뿜다가 무심코 울타리 너머를 보았다.

"어?"

영빈이가 울타리 가까이에 서서 희진을 바라보고 있었다. 동그랗고 맑은 눈 위로 유림을 닮아 예쁘게 진 쌍꺼풀이 눈에 띄었다. 하지만 시아처럼 방방 뛰는 발랄한 어린아이다운 맛은 없었다.

"미안. 아줌마가 너 있었는지 몰랐다."

희진이 급히 담배를 비벼 껐다. 한 줄기 연기가 곡선을 그리며 느릿느릿하게 올라갔다. 영빈은 한참 눈을 깜빡이지 않고 그녀를 보더니 갑자기 방긋 웃었다.

"괜찮아요. 아빠도 가끔 뒷마당에 나와서 담배 피워요."

"그러지 말라고 해야겠네. 어른들이 조심해야지."

"괜찮은데. 다들 더 나쁜 짓도 많이 하잖아요."

아이의 유머라기에는 텁텁한 기운이 풍겼다. 유림의 배려 없는 말투와 건우의 냉정한 성격이 고루 섞인 것 같았다.

"아버지는 아직 병원이셔?"

"아뇨. 할아버지랑 사냥 나가셨어요."

"비가 올 텐데?"

"그런 날이 더 재미있대요."

영빈은 마치 자기만 두고 놀이공원이라도 간 것처럼 아쉬운 얼굴이었다. 학원도 거의 가지 않고 집에서 공부만 하다 보니 답답할 것 같았다. 이사를 오고 석 달이 지나가는 동안 영빈이는 집에 친구 한번 데려온 적이 없었다.

"가끔 우리 지율이랑도 놀아주고 그래. 지율이도 수학 좋아하거든."

"시아보다는 똑똑해 보여요."

희진이 피식 웃으며 손바닥으로 입을 가렸다. 또래 애들은 아직 모르겠지만 중학교만 올라가도 영빈의 말투에 매력을 느끼는 여자애들이 많을 것 같았다.

"심심해서 나왔니? 비가 올 것 같은데."

"뭐 좀 확인할 게 있어서 나왔어요."

"어떤 거?"

영빈이가 다시 한번 씨익 웃고는 말했다.

"비밀이요."

영빈이 그만 가보겠다며 고개를 꾸벅였다. 그때 알림이 울렸다. 건우의 답장이었다.

잘됐네요. 조촐하게 승진 축하 파티나 하죠. 뒷마당에서.

보슬비가 내리는 저녁 9시였다. 건우가 아버지와 잡은 사슴 고기를 어느 식당에서 요리해 왔다. 호재는 긴장한 얼굴로 뒷마당에 울타리를 치우고 야외용 테이블을 하나 더 설치해 맞붙였다. 위스키병을 들고 온 유림은 희진에게 다가와 친한 척했다.

"언니, 축하해요. 이거 오늘 따기로 했어요."

희진이 건우에게 사준 맥캘란이었다. 호재가 세련되게 생긴 위스키병을 감상하는 동안 유림이 먼저 입을 열었다. 희진이 건우에게 준 선물이라고. 순간 호재가 미간을 찌푸리며 희진을 보았다. 자기에게는 한 번도 사준 적 없는 비싼 술을 건우에게 턱 사준 게 섭섭한 모양이었다.

"너는 돈도 없다면서……."

"투자할 때는 확실히 해야지. 그래도 이번 인터뷰 덕에 승진했잖아."

희진이 작게 속삭이자 호재가 후문을 열고 나온 건우를 흘끗 보았다. 노려보려면 그냥 노려볼 것이지 가자미눈을 뜨는 모습이 한심하게 느껴졌다.

널따란 볼에 고소한 양념이 밴 사슴 고기가 올라갔다. 붉은 기가 가시지 않게 적당히 익힌 것이 생각보다 부드러웠다.

"이야, 이게 병원장님이 잡으신 거라고요?"

"이제 그만 잡았으면 좋겠어요. 자꾸 잡으니까 절 또 부르잖아요. 손맛을 못 잊겠다고."

건우가 날카로운 나이프로 고깃덩어리를 집어 잘게 자르더니 희진의 접시에 먼저 올려주었다.

"승진 축하드려요."

희진이 고맙다며 건우의 잔에 위스키를 따랐다. 유림이 입을 꾹 다문 채 자기 몫의 고기를 접시에 옮겼고, 호재는 건우가 내민 잔을 말없이 받았다. 파라솔 바깥으로 빗방울이 툭툭 떨어졌지만 파티 분위기를 해칠 정도는 아니었다. 그럼에도 고기와 술을 즐기는 이는 희진과 건우뿐인 것 같았다.

건우가 양손에 나이프와 포크를 든 채 호재에게 물었다.

"글 쓰느라 바쁘신 분을 괜히 불렀나 봐요?"

"아닙니다. 덕분에 귀한 술도 마시고 피로가 풀리네요."

건우가 희진과 호재를 보며 말했다.

"언제 한번 지산호수 놀러 와요. 근처에 사격장이 있거든요. 가끔 허공에 총이라도 쏘면 스트레스가 날아가요."

"정말요? 너무 좋죠."

희진이 호재의 등을 토닥이며 안 그래도 남편이 전부터

총을 쏴보고 싶어 했다면서 웃었다.

"군대 때 1등 사격수였다는데 믿을 수가 있어야죠."

"다음 주 어때요? 시간 비워봐요."

유림이 다음 주에 시아 발레 학원 상담이 있다며 자기는 빠지겠다고 했다. 건우는 상관없다는 듯 고개를 끄덕이며 얼음통을 포크로 툭툭 쳤다. 유림은 말없이 얼음이 녹아 물이 고인 얼음통을 들고 후문으로 들어갔다.

"아, 작가님 앞에서 중요한 얘기를 안 했네. 최근에《거인이 사는 숲》다 읽었어요. 재미있더라고요. 아내가 왜 이렇게 좋아했나 싶었어요."

호재가 멋쩍은 표정으로 감사 인사를 했다. 희진은 호재가 돈 잘 버는 남자 앞이라 기가 죽은 건지, 아까부터 꿀먹은 벙어리처럼 분위기를 흐리는 게 마음에 들지 않았다. 이런 모습이 옆에 앉은 아내를 부끄럽게 만든다는 걸 아직도 모르는 것 같았다.

"같은 학교 후배가 인정하는 책이라니 더 기쁘네요. 안 그래, 여보?"

겨우 입을 뗀 호재의 말에 희진이 대답하기도 전에 건우가 말했다.

"아뇨."

호재의 시선이 건우의 어깨 너머로 비껴갔다.

"우리 유림이가요. 호재 씨를 왜 이렇게 좋아했나 궁금했다고요."

"네?"

희진이 호재를 향해 고개를 돌렸다. 베이지색 티셔츠 겨드랑이 쪽에 땀이 배어 나온 게 보였다.

"부끄럽네요. 다 옛날 일이라……."

호재가 겨우 대답하자 건우가 잔을 들어 올리고 호탕하게 웃었다.

"그렇죠. 다 옛날 일이죠."

희진은 순간 호재와 유림이 대학 시절 연인이었나 의심이 들었다. 그럼 호재는 전 연인의 뒷담화를 희진에게 부지런히 해왔던 건가?

곧이어 유림이 얼음을 가득 담은 얼음통을 가져왔다. 건우는 고맙다는 말도 없이 희진의 잔에 얼음을 채워주었다.

"많이 더우신가 봐요?"

"네. 후텁지근하네요."

어느새 파라솔 위로 빗방울이 떨어지는 소리가 커졌다. 양념만 남은 볼 안으로 빗물이 튀어 들어갔다. 위스키 잔을 집어 든 건우가 먼저 일어났다.

"나머지는 내일 치우죠. 이러다 우리 다 같이 쓸려 가겠어요."

건우가 턱짓으로 뒷산을 가리켰다. 산사태라도 날 것처럼, 빗물을 머금은 산이 오늘따라 더 거대하게 느껴졌다. 호재가 벌떡 일어나 시키지도 않은 짓을 했다.

"먼저 들어가세요. 저희가 치울게요."

"내일 유림이 시켜도 되는데."

"요리도 술도 다 준비하셨는데, 이건 제가 해야죠."

호재는 형님을 대하듯 건우를 깍듯이 대했다. 조용히 웃음을 삼킨 건우가 우산도 없이 후문으로 천천히 걸어갔다. 건우를 따라 종종걸음으로 달려가는 유림을 보던 호재가 볼 안에 위스키 잔을 담으며 중얼거렸다.

"새끼가 싸가지도 없이. 여자가 종이야?"

희진이 황당한 얼굴로 파라솔 아래 그늘이 진 호재 얼굴을 보았다.

안방에 돌아오자마자 희진이 샤워하러 들어가려는 호재를 불러세웠다.

"설명해야지. 입 싹 닫고 말게?"

"뭘?"

"둘이 사귀었어?"

"잠깐 논 거지, 뭐."

"그걸 왜 이제 말해. 나만 바보 된 것 같잖아!"

희진이 이사 오고 처음으로 언성을 높였다. 아파트에
살 때야 오만가지 이유로 싸웠지만 이 집에서는 이런 일
이 없을 줄 알았다. 호재는 논점을 흐리고 건우에게 비난
을 쏟아부었다.

"하여간 잘난 척만 하는 재수 없는 새끼. 이렇게 이간질
을 하네?"

"왜 말을 돌려? 그리고 사실을 얘기하는 게 무슨 이간
질이야."

희진은 화를 내는 자신이 호재에게서 뭘 원하고 있는
지 알 수 없었다. 주변 사람들에게는 호재가 바람이라도
피워서 애절한 사랑 얘기를 소설로 또 써주었으면 한다는
농담을 하고 다녔다. 어느 영화감독이나 미술가가 조강지
처를 버리고 바깥 여자와 추문을 일으키는 경우를 봐오
면서 언젠가 호재가 불륜이라도 저지르면 어떻게 반응해
야 할지 상상한 적도 있었다. 우아한 예술가 아내를 연기
하며 쿨하게 넘겨야 할까? '부부끼리 일에 대중의 관심은
접어두죠.'라고 인터뷰한다면 희진이 꿈꿔온 대로 세상을
통달한 품격 있는 여자처럼 보일까?

"지금도 만나? 나 출근하면?"

"이럴까 봐 내가 쉬쉬한 거야, 희진아."

희진이 답답한 듯 옷 앞섶을 흔들며 입을 다물었다. 안

방 창가에 옆집 서재가 올려다보였다. 희진이 인상을 쓰며 커튼을 닫았다.

"미친년이라고 했잖아. 대학 때 몇 달 사귄 게 다야. 지난번에 말한 것처럼 안유림 그냥 자격지심만 똘똘 뭉친 여자야. 줘도 안 먹어."

"아 좀, 상스럽게! 소설가가!"

희진이 검지를 입술에 대며 신경질을 부렸다. 누가 들을지도 모른다는 이상한 불안감이 일었다.

"자기야, 나 문호재야. 문학판에서 살아남는 거 말고는 관심 없어."

호재가 희진의 허리를 껴안으며 그녀의 머리를 부드럽게 쓰다듬었다. 우리가 여기까지 어떻게 왔는지 다시 생각해 보라며 타이르듯 말했다. 미디어에 얼굴을 내민 자기가 지율이를 두고 바보 같은 짓을 할 리가 없다는 말도 했다.

"《거인이 사는 숲》 우리 둘이 이룬 거잖아. 자기가 봐준 문장으로 가득한 책인데도 자기가 먼저 남들한테는 숨기라고 했잖아."

희진이 뜨거운 숨을 삼키며 호재의 어깨를 감쌌다. 일이 끝나고 녹초가 된 몸으로 호재가 쓴 원고를 봐준 날이 수두룩했다. 한 챕터는 희진이 통째로 썼다고 해도 과언이 아닐 정도로 수정을 도맡았다. 가끔은 뇌 속을 통째로

빼앗기는 기분이 들기도 했지만, 이게 다 우리를 위해서
라는 것을 되새기며 입을 다물었다.

"나 너 아니면 안 돼. 우리 성공은 다 네 거야. 알지?"

어차피 옆집 사람들은 겨울이면 떠날 사람들이라고. 우
리는 차기작만 성공시켜서 잘 먹고 잘살면 그만이라고.
그게 임희진 네가 원하는 거 아니었냐며 호재가 희진의
손을 맞잡았다.

희진은 늪 속에 빠진 사람처럼 스스로 만든 욕망 속으
로 천천히 침잠했다. 뜨뜻하고 꽤 아늑했다.

5

소낙비가 내리는 한낮의 한강이었다. 운전석에 앉아 안
개가 낀 대교를 보던 유림이 조수석으로 고개를 돌렸다.
호재는 이곳에 온 지 20분째 창밖만 보고는 한 번도 입을
열지 않았다. 결국 유림이 또 아이를 달래듯 말을 꺼내야
했다.

"그게 그렇게 화날 일이야?"

"아니. 병신 같은 일이지."

호재는 왜 쓸데없이 밑줄을 그은 책을 건우의 서재에

놓아둔 건지 물었다. 좋은 집에서 좋은 차 타고 다니는 사모님이 뭐가 아쉬워서 그 황금 줄을 놓치려고 드냐고.

"네 남편이 아무리 재수 없어도 의사야. 너보다 똑똑하잖아."

"알아. 안 그래도 매일 무시당하고 사니까 굳이 짚어줄 필요 없어."

유림은 어쩌다 이렇게 우유부단한 남자를 좋아하게 되었는지 처음으로 후회하게 되었다. 20대의 낭만은 그때 끝냈어야 했는데. 암 진단이 아니었어도 호재와 길거리에서 악다구니를 쓰다가 헤어질 운명이었다. 차라리 그렇게 이별했다면 속이라도 개운했을 것을, 투병 내내 유림은 자신에게 벌어진 비극이 억울했고 그걸 되돌릴 힘을 갈망했다.

"이거 봐봐. 각도 보면 분명 뒷산에서 찍은 거야. 사람 써서 우리 감시한 거라고."

호재가 스마트폰을 꺼내 라디오 녹음실에서 받은 사진을 내밀었다. 선베드에 누워 서로의 몸을 더듬는 유부남과 유부녀의 맨몸이 적나라하게 찍혀있었다.

"잘 나왔네."

"농담하는 거 아냐. 네 남편이 시킨 거 맞지?"

"왜 네 아내는 의심 안 해? 임희진도 멍청한 여자는 아니잖아. 눈치챌 수도 있지."

"넌 지금 그 둘이 우리 사이 눈치채길 바랐던 것처럼 말한다?"

황당하다는 얼굴로 호재가 유림을 노려보았다. 정말 그랬나? 그랬던 것도 같았다. 건우는 희진과 인터뷰를 하고 점점 노골적으로 유림을 그녀와 비교했다. 거실에 새 화분을 들인 날에는 '카탈로그로 배운 인테리어라 거기서 거기 같다'라고 말했고, 희진이 쓴 자신의 기사를 읽으며 '네가 쓰는 글보다 훨씬 가독성이 좋네. 내용도 풍부하고'라는 말로 은근히 긁어댔다.

며칠 전에는 아침 식사를 끝내고 건우에게 플로리스트 과정을 배워보겠다는 말을 넌지시 꺼냈다. 시아도 이제 많이 컸으니 자격증을 따서 일을 시작하겠다고. 건우는 유림이 소름 끼치게 싫어하는, 까맣고 차가운 눈빛을 보내며 말했다. 몸 건강이나 챙겨. 다 망가진 몸으로 애 둘을 낳았어. 영빈이랑 시아, 엄마 없는 애들로 키우고 싶어? 네가 완치 판정을 받았다고 해이해진 모양이라며 유림의 병에 대해 겁을 주었다. 부부동반 모임은 물론 학부모 모임에서도 좋은 소문이 들려오지 않는다, 괜히 몇 푼 버는 척 나댔다가 동네 평판 떨어뜨리지 말아라. 너야 명품만 두른 멍청한 여자 소리를 들어도 상관없겠지만 영빈이는 엘리트 코스를 밟을 남 씨 집안 장남이다⋯⋯.

"진짜 그랬나 봐."

"뭐?"

"나 문호재한테 여전히 진심이었나 봐."

"미친년."

호재가 혀를 끌끌 차며 고개를 돌렸다. 유림은 건우의 눈빛처럼 새카맣게 칠해진 자기 미래를 그가 구원해 주길 바라고 있었다. 아무것도 두렵지 않았던 그 자유로운 시절처럼 건강한 몸으로, 돈 따위에 굴복하지 않는 마음으로 호재를 껴안고 맨바닥에 뒹굴고 싶었던 거였다.

"이혼하자, 문호재. 우리 둘이 다시 사랑하자."

"야, 남건우 너한테 로또야. 그걸 걷어차?"

호재는 자기가 유림이었다면 건우에게 평생 사랑 없이 몸을 팔 수도 있다고 했다. 유림이 넌더리가 난다며 핸들을 손바닥으로 내리쳤다. 어깨를 들썩이며 눈물을 터뜨렸다.

"너 때문에 내가 지옥을 택했어. 네가 날 버려서, 너무 외롭고 무서워서 내 발로 그 개새끼한테 기어들어 간 거라고!"

그렇게 소리치는 유림의 팔목에서 에르메스 팔찌가 반짝였다. 타고 있는 차는 세컨 차인데도 희진이 타는 오래된 SUV보다 좋았다. 건우에게 유림의 일탈은 사실 별일이 아니었을지도 모른다는 생각이 들었다. 그 남자도 원한다면 집 밖에서 젊고 예쁜 여자를 수없이 만질 수 있으리라.

건우라면 돈으로 자기를 협박할 일은 없을 것 같았다. 집으로 사진을 보낸 이후 별다른 말이 없는 걸 보니 1차적 경고 조치였다. 알아서 끝내지 않으면 직접 끝내주겠다는 압박 정도랄까. TV에 얼굴을 내민 베스트셀러 작가였으니 자기가 추문을 겁낼 거라는 것도 당연히 예상했겠지.

"진정해, 안유림. 네가 찾는 사랑은 여기 없어."

"개새끼……."

"너나 나나 남 옆에서 기생하면서 살아야 한다고. 너 매주 가는 우울증 상담은 어떻고. 그게 한두 푼이야?"

유림의 충혈된 눈이 호재를 매섭게 노려보았다. 창밖으로 굵은 빗방울이 떨어지고 있었고 세상의 소음이 전부 블랙홀 속으로 빨려 들어간 것 같았다.

"20대인 너한테 날벼락이 떨어졌던 긴 맞지만 난 네 우울 못 고쳐줘. 그깟 잠깐의 애욕으로는 네가 감당이 안 돼. 너도 알잖아. 구원은 어디에도 없고 우린 그냥 제 주제를 알고 살아야 한다고."

이 남자, 오늘 진짜 나를 버리러 왔구나. 유림이 촉촉해진 눈가를 닦고는 적막을 머금은 한강을 바라보았다. 지금 당장 차에서 내려 한강으로 질주한다면 호재가 날 살릴까? 가만히 둘까?

호재에게서 버림받고 싶지 않다는 마음이, 원래 자기 것이었던 사랑을 돌려받아야 한다는 집착이, 희진에게 지고 싶지 않다는 생각으로 빠르게 변해갔다. 유림 자신도 눈치채지 못할 만큼 순식간이었다.

"문호재."

"왜."

유림이 호재를 지긋이 보며 말했다.

"우리가 계속 사귀었으면, 내가 문제없이 건강하게 네 아들을 낳아줬으면, 그럼 넌 날 책임졌을 거니?"

호재는 유림과 연애하던 시절 종종 결혼 얘기를 꺼냈지만 진지하게 고민해 본 적은 없었다. 결혼할 여자로서는 딱히 구미가 당기지 않았던 것도 사실이었으니까.

"책임졌지. 펜대를 부러뜨리고서라도 돈 벌어왔을 거야. 우리 아이 지켜야 하니까."

그래도 깔끔한 마무리를 위해 마지막으로 유림이 듣고 싶은 말을 해주었다. 한 줌의 애틋함만 들고 헤어진다면 퍽 괜찮은 여운이 남은 관계가 될 것 같았다.

"호재야."

유림이 호재의 손등을 부드럽게 잡으며 말했다.

"너한테 아들이 있다고 하면, 나랑 도망칠래?"

희진은 호재를 옆자리에 태우고 건우의 저택이 지어지는 지산호수로 향했다. 건우가 스키트 사격을 하자며 희진 부부를 초대한 것이었다. 뒷마당에서 위스키를 나눠 마실 때 인사치레로 한 말이라고 여겼는데 의외였다.

"적당히 거리를 둘 줄 알았더니 생각보다 이웃 간에 정이 깊은 사람이네."

운전대를 잡은 희진이 혼잣말처럼 말했다. 호재는 딱히 대답하지 않고 호숫가 근처의 녹음을 멍하니 보았다.

호재와 유림의 과거를 듣고 부부싸움을 한 것이 며칠 전의 일이었다. 잔업이 남아 야근을 하고 온 지 이틀째, 희진은 서재에 틀어박혀 글과 외로운 싸움 중인 호재를 물끄러미 보았다. 생각해 보면 젊은 시절 연애로 언성을 높일 것까지는 없었다. 그저 그 대상이 자기를 은근히 무시하는 듯한 유림이었기에 순간 화가 났던 것뿐.

그래서인지 희진이 먼저 호재를 달래 나왔다. 부부 사이 분위기도 전환할 겸, 호재의 작업 스트레스를 풀어줄 겸 해서.

"저건가 봐. 뼈대 올려놓은 거 보여?"

희진이 호수 건너 철근 위로 시멘트를 발라 놓은 저택을 가리켰다. 기성품처럼 비슷한 디자인으로 줄줄이 이어진 영림동 주택단지의 풍경과 달리, 호숫가를 둘러싼 저택 부지에는 널찍하니 거리를 둔 채 각자의 개성을 살려 지은 저택 네다섯 채가 모여있었다. 의사나 변호사, 중소 기업 사장 정도가 아니라, 은퇴한 기업 회장이나 저명한 화가가 살만한 집들이었다.

호재가 자조 섞인 웃음소리를 내며 말했다.

"저런 거 지으려면 이번 생에는 무리겠지?"

"자기 지금 저런 거 부러워하는 거야?"

"넌 안 그래?"

"당연하지. 태어나서 지금까지 한 푼도 안 쓰고 모아도 불가능하잖아."

영화 〈기생충〉의 마지막 장면처럼 평범한 사람이 이 집을 산다는 건 지독한 농담 같았다. 곧이어 저택 주차장 앞에 선 건우가 희진의 차를 향해 손을 흔드는 게 보였다. 호재가 낮은 목소리로 희진에게 말했다.

"저 새끼 친일파 집안 자식이래."

"뭐?"

"오해하지 말고 들어. 안유림이랑 대화하다가 안유림이 말실수해서 알게 된 거니까. 중요한 건 저게 대대로 나라 팔아먹은 돈으로 지은 집이라는 거야."

희진이 헛웃음을 치며 호재에게 물었다.

"불편하면 오지 말자고 하지 그랬어. 나도 거절할 수 있었는데."

"궁금하잖아. 얼마나 잘 사는지."

이렇게 말하는 호재의 낡은 셔츠가, 희진은 오늘따라
더 창피하게 느껴졌다.

건우는 두 사람을 뒷마당으로 안내했다. 아직 정원수가
들어오지 않아 어수선하다고 했다. 이쪽에는 연못이 이쪽
에는 영림동보다 두 배는 넓은 수영장이 들어올 거라는
말도 했다.

"나중에 완공되면 초대할게요. 지난번보다 파티도 크게
열 거라."

"초대해 주시면 감사하죠."

간단한 저택 소개를 마친 건우가 뒷마당 한쪽에 있는
창고에서 산탄총 두 개를 꺼내왔다. 하나는 건우의 것, 하
나는 아버지 것이라고 했다. 자신의 트럭에 총을 실은 건
우가 운전석에 타고, 희진과 호재도 타고 온 차에 올랐다.
호수 건너 클레이 사격장까지는 그리 오래 걸리지 않았다.

"근처 사는 주인분들이랑 공동으로 사용료를 내고 있
어요. 지도에도 안 뜨는 사격장이에요. 프라이빗하게 즐
기려고."

차에서 내린 건우가 12게이지 산탄총을 호재에게 건네

며 말했다.

"쏠 줄 알죠?"

"당연하죠."

호재가 씁쓸하게 웃으며 총을 받아들었다. 곧 사격장 관리인이 방출기 세 대를 꺼내 위치에 세웠다. 호재가 견착 자세로 총을 들고는 입으로 신호음을 내었다. 주황색 비행접시가 세 대의 방출기에서 랜덤으로 솟아올랐다. 표적이 조준점에 오르는 순간 호재가 방아쇠를 당겼다.

탕! 탕. 탕.

몇 번의 실패 끝에 드디어 호재의 총에 산산이 부서진 비행접시가 추락했다. 주홍빛 연기가 솜사탕처럼 허공에 번졌다. 보고만 있어도 개운한 기분이 드는 광경이었다. 박수를 치며 웃는 희진의 곁으로 건우가 다가왔다.

"즐거워 보이네요."

"남자는 몇 살을 먹어도 애죠. 어머, 죄송해요."

희진이 건우를 보고 수줍게 웃었다. 건우가 괜찮다며 희진의 어깨를 가볍게 두드렸다. 잠시 호재의 사격 실력을 감상하던 건우가 희진에게 말했다.

"지율이가 밤에 자주 깨나요?"

"글쎄요. 그런 말을 한 적은 없는데."

"새벽에 뒷마당에 나왔다가 지율이를 본 적이 있어요.

아빠 서재에 있더라고요."

건우는 2층 테라스에 있던 지율이를 발견한 날, 뒷마당에 햄스터를 묻고 있었다고 말했다. 영빈이가 키우던 것들이라고 했다.

"영빈이가 햄스터도 키웠구나."

"정확히 말하면 해부 실습용이에요."

희진이 놀란 눈을 뜨고 건우를 보았다. 해부 실습이라니. 겨우 열 살짜리가 집에서? 건우가 산탄총을 집어 들고 희진에게 건넸다. 다음 차례가 오기 전에 자세 잡는 법을 가르쳐주겠다고 했다.

"다락방에서 가끔 영빈이한테 해부학을 가르쳐요. 유림이한테는 비밀."

"영빈이도 외과 의사가 꿈이라서 그런 거예요?"

산탄총은 생각보다 무거웠다. 총열 중간부를 잡고 남은 손을 방아쇠에 건 뒤 허리에 힘을 주고 섰다. 건우가 희진 가까이 다가와 다시 어깨를 터치했다.

"어깨 너무 긴장하지 말고 내려요. 이것도 힘 빼지 않고 쏘면 몸살 나요."

건우는 희진의 총열을 가볍게 붙잡고 호재 쪽에서 비행접시가 올라올 때마다 방향을 잡아주었다. 희진은 게임을 하는 것처럼 건우의 지휘에 따라 비행접시에 초점을 맞추었다.

"영빈이가 여덟 살 때였나? 조금씩 폭력적인 성향이 보였어요. 시아한테 장난감 자동차를 던진다든가 본가에 있던 앵무새한테 소리를 질러 위협한다든가. 아는 정신과 의사한테 상담을 받게 했는데 소아 우울증이라고 하더라고요."

희진은 유림을 떠올리며 조용히 고개를 끄덕였다. 예민하고 충동적인 엄마 밑에서 아무 문제 없이 자라기란 쉽지 않을 거라는 생각을 하다가 괜히 영빈에게 미안한 마음이 들었다. 건우는 영빈의 공격성을 바른쪽으로 풀어주기 위해 벌써 2년째 아들과 해부학 실습을 한다고 말했다.

"다행히 흥미도 많고 즐거워하더라고요. 새로운 취미 생활인 거죠."

"좋네요. 이삐가 친구가 되어주고."

다른 위로의 말을 찾기는 어려웠다. 희진은 지율이도 호재와 썩 사이가 좋은 편은 아니라는 말을 꺼냈다. 호재는 자기 성공이 우선인 사람이라, 소설로 이름을 날리고 싶다는 욕망이 앞선 사람이라, 지율이를 자주 소외시킬 때가 있다고.

"희진 씨도 그럴 때가 있었잖아요."

"네?"

건우가 씨익 웃으며 희진의 뒤로 다가왔다. 그러고는 총을 잡은 희진의 양손을 차례로 붙잡았다. 부드럽고 매끈한 손의 감촉에 자기도 모르게 민망한 소리를 낼 뻔했다. 희진은 마비 독이 퍼진 포유류처럼 제자리에 멈춰 서 있었다. 놀란 척을 하며 건우에게서 몸을 떨어뜨리기에도 이미 늦어버렸다.

"다 버리고 혼자서 글 쓰고 싶어했잖아요. 옛날에."

10년 전, 건우는 희진과 함께한 저녁 식사 자리에서 그녀가 한 말을 여태 기억하고 있었다. 호재도 잊고 있던 희진의 꿈.

그때, 희진의 눈앞에 주황색 접시가 떠올랐다. 건우가 희진의 검지 위에 자기 손가락을 올려 방아쇠를 당겼다.

탕!

총소리와 함께 접시가 터지며 연기가 퍼졌다.

목표물을 빼앗긴 호재가 황당하다는 얼굴로 두 사람을 돌아보았다.

호기심 많은 이웃

1

"스키트 사격이 재미있는 건 표적이 어디에서 나올지 모른다는 거예요. 늘 짜놓은 코스대로, 당연히 의사가 되기 위해 태어난 저한테는 이런 예측 불가능한 순간들이 그렇게 짜릿하더라고요."

이 이상한 이웃은 나한테 뭘 바라는 걸까. 욕조에 몸을 담근 희진이 수면 위로 손을 들어 방아쇠를 당기듯 손가락을 굽혀보았다. 건우가 자신의 손을 그러쥐던 순간, 유럽의 바다를 연상케 하는 시원한 향이 그의 목덜미에서 풍겼다. 황홀하다는 단어를 최근 들어 쓴 적이 있나? 단단한 총열을 쥔 희진의 손 위로 건우가 조심스럽고 부드럽게 그녀의 손을 움켜잡았다. 그 감촉이 아직 희진의 피부 위에 남아있었다. 물로 씻어내도 사라지지 않는 강렬한 감각이었다.

— 네가 요즘 굶어서 그래, 이년아.

수화기 너머의 은지가 웃으며 말했다. 애 키우랴 돈 벌랴 네가 남자 손길을 제대로 받아본 적이 있냐고, 집에 있는 그 남자는 너보다 키보드를 더 자주 애무할 거라고.

"상스럽다, 은지야."

— 그게 본능이야. 본능은 원래 상스러운 거라고.

은지는 자기도 최근 외로움을 못 이기고 만남 어플을 깔아 파트너를 구했다는 말을 꺼냈다. 마음을 위로해 주는 건 우아한 체하면서 찾을 수 있지만 몸은 아니더라며 사뭇 쓸쓸한 말투로 말했다.

— 있는 돈 없는 돈 다 털어서 아이돌 팬싸 가는 것보다야, 또래 남자 구해서 술도 한잔 기울이고 취한 척 몸도 기울이고 하면 좋지.

"너야 이제 솔로고. 난 유부녀잖아."

— 솔직히 말해봐. 너 지금 내가 부럽지?

은지가 끝까지 놀릴 구석을 찾아 웃음을 터뜨렸다. 희진에게 만남 어플 다운로드 링크를 메시지로 보내기까지

했다. 안방으로 돌아온 희진은 속옷만 입은 채 전신 거울 앞에 섰다. 이 정도면 몸매 관리에 돈을 쏟아붓는 유림이랑 크게 다르지 않지 않나, 잠시 그런 생각도 했다.

꾹꾹 닫아놓았던 창문 커튼을 열어젖히고 싶은 기분, 속옷만 입은 몸으로 창가에 서서 옆집 2층 서재에 선 건우를 마주하고 싶은 기분.

"미친년."

희진이 고개를 저으며 머리카락을 쓸어 올렸다.

주말 오후 지율이를 태우고 백화점으로 향했다. 문화센터에서 어린이들을 위한 베이킹 클래스가 열리는 날이었다. 백화점 VIP를 대상으로 클래스 초대권이 뿌려졌는데, 유림이 두 장을 받은 김에 지율이를 초대했다. 그날 이후 희진은 딱히 유림을 마주하고 싶은 생각이 없었지만, 개학 후 부쩍 외로워 보인다는 시아가 안쓰러운 마음도 있었고, 무엇보다 지율이를 위해서 같이 움직이기로 했다.

"아줌마 오늘 엄청 예쁘네요?"

희진을 보자마자 시아는 활짝 웃으며 달려왔다. 희진이 고심 끝에 골라 입은 연녹색 원피스를 만지작거리며 공주님 옷 같다고 했다. 결혼식 때나 입는 옷이었는데 막상 문화센터에 와보니 다른 엄마들은 수수하게 차려입고 있었다.

"지율이 데려다주고 어디 가시는 건 아니죠?"

유림은 청바지에 셀린느 로고가 작게 박힌 흰 티를 입고 있었다. 팔에 걸어놓은 카디건은 꼼데가르송. 가볍게 입고 나온 유림이 훨씬 세련되어 보여 괜히 위축되었다. 어디 나들이라도 간다고 할까 생각하던 중에 유림이 갑자기 희진의 팔짱을 꼈다.

"애들 수업 듣는 동안 우리도 놀아요, 언니."

유림이 근처에 자주 다니는 에스테틱 숍이 있다고 했다. 유림과 한 시간 넘게 카페에 앉아 수다를 떨 수도 없는 노릇이었으니 괜찮은 제안 같았다. 희진이 직접 운전하겠다고 하자 유림이 과장된 표정으로 그녀의 어깨에 기대며 말했다.

"너무 좋아요. 여자끼리 놀아서."

이럴 때 보면 딱 시아가 겹쳐 보였다. 젊은 시절의 호재가 유림과 어떤 연애를 했는지도 알 것 같았고. 애교가 없는 자신과는 확실히 다른 매력이었다.

멀지 않은 거리였지만 길이 막혀 몇 번이나 멈춰서야 했다. 유림은 클래스가 끝나면 지율이에게 가을 카디건을 사주고 싶다고 했다. 시아랑 같은 디자인으로 색깔만 다르게.

"아마 우리 시아는 연보라 입을 것 같아요. 지율이는 노란색 어때요? 병아리처럼."

"지율이도 연보라색 좋아해요."

"그래도 같은 건 좀 그렇다. 제가 잘 말해볼게요."

희진이 유림을 획 돌아보았다. 백치를 가장한 유림의 묘한 눈빛이 느껴졌다. 매번 비싼 물건으로 상대를 현혹하려는 꼴이 같잖았다. 줄 수 있는 게 그것뿐인 애정결핍 환자의 모습 같았다.

"시아한테 좋은 방식은 아닌 거 같아요."

"뭐가요?"

"친구들한테 자꾸 선물 사주는 거요. 동등한 위치에서 우정을 쌓는 걸 방해하는 것 같아서요. 어차피 다 고만고만하게 사는 동네인데 옷 한 벌이 아쉬울까."

한두 살 위! 언니로서 타이르고자 했던 마음이 날카로운 말투로, 비아냥의 말로 번져갔다. 신호가 바뀌자 희진이 운전대를 꽉 잡고 코너를 돌았다. 과한 대응이라고 생각했지만 마음 한구석은 또 시원했다. 유림의 오랜 우울증이 영빈이도 시아도 좀먹고 있다는 말까지는 하지 않았으니 이 정도면 잘 참은 것 아닌가.

밖에 나가 실적에 시달리고 갑질하는 인터뷰이 상대를 10년 넘게 견딘 희진이었다. 이제는 사이가 서먹해 보이는 부하 직원들의 관리까지 추가되었지만, 희진은 한 번도 심리 상담 같은 걸 받아본 적이 없었다. 희진은 호재가 왜 유림과 헤어졌는지 알 것 같았다. 자기 불행에만 코를 박고 사는 여자와 결혼까지 생각하기는 힘들었을 거였다.

순간 희진은 엉뚱하게도 '이겼다'라고 외치고 싶어졌다. 무엇을 가지고 싸우고 있는 건지 알지도 못하면서.

에스테틱 숍은 노을처럼 은은한 조명이 깔려있었다. 단정한 유니폼을 입은 매니저가 가운을 건네며 VIP실로 안내했다. 유림은 차 안에서 희진이 한 말을 곱씹었다. 고상한 척하지만 누구보다 물욕 강한 게 본인이면서 왜 자기딸은 안 그럴 거라고 생각하는지 이해할 수 없었다.

최근에 유림은 시아 일로 담임과 상담을 하고 왔다. 조별 활동이나 체육 시간 때 시아가 혼자 남는 일이 잦아졌다는 얘기였다. 처음부터 조용한 성격의 아이라면 넘어갔겠지만 시아 곁에 머물던 친구들이 한꺼번에 사라졌다는 게 걱정이 된다는 투였다.

유림은 고작 초등학교 때 사귄 친구들이 시아 인생에 중요할 리가 없다고 대꾸했다. 겨울에 이사를 가면 전학을 시킬 거라는 예정에도 없던 말로 자존심을 지켰다.

사실 아이에게 문제가 생긴다면 그 반대일 거라고 생각

했다. 영빈은 호재와 낳은 아이고 시아는 건우와 낳은 아이였으니까. 똑똑한 것도 시아가, 예의범절을 잘 지키는 것도 시아일 것이라고 건우 모르게 그런 생각을 품고 살았다.

"언니랑 이렇게 얘기할 시간이 있었으면 했어요."

천장을 보고 누운 유림이 밝은 목소리로 말했다. 맨몸에 타월만 두른 두 여자가 침대에 누워 발 마사지를 받고 있었다.

"좋죠. 같이 피로도 풀고."

희진이 나지막이 대답하며 눈을 감았다. 마사지사가 발등에 떨어뜨린 유칼립투스 오일에서 톡 쏘는 향이 풍겨 왔다.

"며칠 전에 뒷마당 나갔다가 호재 오빠 봤어요. 영빈이랑 시격 얘기하고 있더라고요."

"아, 재미있어하더라고요. 사격."

"그보다는 남자아이랑 얘기하는 걸 신나하던데."

유림의 웃음 사이로 혀를 끌끌 차는 듯한 소리가 났다. 눈을 뜬 희진이 고개를 획 돌렸지만 유림은 천장을 향해 눈을 감고 있을 뿐이었다.

"언니는 지율이 동생 만들어줄 생각 없어요?"

"하나로도 벅차서요."

"아쉽겠다. 호재 오빠 대학 때부터 아들 키우는 게 꿈이라고 했는데."

호재는 몸이 아픈 형 때문에 어릴 적 아버지 사랑을 제대로 받지 못했다. 그래서인지 아들을 낳아 같은 취미를 공유하며 자기는 못 해본 어린 시절의 낭만을 채우길 원했다.

"그렇게까지 갖고 싶을까. 가끔 보면 호재 오빠 좀 안쓰러워 보일 때가 있어요."

"유림 씨가 왜요? 남의 집 남편을 왜 안쓰러워해요?"

"어머, 저 지금 선 넘었나요?"

다시 또 기분 나쁜 웃음소리가 났다. 마사지사가 향이 다른 오일을 종아리에 뿌리고 검지와 엄지로 부드럽게 종아리 근육을 쓸어올렸다. 오일의 효능 때문인지 종아리에서 금세 열감이 느껴졌다.

"그렇죠. 남의 집 얘기는 함부로 하는 게 아니죠. 제가 선 넘은 거 맞네요."

곧이어 마사지사의 안내에 따라 두 여자가 엎드려 누웠다. 따뜻하게 데운 마사지용 조약돌을 두 여자의 등과 종아리, 발바닥에 올려주었다. 유림은 수행하듯 눈을 감고 조약돌이 피부에 전하는 온기를 느꼈다. 이쯤에서 끝낼까. 저 괘씸한 여자도 이 정도로 주물러줬으면 된 걸까.

"아들이라고 해도 마찬가지죠. 제대로 키울 수 없다면 낳지 않는 게 제 소신이라."

"무슨 뜻이에요?"

딸그락. 유림의 몸에 있던 조약돌이 흐트러졌다. 희진이 잠꼬대를 하듯 나른한 목소리로 말을 이었다.

"영빈이도 좀 우울해 보이더라고요. 잘 지켜보세요. 자기 아들한테 그 정도 관심은 있어야죠."

유림이 손을 들어 마사지사에게 그만 나가도 좋다고 했다. 마사지사는 두 여자의 몸에 올려둔 조약돌을 빠르게 챙겨 나갔다. 희진이 타월 두른 채 침대에 걸터앉았다.

"어머, 유림씨 화났어요? 애 키우는 엄마끼리 그냥 걱정 나누는 거죠."

유림이 말없이 다리를 꼬았다. 말려 올라간 타올 아래로 익숙한 흉터가 눈에 선명히 들어왔다.

그녀의 허벅지에는 마른 나뭇가지가 새겨져 있었다. 이른 아침 이슬을 머금고 깨어난 참새가 잠시 쉬고 갈만한 마른 가지. 푸드득 날개를 펼친 참새가 날아가고 나면 홀로 몸을 부르르 떨며 외로움을 견딜 가지. 오돌토돌 솟은 허벅지의 흉터를 훑자, 그녀가 종아리를 비비며 신음을 뱉었다. 그녀는 새처럼 날아간 내 손을 붙잡고 '조금 더'라고 외쳤다.

애처롭고, 가엾게. 이파리 하나 없이 홀로 선 나무가 되어.

희진은 그 흉터를 누구보다 잘 알았다. 《거인이 사는 숲》 89페이지, 두 번째 문단. 출간 전까지 희진이 몇 번이나 고쳐준 문장. 섹슈얼함과 서정적 표현을 녹일 방법을 찾겠다고 바쁜 와중에도 호재와 머리를 맞댔다. 잠을 줄이느라 아침이 되면 배로 피곤해졌으면서 그때는 왜 그렇게 호재 소설에 손을 대는 게 좋았는지.

"이거 보여주려고 그런 거예요? 에스테틱에 오자고 한 게?"

"다른 것도 보여줄까요?"

침대에서 내려온 유림이 몸에 두른 타월을 끌어내고 뒤로 돌아섰다. 예쁘게 떨어지는 직각 어깨와 코르셋을 찬 듯 잘록한 허리, 탄력 있고 봉긋한 엉덩이. 하지만 그 아름다운 것들에 앞서 희진은 유림의 날개뼈에 난 붉은 흉터로 시선이 멈추었다. 속에 담긴 무언가를 꺼내기 위해 낸 수술 자국이었다.

"이것 때문에 호재 오빠랑 헤어졌어요. 자기는 곧 죽어도 건강한 아이를 낳고 싶다잖아요."

유림이 실쭉 웃으며 바닥에 떨어진 타월을 집어 앞을 가렸다.

"그래도 그 덕에 흉부외과에서 만난 의사랑 결혼했잖아요. 참 고마운 사람이야."

"그래서요? 지금 와서 왜 이런 얘기를 하는데요?"

희진은 명치에 신물이 올라오듯 알싸한 통증을 느꼈다. 다 끝난 사이라면서 이러는 이유가 뭘까. 책 속 주인공이 자기라고 사람들에게 공표라도 해야 호재에게 버려진 분노가 풀린다는 걸까. 볼수록 의뭉스럽고 요사스러운 여자였다. 뒷산에 숨어 기어다니는 뱀이나 죽은 나무에서 자란 독버섯 같았다.

"그냥 알고 있으시라고요. 고마워하는 것까지는 바라지도 않으니까."

강렬한 펀치를 먹였다는 듯 의기양양한 표정. 옷걸이에 걸린 가운을 걸치는 유림을 따라 시선을 돌린 희진이 말했다.

"꼭 유림 씨 아니었으면 우리 가족은 아무것도 아니었을 거란 투로 들리네."

정말 그 소설 전체가 유림의 이야기였을까. 소설의 결말과 달리 유림은 떡하니 살아있었다. 호재는 사랑을 지키지 않고 그녀를 놔버렸다. 분명 실제와 달랐다. 그런 것들을 작가가 새롭게 가공해서 원고를 완성한 것이었다. 한 권의 책을 위해 밤잠을 줄여간 부부의 노력을 이렇게 쉽게 제 것이라고 주장할 수는 없었다.

억울함에 치를 떠는 그녀에게 유림이 히죽 웃고는 말했다.

"틀린 말은 아니죠. 그 집에 이사 올 수 있게 도와준 것도 난데."

당신이 평생 갖고 싶었던 그 집 말이야, 이 여자야. 유림의 눈이 꼭 그렇게 말하는 것 같았다. 문을 나서는 그녀의 뒷모습을 보던 희진이 입술 안쪽을 깨물었다. 아릿아릿한 모욕감에 현기증이 일었다.

2

"나 영빈이 방 좀 구경할래."

유림의 집에서 늦은 아침을 먹던 호재가 말했다. 앞치마를 두른 유림이 미소 띤 얼굴로 호재의 밥그릇에 조기한 점을 올려주었다.

"천천히 먹고 구경해. 시간 많잖아."

"영빈이가 그럼 남건우 그 새끼가 아니라 내 머리를 닮아서 똑똑한 거네? 이번에 수학 경시대회 2등 했다며."

신이 난 호재가 밥 한 숟가락을 크게 입에 넣었다. 희진이 아침 일찍 만들어준 샌드위치는 서재 책상에서 천천히 말라가는 중이었다.

"문호재나 나나 완전 문과 아냐? 어떻게 그런 머리가 나오지?"

"나 중학교 때까지는 수학 성적 90점대였어. 글 쓰느라 수학은 깔끔하게 포기한 거지."

유림은 밥을 입에 문 채 종알대는 호재가 귀엽다는 듯 바라보았다. 영빈이 덕에 얻은 평화이자 사랑이었다. 호재는 밥 한 공기를 비우는 내내 영빈이 눈썹 모양이 자길 닮았다는 둥 건우와 달리 반 곱슬기가 보인다는 둥 말을 처음 배운 아이처럼 종알댔다. 유림은 자신이 이 게임에서 완전히 이겼음을, 희진의 맨가슴을 언제든 날카로운 손톱으로 갈기갈기 찢어놓을 수 있음을 확인했다.

대단한 희열이었다.

"네 남편은 어때. 별말 안 해?"

"안 해. 경고로 끝난 것 같아."

"경고라……. 진짜 쿨한 새끼네. 좀생인 줄 알았는데."

"경고가 아니었으면 나 죽었어."

유림이 무언가 더 말하려다가 입을 닫았다. 호재가 생선에 남은 살점을 젓가락으로 발라 먹고 있었다. 기름에 반짝이는 입술을 혀로 훑어 닦은 모습을 보니 그냥 웃음이 나왔다.

"걘 그럼 뭐 밖에 따로 여자 만들어놨대?"

"알 게 뭐야. 하고 싶으면 뭔들 못하고."

유림은 깨끗하게 비워진 반찬 접시와 수저를 들어 싱크대로 옮겼다. 며칠 전 희진과 에스테틱에서 있었던 일이 떠올랐다.

"네 아내는, 별말 안 해?"

"요즘 아예 서로 말이 없어. 눈 뜨면 난 서재, 희진이는 회사. 난 소설 핑계로 2층에서 잘 때도 많고."

"왜 따로 자?"

자리에서 일어난 호재가 유림의 허리를 껴안았다. 거칠고 건조한 손이 유림의 니트 셔츠 안쪽을 파고들었다. 속옷 위로 호재가 그녀의 가슴을 움켜쥐었다. 목덜미에 댄 입술이 끈적였다.

"조선 시대 왕들이 왜 조강지처보다 아들 낳은 후궁을 예뻐했는지 알겠어."

"뭐래. 미친 새끼야."

호재가 불룩 솟은 제 물건을 유림의 엉덩이에 바짝 붙이고 말했다.

"하나 더 낳을까? 아들 낳을 수 있는 엉덩이는 따로 있다던데."

입술을 살짝 깨문 유림이 몸을 돌려 호재의 뺨을 구길 듯 붙잡았다.

"지랄하지 말고. 이제 우리 어떻게 할 건지나 얘기해."

호재가 2층 영빈이의 방문을 열었다. 하늘색 벽지와 새하얀 맞춤 가구가 한눈에 들어왔다. 고급스러운 원목 침대와 책상, 세련된 디자인의 높이 조절용 데스크, 호재도 갖고 싶었지만 가격 때문에 망설였던 의자. 그리고 붙박이 옷장이 있는 벽면에는 낮은 서랍장 위로 매트를 깔아 편하게 책을 읽을 수 있도록 아지트 공간도 마련되어 있었다.

멍하니 아들의 손길이 닿은 가구들을 만져보던 호재가 책상에 뒤집어둔 상장을 집었다. 수학 콩쿠르에서 받은 상장이었다.

"은상이네."

"말도 마. 2등도 잘한 건데 한 문제 틀렸다고 종일 말도 안 했어. 이름만 불러도 얼마나 매섭게 쳐다봤는데."

"아빠 닮아 완벽주의자라서 그런가 봐."

호재가 상장을 내려놓으며 쓸쓸한 미소를 지었다. 이 방에 있는 가구 중 자기가 직접 사줄 수 있는 게 몇 개나 있을까. 당장 데스크탑 하나 사주기도 벅찰 거였다. 호재는 100만 원이 훌쩍 넘는 영빈이의 의자에 등을 기대고 앉았다. 허리가 편안해서 앉으면 몇 시간이고 글에만 집중할 수 있을 것 같았다.

"안유림."

"왜."

"날 사랑하면 영빈이 성인 될 때까지는 여기 붙어있어."

"뭐?"

호재가 의자에 앉은 채 몸을 돌렸다. 이미 영빈이가 제 아들이라는 유전자 검사를 끝냈다. 10년 만에 찾은 아들에게 호재가 할 수 있는 최고의 아빠 노릇은 영빈이를 그냥 이 집에 두는 것이었다. 지산대학교 병원장 자리를 물려받을 남건우의 아들로.

"내가 앞으로 몇 권의 베스트셀러를 내도 지금처럼 영빈이를 키울 수는 없어. 너도 그건 알잖아."

"이제는 명예 때문이 아니라 돈 때문에 날 버리게?"

"버린다는 게 아냐. 너희 가족이 호숫가 저택으로 갈 때까지만 서로 조심하자는 거야. 그 뒤로는 가끔 만나면 되지. 이제 이런 소꿉놀이는 그만하고."

유림도 호재가 무슨 말을 하는지 알았다. 영빈이가 최고의 교육을 받으려면 건우 밑에서 자라는 게 맞았다. 지금처럼 의사가 꿈인 상황에서는 더더욱. 나중에 영빈이제 아들이 아니라는 걸 알게 되었다고 해도 이미 받은 교육을 물릴 수는 없었다.

"결혼생활이 길어질수록 네가 받게 될 재산도 늘어날 거고."

"얼마나 더? 10년?"

다만 점점 더 잔인하게 자기를 멸시하는 건우의 차가운 눈빛을 견딜 수 있을까 하는 문제가 남았다. 호재에게 말하지 않았지만 최근 들어 건우는 더 노골적으로 유림에게 잔인한 말들을 뱉었다. '일부러 폐병 걸린 여자를 들인 건데. 생각보다 건강하게 오래 사네?', '진짜 애만 낳아놓고 끝이야? 왜 자꾸 애들 학교에서 전화 오게 만들어. 네가 그러고도 엄마야?'

유림이 정말 화가 나는 건 건우가 자기 분을 풀기 위해 그런 짓을 하는 게 아니란 거였다. 멀쩡한 정신으로도 건우는 유림이 우울을 느끼는 날을 캐치해 주머니에 모아둔 쓰레기를 퍼붓듯 그녀의 내면을 긁었다. 우울증도 유전인데 아이들에게 뭘 물려주고 싶은 거냐고 매섭게 쳐다보며 손찌검을 한 날도 있었다.

반항은 꿈꿔본 적도 없었다. 게다가 호재와의 불륜을 들켰으니 건우 앞에 더 납작 엎드려야 했다. 밟을 가치도 없는 단세포 생물처럼 굴어야 조용히 넘어갈 수 있었다.

"안 돼…… 호재야, 난 못 해."

유림이 그대로 바닥에 주저앉았다. 호재에게 어디서부터 얘기를 꺼내야 할지 감이 오지 않았다.

수술을 끝내고 돌아온 건우가 일인용 소파에 앉았다. 장장 열한 시간의 대수술이었다. 분당 80회씩 뛰는 심장 소리는 쉬지 않고 살려달라고 짖어대는 짐승의 절규 같았다. 손끝에 남은 소독제 냄새를 맡다 보면 위스키가 당겼다.

사모님 병원으로 들어가셨습니다. 진단서는 준비해 뒀습니다.

유림을 미행하는 J의 메시지였다. 호숫가 사격장 운영자이자 건우의 심부름꾼인 J는 정신과 의사를 매수해 유림의 우울증을 조금 더 심각한 문제로 끌어올렸다. 건우는 이사 후에 이혼 소송을 걸어 영빈이와 시아의 양육권을 가져올 계획이었다. 그녀의 극심한 우울증 증세는 법정에서 불리하게 작용할 예정이었다. 불륜 증거도 마찬가지였고. 경제력이 없는 유림은 건우에게 얼마큼의 돈을 받고 조용히 저택을 나가게 될 거였다.

안 나가면 죽여버리고.

건우가 건조해진 눈을 깜빡이다가 서랍에서 꺼낸 인공

눈물을 눈에 넣었다. 리모컨으로 스피커를 켜 볼콤의 〈우아한 유령〉을 들었다. 할아버지가 좋아하던 곡이었다. 집안의 부끄러운 배경과 무관하게 할아버지는 선한 인간에 가까웠다. 가난한 이들을 치료하기 위해 진료 날 중 하루를 통째로 비워 무상으로 치료했다. 병원 근처 고등학생들에게 장학금을 주거나 희귀병에 걸린 아이를 좋은 병원에서 치료할 수 있게 발 벗고 나섰다. 조상이 벌인 만행을 속죄하기 위해서였는지, 그저 태생이 그렇게밖에 살 수 없는 남자였던 건지는 건우도 알 수 없었다. 분명한 건 건우는 그런 할아버지를 딱히 존경하지 않았고 오히려 포획 가능한 약자로 인식했다는 거였다.

건우는 캐비닛에서 위스키를 담은 힙플라스크를 꺼냈다. 샤냥철에 들고 나가는 티타늄제의 위스키용 물통이었다. 창가에 서서 위스키를 한 모금 머금고 할아버지를 떠올렸다.

30여 년 전 건우의 할아버지는 지산호수의 소박한 주택에서 혼자 지냈다. 병원장을 은퇴한 뒤 낮에는 호숫가에서 낚시를, 저녁에는 서재에 앉아 책과 논문을 읽는 것을 낙으로 삼았다.

건우의 부모가 해외 의학 포럼에 초청을 받아 유럽으로

떠난 2주간, 건우는 할아버지의 집에서 지내게 되었다. 그때 건우의 나이 열두 살이었다. 할아버지가 낚시하는 걸 구경하던 건우는 플라스틱 통 안에서 팔딱거리는 배스를 보다가 무심코 흙밭에 떨어진 꼬챙이를 집어 들었다.

푹!

살점을 뚫고 들어간 꼬챙이에 배스의 숨이 멎었다. 낚싯대를 바라보던 할아버지가 쪼그리고 앉아 죽은 생명체를 관찰하던 건우에게 물었다.

"왜 죽였어? 고통스러워 보여서?"

"아뇨."

건우가 꼬챙이를 빼내어 끝에 남은 핏물을 흙바닥에 탁탁 털었다.

"어차피 죽을 거면 내가 죽이고 싶어서요."

"어째서?"

할아버지가 낚싯대를 내려놓고 건우를 지긋이 바라보았다. 눈 밑 살이 처진 할아버지의 눈은 너구리처럼 보였다. 건우가 꼬챙이로 흙바닥을 쓱쓱 그으며 말했다.

"재미라도 주고 가면 좀 낫잖아요. 누군가는 행복하게 해준 거니까."

"너는 이게 재미있니?"

"재미없어요? 할아버지도 재미있어서 낚시하는 거잖

아요."

　그때부터였다. 할아버지는 건우를 환자로 규정하고 부모에게 알렸다. 알고 보니 부모는 당시 해외 포럼에 다녀온 게 아니라 건우의 증상을 제일 잘 아는 유럽 어딘가의 교수를 만나고 온 것이었다. 독일인이었나, 네덜란드인이었나. 고급 영어였지만 발음이 유창하지는 않았던 여자 교수와 다섯 번의 상담을 했다. 죽은 동물의 사진을 보여주며 연상되는 단어를 말하라든가 수십 가지 인물 사진을 펼쳐 놓고 화난 사람을 찾으라는 식이었다.

　열두 살의 건우는 자길 환자로 만든 할아버지를 증오했다. 의사가 되어야 할 자신이 약하고 힘없는, 아버지의 병원에 가득한 뺏뺏하고 멍청한 병원복을 입은 환자 취급했다는 것이 화가 났다. 하지만 이 병신 같은 테스트를 피하기 위해서는 교수가 원하는 답을 찾아야 했고, 은근하고 조심스럽게 나아지고 있다는 걸 보여줘야 했다.

　열네 살이 된 건우는 할아버지의 서재에서 찾은 자신과 비슷한 증상을 갖는 사람들의 치료 일지를 뒤적였다. 그중 제일 치료 경과가 좋은 이들의 공통점을 찾아다가 그대로 행동했다. 건우가 가진 기질은 고칠 수 있는 종류의 것이 아니라, 조심스레 다독이고 이성적으로 사유하며 숨겨야 하는 것이었다.

건우는 땅 깊은 곳에 자신만이 가진 기준과 판단과 옳음을 묻고 흙으로 메웠다. 친족을 죽이면 세상에서 큰 비난을 얻게 된다는 것도 충분히 이해했다. 그렇게 되면 자기가 누리는 자유를 빼앗길 거고, 아버지처럼 의사가 되지도 못할 거고, 가끔 어른들 몰래 햄스터나 도마뱀 등을 죽이는 소소한 즐거움도 누리지 못할 거였다.

'말 잘 듣는 아이'가 뭔지 깨달으면서 건우는 자랐다. 부모를 속이고 할아버지도 속이면서. 혼자만의 비밀을 혀 위에 사탕처럼 굴리면서.

음악이 끝나자 적막 속에 메시지 알림음이 울렸다.

건우 씨, 퇴근길에 잠깐 뵐 수 있을까요?

희진에게 흥미를 느낀 적이 있었다. 10년 전 인터뷰를 끝내고 찾아간 레스토랑에서였다. 처음 마셔 보는 고급 와인에 눈이 동그래진 희진이 건우를 보며 민망함에 입술을 꾹 다물었다. 젊었고, 능숙한 척하는 어수룩함이 없었고, 원대한 포부는 비싸다는 걸 아는 현명함도 보였다.

부잣집에서 태어나 자기와 동등하려고 드는 전처도, 어떤 멸시를 줘도 재미없게 반응하는 멍청한 현처도 금세 호기심이 식기는 매한가지였다. 그런 건우에게 술에 취한 희진이 언젠가 쓰고 싶다는 소설 얘기를 꺼냈다.

"아빠를 죽이는 소설을 쓰고 싶었어요. 보험금 때문도 아니고 깊은 원망 때문도 아니고 그냥 내 인생에서 삭제할 생각으로요. 탈피한 도마뱀이 자기 껍질을 먹어치우듯이 자기가 어디서 나왔는지를 깨끗하게 지워버리는 거죠."

"왜요?"

"우린 다 어디서 나왔는지를 중요하게 생각하잖아요. 전 그런 거 싫어요. 어디에도 속하지 않고 내가 나온 출구를 잃어버리고 살고 싶어요. 그래야……."

희진이 슬쩍 슬픈 눈으로 레드 와인이 담긴 와인 잔을 들여다보았다.

"진짜 나로 살 수 있을 것 같아서요."

위스키 한잔하죠. 제가 살게요.

답장을 보낸 건우가 소파에서 일어나 하얀 가운을 벗었다. 어쩌면 자기가 설계해 둔 결말이 조금쯤 더 재미있게 바뀔지도 모르겠다고 생각하면서.

3

"엄마, 어제 시아네 집에서 숨바꼭질했는데 시아는 영빈 오빠 방에 절대 들어가면 안 된대. 오빠가 화나면 엄마랑 아빠가 자기 엄청 혼낸다고. 이 집에서 자기편은 없대. 3층에 있는 다락방도 가보고 싶었는데 만날 잠겨있나 봐."

희진은 어느새 어깨까지 자란 지율이의 머리를 땋아주었다. 미술 학원에서 만난 친구의 생일 파티에 가는 날이었는데, 시아는 초대받지 못했다고 했다.

"근데 우리가 너무 궁금해서 다락방 앞까지만 몰래 가보기로 했다? 조용조용 올라갔는데 계단에서 이상한 거 주웠어."

그것은 산딸기나 구미젤리의 작은 조각 같았다고 했다. 빨갛고 작은 점이었다. 시아가 검지로 빨간 조각을 콕 찍어 들어 올리더니 코 밑에 두고 킁킁 냄새를 맡았다. 곧 시큰둥한 얼굴로 "피야."라고 말했다.

"시아가 바로 엄지랑 검지로 그걸 꾹 눌렀어. 그러니까 손가락에 피가 튀기는 거야! 꼭 피 빤 모기 죽으면 나오는 것처럼."

지율이가 웬일로 길게 종알대는 동안 희진은 몸살을 앓는 사람처럼 신음이 나오려는 것을 참았다. 건우와 마신 술은 고작 위스키 두 잔이 다였는데도 마치 오랜 숙취가 희진의 내장을 썩히고 있는 것 같았다.

"시아가 그게 뭐라고 했는지 알아? 오빠가 키우는 햄스터 눈알이래."

희진은 과장된 몸짓으로 어깨를 부들부들 떠는 지율이를 붙잡았다.

"가만히 있어. 머리 망가져."

"엄마는 안 무서워? 영빈이 오빠 다락방 계단에 빨간 눈이 떨어져 있다니까! 흰 쥐 눈이 빨간색이잖아!"

"알았으니까, 문지율."

희진이 지율이를 무섭게 보고 말했다.

"생일 파티 가서 괜히 그런 말 하지 마. 애들이 싫어해."

"알겠어. 비밀이야, 비밀."

어제저녁 위스키 바에서 희진은 가능한 침착하고 우아한 말투로 건우에게 아내 간수를 잘하라고 말할 생각이었다. 이미 끝난 사이인데 자꾸만 유림이 선을 넘는다고. 자기를 도발하고 신경을 긁어내며 유림 본인이 제일 반짝였던 날을 추억하고 있다고. 유림의 구역질 나는 짓거리를 당신 때문에 참았다고. 우리 둘 다 가장이니까, 애들 키우는 부모니까.

위스키 바의 붉은 조명이 건우의 얼굴을 감쌌다. 마치 오래전 두 사람이 함께 마신 와인 속에 들어온 것 같았다. 에스테틱에서 벌어진 일을 듣고도 건우는 조금도 모욕감을 느끼지 않은 표정이었다. 건우의 반응에 희진은 더 할 말을 찾지 못하고 갈증을 느껴 물잔을 집었다. 커프스 단추를 풀고 소매를 걷어 올린 건우가 야구 게임장에 배트를 들고 선 고등학생처럼 설레는 표정으로 말했다.

"안 되겠네. 제가 유림이 손 좀 봐줄까요?"

패줄까요? 묵사발을 내줄까요? 다시는 기어오르지 못하게 잘근잘근 밟아줄까요? 이런 뜻을 내포한 말인가. 너무 차분한 말투여서 희진은 건우의 저의를 읽지 못했다. 건우는 농담이라며 잔을 들어 희진 앞에 놓인 잔과 부딪혔다. 희진이 얼굴을 붉히며 말했다.

"저 지금 장난하는 거 아니에요."

"알아요. 지금부터 제가 하는 말도 전부 장난 아니에요."

건우는 10년 전 인터뷰 때를 떠올려보자고 했다. 그때 건우는 이미 유림과 결혼한 상태였고 희진은 호재와 결혼을 전제로 연애 중이었다. 일이 끝난 희진에게 호재는 출간회 뒤풀이 때문에 늦는다고 말했다. 그 덕에 건우와 저녁 식사를 했던 거고.

"그러니까요, 그날. 우리 유림이도 저녁 늦게 들어왔다고요."

건우가 희진을 향해 고개를 빼고 턱을 괴었다. 붉은 조명 아래 건우의 속눈썹에 음영이 졌다. 이게 무슨 소리인지 알아요? 한낱 과거의 연애가 아니라 오래 묵은 치정이라고요. 희진은 유림이 자신만만한 표정으로 호재에게 자신의 이웃집을 소개해 주었다고 얘기했다. 옆집이 경매에 넘어간 걸 알리면서. 희진 몰래 호재와 유림은 몇 번이나 만났을까. 분노를 일으킨 파문이 아직 그녀를 괴롭혔다.

그러니까, 언제. 언제부터.

"건우 씨는 어쩜 이렇게 태연해요. 꼭 미리 알고 있던 사람처럼."

"아무도 믿지 않으면 평생 속을 일도 없죠."

건우가 위스키 잔을 빙빙 돌리며 말했다. 영빈이는 자기 아이가 아니라고.

조금 전 유림을 때려주겠다는 말처럼 감정의 요동이 전혀 느껴지지 않는 말이었다. 다시 말해달라고 해야 하나 싶었지만 희진은 분명하게 들었다. 그제야 왜 건우가 10년 전 그날 유림과 호재가 같이 있었을지 모른다는 말을 꺼냈는지 깨달았다.

"내 아이가 아니라는 건 영빈이가 여섯 살 때쯤 알았어요. 남자도 그런 것쯤은 알아요. 그래도 그간 키운 정이 있고 무엇보다 똑똑해서 키워서 손해 볼 건 없겠다 싶었죠. 모르는 척하고 살까 싶었는데 옆집에 그 남자가 이사를 왔네?"

건우가 손바닥으로 한쪽 눈을 쓸어올렸다. 나른한 그의 목소리와 달리 희진은 상황이 점점 심각해지는 걸 느꼈다.

"아빠가 누군지 궁금했어요. 그래서 호재 씨 유전자 검사를 좀 해보려고 하는데……."

"그건 그냥 건우 씨의 가정이죠. 우리 몰래 몇 번 붙어먹었다 쳐도, 남의 애를 낳을 정도로 둘 다 무모한 사람들은 아니잖아요."

"무모한 게 아니라 염치가 없는 거지. 누구 때문에 안락한 가정에서 살아온 건데."

건우는 호숫가 저택으로 이사 간 뒤 유림과 이혼할 생각이라고 했다. 그가 양육권을 얻을 수 있는 유리한 증거를 이미 모아뒀다고. 희진도 호재와 말끔한 이별을 원한다면 도움이 될 사람을 소개해 준다고 했다.

"전…… 이혼 안 해요."

"아이 때문에요?"

희진이 입술을 꾹 다물었다. 그녀의 삶에서 이혼은 선택지에 없었다. 은지의 이혼을 응원하고 지금도 그녀를 소중하게 여기지만, 은지 앞에서 화목한 가정을 전시하며 은근한 행복을 느꼈던 것도 사실이었다. 아빠와 이혼한 엄마가 자신보다 한참 처지는 남자들에게 끈적한 추파를 받고 내심 기뻐하는 모습을 보면 역겨웠다. 외로움을 못 이긴 엄마가 상진보다 먼저 챙겼던 게 그런 별 볼 일 없는 남자들이었다. 이혼하고 훨씬 나은 삶을 사는 여자들이 있음에도 희진은 자기가 보고 싶은 것만 봤다. 그래야 자기가 지키고 있는 가정의 가치가 제대로 된 보상을 받는 것 같았으니까.

"왜 본인한테 어울리지도 않는 가정을 지키려 하지?"

"그것 말고는 내가 이렇게 살아올 이유가 없잖아요."

희진이 기어코 속내를 뱉어냈다. 이 남자는 얼어붙은 자기 마음을 부수고 차디찬 물에 맨손을 넣었다. 휘적거리는 그의 매끈한 손에 희진은 속에 있던 장기가 뒤엉키는 기분이었다.

"호재, 만약에 영빈이가 자기 아이인 걸 알면 끝까지 물고 늘어질 거예요. 자기 닮은 아들 하나 갖는 게 평생소원인 남자니까."

"우리 영빈이는 호재 씨처럼 충동적이지는 않은데 말이죠. 자기가 필요한 것을 얻기 위해서는 참을성도 좋은 아이예요. 제가 그렇게 가르쳤거든요."

희진은 이렇게 말하는 건우가 진짜 아버지답게 느껴졌

다. 어차피 영빈이는 평생 폭력성을 조절하는 훈련을 받아야 한다고 했다. 조금 더 커서는 집중적인 심리 치료를 받고, 혹시나 사회생활을 하면서 일어나는 사건 사고도 해결할 수 있게 도와줘야 했다. 부모의 지적 능력과 재력과 인맥이 한데 모여있어야 가능한 일이었다.

"희진 씨가 이혼할 게 아니면, 영빈이를 호재 씨가 데려가는 최악의 수도 있겠어요. 돈 먹는 하마 같은 아들이 그 집에 가면 희진 씨만 더 힘들어지죠."

"알아요. 그러니까 아무것도 의심 말고, 그냥 이사 가세요. 그리고 웬만하면……."

"유림이랑 이혼도 하지 말아라? 그러면 또 호재한테 찾아올 테니까. 아들 얘기하면서."

희진이 양손으로 이마를 감싸 쥐었다. 살면서 갖은 부탁을 해온 희진이었지만 이렇게 스스로에게 모멸감을 느끼게 만든 건 처음이었다. 건우의 새카만 눈동자가 희진을 차갑게 훑었다. 사람을 초라하게 만드는 눈빛이었다. 당장 자리를 박차고 도망가고 싶을 정도로.

그날. 붉은 와인을 입에 머금고 처음 맛보는 귀한 대접에 황홀했던 그날. 희진은 흐트러진 모습으로 제 속내를 뒤집힌 양말처럼 내보였다. 내심 건우를 유혹하고 싶은 마음이 작용했던 걸까. 호재보다 좋은 선택지가 눈앞에 있으니 자기도 모르게 객기를 부리고 싶었던 걸까. 희진은 자신의 불우한 삶을 취기를 빌려 뱉으면서 건우가 물고 있던 담배를 뺏어 물었다. 건우가 자신의 입술 사이를 지긋이 보는 그 순간이 싫지 않았다.

"아직도 자기 자신으로 살 준비가 안 된 거예요?"

고개를 돌린 건우가 위스키 잔을 들었다. 희진이 눈물을 삼키듯 물을 마셨다. 목구멍 안으로 아무리 물을 들이부어도 갈증이 가시지 않았다.

지율이를 생일 파티에 데려다준 희진은 엄마 집으로 향했다. 그동안 자신에게 벌어진 일을 찬찬히 살필 시간이 필요했다. 호재에게 내일 아침 일찍 돌아가겠다고 메시지를 보낸 뒤 현관문을 열었다. 구형 텔레비전에서 개그 프로그램이 나오고 있었고, 엄마는 거실 전기장판에 모로 누워 꾸벅꾸벅 졸고 있었다. 신발을 벗고 들어온 희진이 베란다를 돌아보았다. 등산 모임에서 얻어온 복분자 원액과 길에서 주워온 세발자전거, 언젠가 이사 갈 때 쓰겠다며 모아둔 종이상자들. 그런 것들을 보고 있으면 꾸역꾸역 입에 밀어 넣은 찬밥처럼 체하는 기분이 들었다.

"자러 왔어."

희진은 가방만 한쪽에 툭 던져 놓고 엄마 앞에 누웠다.

천천히 몸을 일으킨 엄마가 담요를 끌어와 희진의 어깨에
덮어주었다. 라면이라도 끓여주겠다는 엄마의 말에 대답
도 하지 않은 채 눈을 감았다.

이 집에서 매일 처절한 불행만 겪었냐고 묻는다면 꼭
그런 것만은 아니었다. 크리스마스에는 초코파이를 쌓아
다가 케이크 대신 촛불을 꽂아 소원을 빌었고, 고장 난 자
전거를 고친 날에는 상진이 신이 나서 희진을 뒤에 태우
고 동네를 돌았다. 가장의 의무를 포기한 아빠만 없었다
면 가난해도 제법 소박한 가정을 누리고 살 수 있지 않았
을까.

하지만 희진은 이제 그만한 행복을 충분하다고 여길 자
신이 없었다.

"호재랑 싸웠어?"

"그냥 쉬고 싶어서 온 거라니까."

엄마가 희진의 등을 쓰다듬었다. 초가을인데도 엄마의
손이 찼다. 아마 발은 더 얼음장 같겠지. 신경 써서 겨울용
버선을 사줬지만 거치적거린다며 꺼내 신지 않았다.

"영 못 살겠어?"

"……."

"그럼 이혼하고 이 집 들어와. 아니면 그 집 팔아다가
우리 같이 저 옆 동네에……."

"이혼을 왜 해. 그 집을 왜 나눠? 내가 어떻게 들어간 집인데!"

희진이 주먹으로 바닥을 퉁퉁 쳤다. 안유림 그년이 소개해 줘서 온 집이라고 해도 좋았다. 엄연히 희진이 노력해서 산 집이었다. 호재와 이혼하고 이곳으로 돌아와 봤자 또다시 가장이 되는 건 뻔했다. 주는 돈을 알뜰살뜰 아껴 쓰는 엄마와 달리 상진은 희진이 집을 팔고 받은 돈부터 탐낼 거였다. 또 가게를 해보겠다는 말로 몇천 뜯어다가 집안 살림을 야금야금 녹여 먹겠지. 그걸 생각하면 지금 집이 죽을 만큼 소중해졌다.

"아직도 자기 자신으로 살 준비가 안 된 거예요?"

건우의 붉은 눈이 희진을 뚫어지게 보았다. 머리털을 뽑고 피부를 벗기고 두개골을 열어 그 속에 담긴 뇌를 현미경으로 세포 하나하나 들여다볼 기세로.

"도대체 뭘 지키고 싶은 건데요."

위스키 바가 추웠던 건지 건조한 건우의 목소리에 사뭇 몸이 떨렸다. 희진이 솜털이 돋아난 뺨을 손바닥으로 문지르며 말했다.

"내 집, 내 아이, 내 가정이요."

순간 일그러지는 건우의 얼굴을 보며 희진은 공포심을

느꼈다. 어린 시절 사랑받길 원했던 아빠에게 큰 실망을 안긴 느낌. 가지고 놀던 손전등을 놓쳐 실수로 TV를 망가 트렸을 때, 얘를 때릴까 말까 고민하던 아빠의 퀭한 눈빛이 여전히 그녀의 기억 속에 있었다.

하마터면 미안하다고 빌 뻔했다. 질문에 대답만 했을 뿐인데도. 건우가 바 테이블을 손바닥으로 툭툭 두드리며 눈을 번뜩였다.

"희진 씨, 거짓말하지 말고. 진짜 뭘 갖고 싶은 거냐고."

희진은 자기 등을 쓸어내리는 엄마의 손을 떼어냈다. 가방을 들고 현관을 나서는 그녀에게 엄마가 말했다.

"상진이가 배달하다가 허리를 다쳐서 며칠 쉬는 중이야. 한의원에서 침 좀 맞아야겠는데……."

희진이 지갑에서 현금을 꺼내 엄마에게 건넸다.

"고마워요, 엄마."

"응?"

그녀가 퀭한 눈으로 엄마를 지긋이 보며 말했다.

"나 이렇게 잘 살게 도와줘서 고맙다고."

4

안개가 낀 서해 어딘가. 소형 배를 운전하던 건우에게 심부름꾼 J의 전화가 왔다.

— 사냥 중이십니까?

"끝나고 청소 중이요. 무슨 일이죠?"

— 요청하신 일 마무리했습니다.

"네, 고맙습니다."

통화를 끝낸 건우가 J의 대포 통장으로 사용료를 입금했다. 희진의 집 안방과 서재에 설치했던 도청 장치를 수거하는 일이었다. 퇴역 군인인 J는 건우보다 열 살이 많았지만 행동이 민첩하고 조심성이 있었다. 무엇보다 건우에게 불필요한 질문을 하지 않아서 좋았다.

건우는 피부를 끈적하게 만드는 바닷바람을 맞으며 숨을 들이마셨다. 담배를 입에 물고 붉은 조명 아래 흔들리던 희진의 눈빛을 떠올렸다.

"아깝네."

조금 더 솔직한 대답을 들었으면 좋았을 것을. 지금은 유림만큼이나 희진의 두 눈을 파버리고 싶어졌다. 절친한 친구인 줄 알았던 이에게 배신을 당한 기분이었다. 이렇게 배은망덕한 놈들이면 죽이고 싶어지잖아요. 우리 같이 서로의 배우자를 죽여보는 건 어때요? 이런 말까지는 바라지도 않았지만, 그래도 이건 너무 식상한 반응이지 않았나. 신파도 아니고.

어창을 연 건우가 어둠 속에서 공포에 질린 두 눈을 마주했다. 건우가 손전등을 켜 어창 안에 묶인 남자를 비추었다. 결박당한 채 청테이프로 입을 막아놓은 남자는 남 씨 집안의 친일 행적을 캐던 지방지 신문기자였다.

"날이 좋네요. 여기가 이미 저승 같지 않나요?"

건우를 올려다보는 남자의 눈에서 눈물이 뚝뚝 떨어졌다. 건우가 어창 앞에 쭈그리고 앉아 담배 연기를 내뿜었다.

"그래도 그쪽은 신념을 지키고 가잖아요. 당신 일간지에서 대서특필해 주겠지. '지산대학교 병원장 남원식을 뒷조사하던 정의로운 기자 김한용 씨의 미스터리한 죽음' 아, 이건 너무 긴가? 짧게 말해, '깝치다가 죽었다' 어때요?"

건우가 어깨를 떨며 웃더니, 어창 뚜껑에 담배를 비벼 끄고 양반다리를 하고 앉았다.

"난 그래도 해석하기에 따라서는 독립운동가인데. 내 손으로⋯⋯ 남 씨 하나를 죽인 적이 있거든요?"

건우는 잠시 뜸을 들이더니 이야기를 시작했다.

30년 전 지산호수에 살던 은퇴한 병원장 말이에요. 남원식이 아버지 남일원. 그 아저씨도 친일파 집안인 덕에 호의호식하며 살았어요. 일본 유학도 다녀오고, 그쪽에 저명한 의학자랑도 친구 먹고. 모두가 남일원 앞에서 고개를 숙였지. 근데 저승 갈 나이가 되니까 갑자기 뭐가 무서웠는지 착한 척을 하대요? 성당 가서 갑자기 세례도 받아. 이 할아버지가 왜 이러나 싶었는데 그 이유가 뭔지 알아요?

나요. 나 때문이래요. 우리 집안에 괴물이 태어난 게, 지금껏 자기 집안 때문에 목숨을 잃은 사람들의 저주가 모여서 그렇대요. 공감이라는 것도 못하고 감정이 뭔지도 모르는 이 멍청한 대가리가, 남 씨 집에서 나온 게 이상하지 않으냐고.

그때부터 방학마다 할아버지 집에 있었어요. 부모는 내가 달팽이 머리만 떼어도 벌벌 떨었거든요. 근데 그게 다 공부잖아요? 의사 되려면. 아무튼, 그 집에서 낮에는 할아버지랑 바둑 두고 밤에는 책도 읽고 공부도 했어요. 할아버지는 내 행동을 관찰해서 일지처럼 썼고요. 다 늙어서 나 같은 괴물을 보니까 무슨 탐구욕이 샘솟았나 봐요.

그렇게 고등학생이 되니까 얼추 부모들을 속일 정도는 되었어요. 길 잃은 강아지를 쓰다듬고 전쟁 영화에서 숨이 멎은 아이를 보며 우는 짓은 못 했지만, 부모는 내가 학교에서 문제를 일으키지 않는다는 것만으로도 안심했거든요.

무사히 2년을 보내고 고등학교 3학년으로 올라가기 전에 다시 할아버지 집에 갔어요. 할아버지는 신장 투석을 받기 시작해서 부쩍 몸이 마르고 행동이 느려졌어요. 어떨 땐 벽만 보고 기도문을 읊으며 반나절을 보내기도 했고요. 어느 날 거실에서 잠이 든 할아버지를 보다가 몰래 서재로 들어갔어요. 그동안 할아버지는 자기 허락 없이 서재 출입을 엄격하게 금지했거든요. 연구 중인 논문 자료가 흐트러질까 봐라고 하셨는데, 사실 저를 관찰한 일지를 보여주는 게 싫었겠죠.

그 안에 어떤 내용이 적혀있었는지 주절주절 얘기하지는 않을게요. 한두 시간 후면 안개가 걷히니까. 그 안에 당신 몸을 토막 내서 바다에 뿌리려면 시간이 빠듯하거든요. 어쨌든 이야기를 마무리하자면, 일지를 읽고 있던 내 등 뒤로 할아버지가 나타난 거예요. 순간 책상 위에 은빛 레터나이프가 보였고, 그 길이와 날카로움이 내 분노를 표현하기 적절하다는 생각이 들었어요.

진짜 칼이었다면 더 깔끔하게 죽였을지도 모르죠. 어쨌든 레터나이프로 할아버지의 목을 두 번, 쇄골 바로 아래를 한 번, 왼쪽 갈비뼈와 옆구리를 두 번씩 찔렀습니다. 근육이 얼마 남지 않은 몸이라 조금 질긴 짐승의 가죽을 가르는 것 같았어요. 아니면 아주 오래 묵은 북을 찢는 느낌이랄까.

당신은…… 당신 배를 가르면 누런 지방 덩어리가 뚝뚝 떨어질 것 같네요. 그래, 남들 뒤밟으면서 자기 건강을 챙기기는 어려웠겠죠.

그때가 첫사랑의 추억 같은…… 아니, 첫 살인의 추억이었죠. 그 뒤로도 여건이 되면 계절에 한 번씩, 아니면 상반기와 하반기로 나눠 사냥했어요. 하지만 친족을 죽이는 것만큼이나 달콤한 맛은 안 나더라고요. 요즘은 1년에 한 번 사냥을 나가기도 힘들어요. 다른 게 아니라 진짜, 누굴 죽이고 싶은 마음이 잘 안 들거든요. 나이 들면 이 아랫도리가 안 서는 것처럼 욕구가 많이 줄어드나.

그래도 요즘은 좀 재미있는 일을 계획하고 있어요. 어떻게 될지는 아직 얘기 못 드리겠네요. 아무튼 친일파 하나는 죗값을 치르고 죽었으니 난 좀 빼줘요. 난 이 집 돌연변이잖아.

건우는 들통에 담은 기자의 몸 조각을 바다에 나누어서 뿌렸다. 해수에 피 묻은 장갑을 씻고 플라스틱 의자에 앉아 J가 보낸 녹음 파일을 들었다. 개그 콤비처럼 둘의 만담에 웃음이 나왔다. 건우는 희진에게 녹음 파일을 보내면서 메시지를 전송했다.

희진 씨한테 고백할 게 있어요. 사실 저희 집에 도청 장치를 설치하다가 욕심을 좀 부렸거든요. 두 사람이 우리 집에서만 논 게 아닐 수도 있겠다 싶어서.

이혼 증거를 모으던 건우는 자기 집에 도청 장치를 설치하면서 몇 가지 불편한 사실을 알게 되었다. 호재가 자기 집 부엌에서 유림이 내어준 반찬으로 점심 식사를 한다는 것. 그럼에도 딱히 자기 집에서 몸을 섞거나 하는 결정적인 내용이 없기에 혹시나 하는 마음에 희진의 집까지 도청을 했던 것이다.

도청 장치는 당신이 외출한 시간에만 켜두었고 현재 완벽하게 회수했습니다. 그래도 불쾌했을 테니 사과드립니다. 꼭 이혼을 생각하지 않더라도 파일은 갖고 계시면 나중에 도움이 될 것 같아 전달합니다. 듣거나, 듣지 않고 파기하셔도 상관없습니다. 희진 씨 판단을 존중하겠습니다.

잠시 스마트폰을 보고 있던 건우가 한마디 더 적었다.

건우 자신도 이상한 일이라고 생각했다. 여태껏 자기가 이렇게 이웃에게 친절한 적이 있었나?

그리고 오늘 일찍 퇴근하시면 선물을 하나 드리겠습니다. 사과의 표시라고 생각해 주셔도 좋고요.

집으로 돌아가는 길 차 안에서, 희진은 건우가 건넨 녹음 파일을 재생했다. 확실한 이혼 증거를 모으기 위해 상대의 외도를 담은 녹음 파일이 필요했다는 말은 이해했다. 남의 집에 도청 장치를 설치했다는 것에 소름이 돋았지만, 희진은 바에서 봤던 건우라면 마음만 먹으면 무엇이든 쉽게 얻어낼 수 있는 남자라는 걸 다시 깨달았다.

— 촌스러워. 이 귀걸이 샤넬 짭이지?

— 모르겠는데? 진짜는 얼만데?

— 이런 건 160, 170?

— 그럼 짭일 거야. 희진이 최상급 이미테이션 잘 찾더라고.

— 오빠도 참. 결혼기념일 같을 때 한 번쯤 선물도 하고 그러지.

호재와 유림이 키득거리는 소리가 희진의 차 안을 메웠다. 유림이 콧노래를 부르며 희진의 화장대를 구경하는 장면이 그려졌다. 지율이가 점토로 만든 접시에 해외여행을 갈 때마다 면세점에서 산 중저가 브랜드의 반지와 귀걸이가 섞여있을 거였다. 희진의 귓가에 유림의 비웃음이 들리는 듯했다.

— 아내랑 소설 강의에서 만났다며. 어때? 글은 좀 써?

— 문장만 볼 줄 알아. 재능은 없고.

유림과 호재의 입 맞추는 소리가 났다. 불쌍해라. 유림의 늘어지는 목소리에 이어 호재가 침대에 눕는 소리도 들렸다.

— 우리 희진이 불쌍하지. 겨우 문장 몇 개 고친 거로 자기가 내 소설을 거의 다 쓴 줄 알아.

— 푸하하하. 그 여자가? 진짜 그렇게 생각해?

곧이어 호재의 위로 유림이 올라탔다. 침대 스프링이 움직이는 소리와 함께 유림이 매트가 싸구려라고 구시렁대는 목소리도 이어졌다. 곧 유림의 교성과 호재의 거친 숨이 섞여들었다. 아, 아, 아, 아. 핸들을 잡은 희진의 미간이 점점 더 구겨졌다.

— 이번 소설은 나한테 먼저 보여줘. 내가 봐줄게.

— 하…… 그럴게.

— 그 여자는 아주 고급인 척하는 싸구려야. 네 소설에는 나만 손대는 거야, 앞으로. 알았지?

— 후우⋯⋯. 좋아, 안유림. 좋아.

— 아들도 못 낳는 여자보다야 내가 낫지? 그치?

애교 섞인 목소리와 함께 유림의 교성이 점점 더 높아졌다. 당장 돌아가야 할 곳이 두 남녀가 몸을 뒹굴던 방이라는 것에 분노가 일었다. 하지만 희진이 그보다 더 화가 나는 건, 황당하게도 호재가 자신의 가치를 무시하고 다른 여자와 원고를 공유하기로 했다는 거였다.

희진에게 그건, 섹스보다 더 치욕스러운 외도였다.

집으로 돌아온 희진이 곧장 서재로 올라갔다. 호재는 연락도 없이 외출 중이었다. 희진은 곧장 호재의 노트북을 열었다. 호재가 최근까지 쓴 소설 원고를 열어보려는데, 창밖에서 유림의 비명이 들렸다. 방금까지 들었던 그녀의 교성과는 다른 공포에 질린 목소리였다.

"잘못했어요! 잘못했어요!"

희진이 노트북을 내려두고 테라스로 통하는 통창 문을 조용히 열었다. 옆집 뒷마당에 유림이 선베드에 쓰러진 채 이마에 피를 흘리고 있었다. 위잉, 위잉. 어디선가 전동 드릴 소리가 났고, 곧이어 희진의 시야에 건우가 보였다. 한 손에 든 전동 드릴의 전원을 껐다 켜기를 반복하며 건우가 여유롭게 걸어왔다.

"몇 주 조용히 있으니까 진짜 그냥 넘어간 줄 알았어?"

윙, 위잉. 건우가 선베드의 가죽 위로 전동 드릴을 찔러넣었다. 툭툭 천이 찢어지는 소리와 함께 구멍이 뚫렸다. 유림이 앉은 쪽으로 점점 드릴 구멍이 가까워졌다. 유림이 양손으로 귀를 막은 채 흐느꼈다. 덜덜 떠는 손끝이 희진에게 그대로 보였다.

"내가 고장 난 의자를 왜 그냥 뒀냐…… 하면."

건우가 선베드에 나사못 열댓 개를 던졌다. 그러고는 유림의 종아리를 잡아 거칠게 들어 올렸다.

"그동안 딱 맞는 나사못이 없어서. 그래서 그랬어, 유림아."

차가운 미소에 사악한 내면이 깃들어 있었다. 건우는 유림의 다리를 끌어다 나사못 위로 옮겼다. 날카로운 나사못이 허벅지 아래에 닿자 유림이 눈을 찡그렸다. 양손으로 손을 모아 싹싹 빌었다.

"미안해요, 여보. 내가 진짜 잠깐 미쳐서……."

건우가 유림의 허벅지를 손으로 잡아 눌렀다. 그리고 그녀의 허벅지를 좌우로 움직였다.

"아악! 아파! 아파!"

유림이 눈물을 터뜨리며 건우의 옷자락을 붙잡았다. 실시간으로 일그러지는 그녀의 얼굴을, 건우는 무슨 싸구려 예술 작품처럼 밋밋한 표정으로 감상했다. 곧 선베드 위로 핏물이 베어 나왔다. 단란한 주택에 어울리지 않는 잔혹한 풍경이었다.

희진은 침 한번 삼키지 않고 모든 장면을 눈에 담았다. 차마 테라스까지 나갈 자신이 없어 커튼에 몸 한쪽을 숨기고 섰다. 곧이어 건우가 유림의 머리채를 그러쥐고 바닥에 끌어내렸다. 피 묻은 나사못을 손에 쥐고 또 한 번 위협했다.

"이제 얼굴도 고쳐줄까? 고쳐줘?"

"살려줘요. 내가 다 잘못했어. 잘못했다고!"

순간 건우가 희진이 서있는 테라스로 고개를 돌렸다. 놀란 희진이 커튼 뒤로 몸을 숨기고 숨을 멈추었다. 다시 뒷마당을 볼 자신이 없었다. 따귀를 때리는 소리와 선베드가 뒤로 끌리는 소리가 났다. 희진은 작게 흐느끼던 유림이 엉엉 울다가 끓어오르는 분노 때문에 그르렁대는 걸 전부 들으며 숨어있었다.

저 정도면 충분히 아픈 건가? 희진이 받은 슬픔과 분노만큼 운 건가? 이상한 일이었다. 어릴 때는 아빠가 엄마를 때리는 모습을 덜덜 떨면서 지켜보았다. 그런데 지금 이 상황은 뭐랄까, 학습된 공포 뒤에 달콤한 끝 맛이 느껴졌다. 희진의 자아가 두 걸음 정도 물러서서 한 편의 연극 무대를 감상하는 고급 관객이 된 기분이었다.

가정을 해치는 파렴치한의 말로로는 적당한 체벌이 아닐까? 사실 남일 뿐인 자신이 남의 집 가장의 처사를 함부로 평가할 수 있는 걸까?

유림이 맞을만해서 맞았다고 선언한다면 희진은 누가 자기를 비난할 수 있을지 떠올려봤다. 희진은 그 어떤 비난도 웃어넘길 준비가 되어있었다.

몇 분이나 지났을까. 사위가 고요해지자 희진이 커튼 밖으로 고개를 내밀었다. 바닥에 누워 얼굴을 감싼 유림이 어깨를 떨고 있었다. 수영장 옆에 있으니 꼭 물 밖으로 나온 불쌍한 물고기 같았다. 가만히 뒤도 알아서 말라 죽을 것 같은 별것 아닌 생물.

희진은 사려 깊은 이웃의 선물을 다시 한번 마주하고 입꼬리에 힘을 주었다. 그렇지 않으면 당장이라도 웃음이 터질 것 같았다.

합리적 가정

1

"넌 어땠어. 그 여자 죽이고 싶었어?"

희진이 맥주잔을 든 은지를 보며 물었다. 퇴근길의 회사 근처 펍이었다. 은지는 맥주 한 모금을 마신 뒤 전남편의 외도를 처음 목격한 날을 떠올렸다.

"죽이고 싶었지. 쌍으로 다."

"근데 왜 안 그랬어?"

"뭐야. 장난해?"

은지가 헛웃음을 치며 턱에 손을 팼다. 하와이풍으로 꾸민 펍은 조악한 라탄 조명과 플라스틱 야자나무 화분으로 정신없었다.

"꼭 애가 있어야만 제정신 잡고 사니? 나도 내가 중요하니까 복수는 꿈도 안 꿨지."

"그래서, 넌 지금 네 인생을 사는 것 같아?"

희진은 생맥주 딱 두 잔을 마셨다. 아직 취하기에는 멀었다. 그런데도 평소라면 하지 않았을 말들이 줄줄 나왔다. 노란 전등 아래 은지가 씁쓸한 표정을 하고 말했다.

"모르겠어. 아니, 아닌 것 같아. 난 솔직히 돈만 있으면 콱 살인 청부업자라도 불러서 다 죽여버리고 싶어. 그냥 날 힘들게 하는 건 다 치워놓고, 아니 기억도 다 지우고 살고 싶어."

"원래 다 그런 거지?"

"뭐가?"

은지가 냅킨을 집어 촉촉해진 눈가를 닦으며 물었다. 희진이 맥주잔에 또르르 흐르는 물방울을 빤히 보다가 말했다.

"죽여버리고 싶은 거. 날 괴롭히는 것들 다 어디 묻어버리고 싶은 거."

"임희진, 너 괜찮아? 무슨 일 있어?"

희진이 고개를 저으며 냅킨으로 맥주잔 표면에 맺힌 물을 닦아냈다.

"아니, 아무것도 아냐."

은지를 보낸 희진은 회사 주차장으로 돌아왔다. 대리 기사를 기다리는 동안 담배를 피우려다가 가방에 남은 것이 없어 관두기로 했다. 어둑어둑한 주차장에 형광등이 듬성듬성 달려있었다. 기둥에 등을 기대고 선 희진이 그날 일을 떠올렸다.

뒤늦게 나타난 호재에게 유림 얘기를 했다. 무슨 잘못을 저질렀는지 개 맞듯이 맞았다고. 자기도 건우가 그렇게 폭력적인 남자인지 몰랐다고.

호재가 실시간으로 표정을 일그러뜨리는 걸 보니 내장이 녹아내릴 것처럼 흥분되었다. 말릴까 하다가 관뒀어. 집에 애들이 있는 것도 아니고 건우 씨라면 또 때릴만한 이유가 있지 않을까 싶어서. 내가 너무했나? 응?

호재는 희진과 눈도 마주치지 않고 샤워실로 들어갔다. 꽁무니를 빼고 도망치는 쥐새끼 마냥. 희진은 당장이라도 호재의 노트북에 녹음 파일을 전송하고 호재의 반응을 보고 싶었다. 유림이 그랬던 것처럼 호재도 자기 앞에 무릎을 꿇고 벌벌 떨면서 용서를 구했으면 했다. 그럼 정말 용서가 될까? 희진도 확신할 수는 없었다.

"과장님, 누구 기다리세요?"

그때 주차장으로 하영이 나왔다. 며칠 전 혜윤과 둘이 맡아 보라며 성수동 맛집 기사 시리즈를 내어주었는데, 그날 이후로 하영이의 야근이 이어졌다.

"대리 기사. 은지랑 한잔하느라. 하영이는 또 야근?"

"네."

하영이 가방에서 담배를 꺼내고 말했다.

"기사님 더 걸리시는 거면 밖에 나가서 피우실래요?"

"뭐야. 하영이 담배 시작했어?"

"네. 흡연을 안 하니까 과장님이 혜윤 주임님하고만 얘기하는 것 같아서요."

"에이, 그런 거 가지고. 섭섭했구나, 자기?"

술기운 때문인지 희진은 조금 더 편안한 말투를 썼다. 하영이 점점 더 혜윤을 신경 쓰고 있다는 건 알았다. 이번 맛집 기사도 목록으로 뽑아둔 열 곳 중 여덟 곳을 혜윤이 서치한 곳으로 정했다. 날이 갈수록 두 사람의 센스 격차가 벌어졌다.

"저…… 과장님."

"응."

"혜윤 주임님이요……. 퇴근할 때 보니까 상훈 대리님이랑 같이 가시더라고요."

"어. 둘이 사귀는 거 자기도 알지 않아? 왜?"

하영이 손톱으로 자기 손등을 꾹꾹 누르며 말했다.

"상훈 대리님 대표님 친척이잖아요. 다음 달에 바로 과장도 달고. 들어온 지 4개월밖에 안 됐는데……."

"그래서?"

희진이 달아오른 뺨을 문질렀다. 대리 기사가 근처에 도착했다는 메시지가 왔다.

"이번 맛집 서치도 상훈 대리님이 다 찾아주셨어요. 같이 야근하면서."

희진이 하영이를 빤히 보다가 가볍게 웃었다. 안락한 집에서 문턱만 넘으면 전쟁터였다. 치사하고 부정의하고 논리적으로 설명할 수 없는 일 속에서 내 능력을 인정받고 경쟁하고 위로 치고 올라가야 했다.

하영에게 뭘 어디까지 알려줘야 하나. 희진이 입술을 살짝 깨물더니 하영의 어깨를 부드럽게 쥐었다.

"하영아, 그래서 억울해?"

하영이 고개를 저었다. 말을 꺼낸 걸 후회한다는 듯이 가방을 고쳐 메고 그만 가보겠다며 종종걸음으로 사라졌다.

희진은 작아지는 하영의 뒷모습을 보며 담뱃갑을 구기듯 주먹을 쥐었다. 자기 힘으로 부족하면 똑같이 치사한 짓이라도 배워야 했다. 이런 걸 상사의 입으로 말하게 하는 건 하수였다. 가진 것 없이 '나 좀 지켜주세요'라고 말하는 피식자를 지켜주는 세상은 없었다.

2

주말 오후, 지율이와 브라우니를 구웠다. 지난번에 백화점에서 베이킹을 배운 뒤로 지율이는 부쩍 디저트를 만드는 데 관심을 가졌다. 희진은 옆집에 줄 것까지 양을 넉넉히 만들었다. 지난 일에 대한 감사의 표시랄까. 아니면 그냥 이웃 간의 정이라고 생각해도 좋았다.

"엄마, 요즘 뭐 기분 좋은 일 있어?"

"아니? 왜?"

"자꾸 웃잖아."

"내가 그랬어?"

희진이 오븐 안에서 부풀어 오르는 벽돌 모양의 브라우니를 보다가 말했다.

"지율아, 엄마는……."

한번 맛본 단맛에 중독된 아이처럼 다시는 예전으로 돌아갈 수 없었다.

"이 집에 사는 게 너무 좋아."

"나도 그래, 엄마."

지율이가 희진의 허리를 감싸 안았다. 희진이 지율이의 머리카락을 부드럽게 쓸며 웃었다. 반곱슬 머리카락, 긴 속눈썹. 짧은 손가락과 삐뚤빼뚤한 손톱 모양. 모든 것이 희진이 딸에게 물려준 유산이었다. 유전자에 각인된 내 아이라는 증표.

"근데 아빠는 안 줘?"

"지율이가 서재에 가져다줄래?"

희진의 말에 지율이가 조용히 고개를 저었다. 며칠 동안 호재는 또 말없이 서재 문을 잠갔다. 최근 들어 소설이 잘 써진다면서 웬만하면 서재에 오지 말아 달라고, 부탁을 가장한 통보를 한 뒤였다.

"이런 거 갖다주는 건 괜찮아."

"그냥…… 싫어."

지율이가 냉장고에서 주스를 꺼내 식탁에 앉았다. 잔에 주스를 따르며 희진에게 말했다.

"아빠는 아들을 더 좋아하잖아."

"뭐?"

"오늘도 학교에서 영빈 오빠 본 적 없냐고 물었어. 공부는 얼마나 잘하냐고 애들한테 인기 있냐고. 난 같은 학년도 아닌데 자꾸 물어봐. 내가 몇 반인지도 모르면서."

"……."

"할머니가 그랬어. 엄마가 나 가졌을 때, 아빠가 엄마 베개 밑에 부적을 숨겨놨다고. 아들 만들어주는 부적. 근데 내가 나와서 500만 원이나 날렸대."

"할머니는 너한테 무슨 그런 말을!"

희진이 미간을 찌푸렸다. 한창 몸이 무거워 일하기도 힘들었을 때였다. 가계 사정은 더 안 좋아졌고 산후조리원은 꿈도 못 꿨다. 그런데 500만 원이라는 큰돈을 아들을 낳는 부적 한 장 사는 데 썼다고? 웃음에 눈물이 섞여 나올 지경이었다.

희진은 브라우니를 들고 2층으로 올라갔다. 노크도 없이 서재를 벌컥 열자 쿰쿰한 냄새가 났다. 며칠 머리를 감지 않은 듯한 호재가 신경질적인 표정으로 뒤를 돌아보았다.

"왜 함부로 들어와."

"내 집이니까. 안 돼?"

"글 쓴다고 했잖아."

희진이 책상에 브라우니와 우유 한 잔을 올려놓았다. 호재가 다시 노트북으로 시선을 옮겼다.

"얼마나 썼어. 나한테 메일로 보내. 봐줄게."

"필요 없어."

"왜? 누가 따로 봐줘?"

호재가 손톱으로 눈썹을 긁적이고 말했다.

"너 아직도 안유림 의식해? 내가 걔랑 뭘 하는 것 같아?"

"뭐든 하겠지. 나 없을 때."

희진이 호재를 사납게 노려보았다. 당장이라도 노트북을 집어 들어 그의 머리를 후려치고 싶었다.

"언제부터 네가 날 남편으로 생각했는데. 사내새끼가 남자다운 면은 하나도 없다고 꼽 줄 때는 언제고."

"그건 네가 돈 한 푼 못 벌었을 때잖아. 내가 그런 말도 못 해?"

희진은 곧장 부적 얘기를 꺼냈다. 네가 허튼 곳에 돈을 쓴 덕에 몸 편히 맘 편히 쉬지도 못하고 일터로 복귀했다고. 허리가 아파서 회사에서 엉엉 우는 동안 넌 집에서 책이나 읽으면서 시간을 보내고 있지 않았냐고.

"그래서 원하는 거 가져다줬잖아. 너는 못 하는 진짜 소설가가 되어줬잖아."

"너 때문에 못 한 거야, 문호재. 말 똑바로 해."

희진이 호재에게 삿대질하자 호재가 벌떡 일어섰다. 목덜미에서 나는 시큼한 땀 냄새에 희진이 눈살을 찌푸렸다. 몇 주 각방을 쓴 것뿐이었는데, 호재에게서 낯선 남자에게서나 느껴지는 불쾌한 냄새가 풍겼다.

"전부터 알려주고 싶었는데, 희진아. 너 고상한 척 애쓰고 다니는 거 솔직히 보기 거북해. 가난한 집안에서 자란 딸 콤플렉스가 어디 가겠니? 억지로 교양 있는 연기해 봐야 진짜들은 다 알아. 네 팀원 중에도 잘사는 애 있다며. 걔도 알걸? 여기까지가 네 한계인 걸?"

"야! 문호재!"

희진이 호재를 밀쳤다. 중심을 잃은 호재가 테라스로 나가는 유리창 손잡이를 잡고 주저앉았다. 그 바람에 유리창 문이 반쯤 열렸고 커튼이 흩날렸다. 숲에서 불어오는 습하고 뜨거운 바람이 얼굴 위로 훅 끼쳤다. 썩어가는 풀 냄새가 함께 풍겼다.

희진이 숨을 작게 내쉬고 하고 싶은 말을 꺼내려는 때였다.

"너 혹시 옆집에 영빈……."

테라스 밖에서 건우의 목소리가 들렸다. 호재의 이름을 부르고 있었다. 호재가 엉거주춤 일어나 테라스로 나갔다.

"안녕하세요, 호재 씨. 주차장에 바비큐 그릴 좀 빌릴 수 있을까요? 애들이랑 소시지 파티를 할까 하는데 그릴 하나로는 부족해서요."

멀뚱히 선 호재 옆으로 희진이 다가왔다. 뒷마당에는 건우와 영빈이 함께였다. 건우가 영빈의 등을 가볍게 두드리자 영빈이가 허리 숙여 인사했다.

"씻어두진 않았는데 필요하면 쓰세요."

호재가 굳은 표정을 풀며 좋은 이웃처럼 굴었다. 희진이 책상에 있던 브라우니를 들고 나와서 건우에게 말했다.

"브라우니 드실래요? 나눠 먹으려고 많이 구웠어요."

"좋죠. 고맙네요."

건우가 희진을 빤히 보며 고개를 끄덕였다. 감사의 표시라는 걸 그도 알까. 막상 건우의 가정 폭력을 목격하고 나니 그와 무엇이든 나누는 행위 자체가 죄를 짓는 것 같았다. 범죄를 계획하는 공모자들 같달까.

건우가 느긋한 얼굴로 두 사람에게 말했다.

"차라리 같이 내려오시죠. 먹을 건 넉넉하니까요."

희진은 건우를 보는 게 불편하면서도 자꾸만 그를 향해 몸이 쏠렸다. 그가 가진 사회적이고 신체적인 힘, 남을 제 입맛대로 컨트롤 하는 재주, 약간의 오만과 적절한 겸손이 섞인 말투. 모든 것이 희진이 이상적으로 생각하는 가장의 모습이었다.

희진이 고개를 끄덕이자 호재는 소설을 쓰느라 어렵겠다고 완곡한 거절의 말을 건넸다. 건우가 부드럽게 웃으며 호재를 올려다보았다.

"내려와요, 호재 씨. 남자끼리 할 얘기도 있고."

떨떠름한 표정을 짓던 호재가 조용히 고개를 끄덕였다. 이번에는 호재를 단속하려는 걸까. 여기서 조금만 더 엇나가면 네가 가진 모든 것을 부스러기로 만들어주겠다고, 몰래 협박이라도 할 생각일까.

희진은 건우의 내면이 미로처럼 설계된 귀족의 정원처럼 느껴졌다. 넓고 깊고 혼란스럽지만 매혹적으로 꾸며진 정원. 호재와 유림이 헤매고 있는 미로에 어쩌면 자기도 피식자가 되어 갇혀있는 건지도 몰랐다.

그러나 희진은 그게 좋았다. 이 재미있는 연극을 제일 가까이서 볼 수 있다면, 탈출구가 보이지 않는 그의 정원을 기꺼이 뛰어다닐 수도 있었다. 부디 이 속에서 호재와 유림이 오래오래 공포의 비명을 질러대길. 나를 불편하게 하는 모든 것들이 건우의 입속에서 잘게 부서지길.

3

맥주를 챙긴 희진과 호재가 옆집 앞마당으로 갔다. 건우는 뒷마당에서 가져온 바비큐 그릴에 캠핑탄을 넣고 불을 붙이는 중이었다. 지율이와 시아가 줄넘기를 들고 나와 화단 옆에서 뛰어노는 동안, 영빈이는 야외 테이블에서 중학교 수학 문제집을 풀고 있었다.

"영빈이는 쉬는 날에도 공부야?"

"네."

"에이, 그래도 좀 쉬엄쉬엄하지."

한참 영빈 옆에서 쭈뼛대던 호재가 겨우 한마디를 걸고는 만족한 듯 미소 지었다. 희진은 새로 펼친 긴 테이블에 맥주와 일회용 접시를 놓으며 그런 호재를 관찰했다. 건우의 의심대로 10년 전 그날 호재와 유림이 밀회를 즐긴 결과물이 바로 영빈일까? 아니면 평생 아들을 갖고 싶어 안달이 난 남자의 모양 빠지는 부러움의 표현일까?

"호재 씨, 여기 굽는 것 좀 돕죠?"

꼬챙이를 들고 선 건우의 말에 호재가 벌떡 일어나 움직였다. 군기가 바짝 든 이병 같았다. 건우가 자신들의 불륜 사실을 안다는 걸 호재도 알고 있을 테니 엎드려 기는 게 맞았다. 정신이 있는 남자라면 건우가 자신을 사람 취급해 주고 있다는 걸 감사하게 여겨야 했다.

건우와 호재가 그릴 앞에 서서 소시지를 굽는 동안, 희진은 영빈이가 앉아있는 테이블로 향했다.

"엄마는 어디 가셨어?"

"친정이에요. 일주일 있다가 온대요."

"왜?"

희진이 묻자 샤프를 쥐고 있던 영빈이가 슬쩍 고개를 들었다. 동그란 눈매는 유림을 닮았지만, 심해처럼 깊은 눈빛은 건우를 닮았다. 영빈이 호재의 아들이라는 건우의 의심은 기우가 아닐까. 그런 생각이 들게 하는 눈빛이었다.

"아줌마는 알지 않아요?"

"뭐?"

순간 영빈이가 고개를 까딱이며 희진을 보았다. 영빈이의 날카로운 시선이 희진의 표정, 얼굴 근육 하나하나를 세밀하게 탐구하는 것 같았다. 희진은 망가진 자기 속을 들킬까 무서워 먼저 시선을 피했다.

"수영장에서 넘어졌잖아요, 우리 엄마. 얼굴에 멍이 엄청 들어서 병원 갔다가 쉬고 온댔어요."

"어머, 그랬니?"

"그때 엄마가 아줌마 봤다는데."

"잘못 본 거 같은데? 아줌마는 네 엄마 못 봤어."

희진이 얼음을 가지고 오겠다며 일어섰다. 무심코 건우의 집으로 들어가려다가 그냥 자기 집에서 가져오려 움직이는데, 영빈이가 말했다.

"우리 집 얼음 쓰세요. 현관 비밀번호 0506이에요."

호재의 책 출간일이자 우리 집 비밀번호. 영빈이 싱긋 웃으며 다시 문제집으로 시선을 옮겼다.

희진은 그릴 앞에 선 호재를 노골적으로 쩨려보았다. 아무것도 모르는 답답한 남자가 노릇하게 구워지는 버섯과 양파 따위에 집중하고 있었다. 이 집 앞마당을 걸을 때마다 분노할 일이 생기는 것 같았다.

건우의 집 안을 걸으며 희진은 그가 마음만 먹으면 날카로운 꼬챙이로 호재의 목을 뚫어버릴 수도 있겠다고 생각했다. 유림이 좋아한다는, 푸른 용담꽃이 핀 화단에 호재 피가 방울방울 튄다면? 성대가 뚫린 호재가 멱따는 돼지 소리를 내며 바닥을 긴다면? 잘 익던 소시지에서 탄내가 나고 아이들은 줄넘기에 발이 걸려 넘어지고 영빈이는 이까짓 일은 아무것도 아니라는 듯 문제집을 들고 방으로 들어가 버리지 않을까?

그럼 희진은 둘만 남은 앞마당에서 건우와 시원한 맥주를 마실 수도 있었다. 가정을 지킨 가장들끼리 건배도 하며. 핏물이 흥건한 화단을 배경으로 이웃 간의 정을 나눌 것이다. 다 타버려 홀쭉해진 소시지를 보고 희진이 먼저 농담을 건네겠지. 이거 참 불쌍한 소설가의 손가락 같네요. 그럼 건우가 원한다면 진짜 손가락을 구워줄 수도 있다고, 당신만 원하면 정말 그럴 수도 있다고 말할지도 몰랐다.

다 미친 상상이었다. 부엌에 선 희진이 깨끗한 테이블을 보며 입술을 떨었다. 매일 여기 앉아 점심을 처먹는 남편을 통째로 그릴에 올려 태워버리고 싶었다.

하얗게 센 노파의 머리카락처럼 구불구불한 은빛 연기가 하늘로 솟았다. 깔깔대며 웃던 시아와 지율이가 일회용 접시에 덜어둔 소시지를 맨손으로 집어 먹고 뛰어갔다. 건우가 다 구운 버섯을 집게로 집으며 호재에게 물었다.

"소설은 잘 써져요?"

"그냥저냥 쓰고 있습니다."

"그냥저냥 쓰면 안 되지 않아요? 희진 씨 생각하면?"

호재가 어색하게 웃으며 말을 이었다.

"꾸준히 쓰다 보면 잘 되는 날도 있고 아닌 날도 있죠."

건우가 피식 웃고는 포크를 한 움큼 집었다. 턱짓으로 버섯과 양파, 소시지가 올라간 일회용 접시를 가리키자 호재가 군말 없이 그것을 들었다. 테이블에 포크를 놓은 건우가 영빈이를 불렀다. 자리에 앉은 영빈이에게 건우가 기다렸다는 듯 물었다.

"영빈이 호재 아저씨 책 읽었다며, 어땠어?"

"애들 읽기엔 내용이 좀 그런데……."

호재가 먼저 말을 자르며 웃었다. 영빈이는 이미 아저씨와 책 얘기를 나눴다며 플라스틱 컵에 생수를 따라 마셨다. 건우는 영빈이가 초등학교 1학년 때 글짓기로 금상을 받은 얘기를 꺼냈다. 독후감을 잘 써서 논술 학원에서도 공모전에 나가보라고 할 정도였다고.

호재가 입꼬리를 씰룩대며 영빈을 보았다. 그러고는 영빈에게 어떤 책을 좋아하는지, 자기가 영빈이 나이에는 어떤 책을 읽었는지 줄줄이 읊어댔다. 영빈은 하품만 안 했지 하등한 생명체의 지저귐을 노골적으로 지루해하고 있었다.

"영빈이가 요새는 과학책에 관심이 많아요."

"어떤 거요? SF류?"

"아뇨, 생명과학. 최근에는 포자식물에 관한 책을 읽고 호숫가 저택에서 버섯을 재배해 보고 싶다고 해서 비닐하우스를 하나 따로 만들어줄까 생각 중이에요."

건우가 소시지를 찍은 포크를 영빈에게 내밀었다. 영빈은 군말 없이 그것을 받아먹으며 종알대며 뛰어다니는 동생들을 보고 말했다.

"전 언제 들어가면 돼요? 공부해야 하는데."

그때 건우의 집 현관을 열고 희진이 나왔다. 건우가 얼음통을 받아주려고 일어서자마자, 옆에서 빡! 소리가 났다. 놀란 희진이 고개를 돌리니 신음을 삼킨 영빈이가 오른쪽 눈을 감싸 쥐고 바닥으로 쓰러졌다. 갑자기 날아든 줄넘기 손잡이에 눈을 세게 맞은 거였다.

"영빈아!"

먼저 소리친 쪽은 호재였다. 영빈의 뒤에서 줄넘기를 놓친 지율이가 입을 막고 겁먹은 표정을 지었다. 시아도 놀란 눈으로 지율이와 영빈이를 번갈아 보았다.

"괜찮아? 괜찮아, 영빈아?"

호재가 무릎을 꿇고 영빈이를 안았다. 한쪽 눈에서 눈물을 흘리는 영빈이가 아빠를 불렀다. 곧이어 다가온 건우가 호재의 등을 툭툭 치며 비켜달라고 말했다. 호재가 멋쩍은 얼굴로 일어나 근처에 섰다. 건우는 침착하게 영빈의 눈을 살폈다.

그러다 호재가 화난 목소리로 지율이에게 말했다.

"오빠한테 사과 안 해?"

지율이는 이미 주눅이 든 상태였다.

"미끄러진 거야……. 손이 그냥 미끄러져서…….."

"문지율! 누가 아빠 앞에서 변명하래?"

멍하니 서있던 희진이 테이블에 얼음통을 두고 다가왔다.

"미안해요. 애가 손이 기름진 걸 만져서 줄넘기를 놓쳤나 봐요."

"눈 뼈에 실금이 갔을지 모르겠네요. 병원 다녀올게요."

건우가 영빈이를 일으켰다. 통증을 삼킨 영빈이가 눈을 감싸 쥔 채 건우를 따라 주차장으로 향했다. 부자의 뒷모습을 보던 호재가 지율이의 머리를 주먹으로 세게 내리찍었다.

"가서 오빠한테 사과해. 빨리!"

지율이가 머리를 싸매고 울음을 터뜨렸다. 희진이 지율이를 등 뒤로 보내며 호재를 향해 소리쳤다. 니 입이나 닥쳐. 호재가 씩씩대며 대문을 나섰다. 희진은 서럽게 우는 지율이를 품에 안고 달랬다.

줄넘기를 쥐고 있던 시아가 옆집으로 돌아가는 호재를 물끄러미 보다가 말했다.

"무슨 아빠가 저래요?"

반차를 쓴 희진이 근처 카페로 나왔다. 며칠 전 얼음통을 가지러 건우의 집에 들어간 날, 희진은 2층으로 올라가 영빈이 쓰는 칫솔을 들고 나왔다. 호재가 처음으로 지율이에게 폭력을 쓰는 장면을 목격한 것도 하필이면 같은 날이었다. 돈 한 푼 못 벌어오던 남자였지만 딸에게만큼은 부드러운 아빠였다. 딸의 잘못이라고 해도 함부로 손부터 올릴 남자는 아니었다.

제목: IN 유전자 검사 센터입니다.

검사 결과는 생각보다 빠르게 나왔다. 맨정신으로 메일을 열 자신이 없었다. 모든 정황이 그렇다고 하는데도 결과를 확인하는 일을 미루고 싶은 마음이었다. 커다란 삽으로 옆집을 푹 퍼서 지산호수에 담가버리고 싶었다. 애초에 옆집이라는 게 존재하지도 않았던 것처럼, 유림도 건우도 묘한 눈빛의 영빈이와 아무것도 모르는 시아도 그냥 다. 아니면 출판사 사장을 만난다며 나간 호재가 차에 치이든 괴한의 칼에 찔리든 죽어버렸으면 했다. 그래서 이 메일을 열어볼 필요가 없게. 모든 것이 처음처럼 완벽한 가정으로 남을 수 있게.

피감정인들은 성염색체를 제외한 공동의 SRT 유전자…… 친생자 관계가 성립되며…….

테이블에 머리를 묻은 희진이 어깨를 떨며 웃었다. 순간 엄마의 저주가 귓가에 울리는 것 같았다.

"밖에서 버리지도 못할 자식새끼 낳는 거. 그 새끼 때문

에 평생 고통받으면서 사는 거."

짧은 순간 희진의 마음이 바뀌었다. 희진은 호재가 죽지 않기를 바랐다. 키우지도 못할 아들 때문에 평생 저주를 받고 살길 원했다. 이제 희진이 바라는 건 호재를 뺀 가정, 호재를 뺀 집, 호재 없이 키울 내 아이를 지키는 것뿐이었다.

희진은 곧바로 차를 몰고 지산호수 근처로 향했다. 건우가 호숫가 근처에 있는 J에게 도청 장치 설치를 의뢰했다는 말이 떠올랐다. 마치 희진에게도 곧 그 남자가 필요할 날이 올 거라는 듯이.

처음에는 건우가 자신과 동질감이라도 느끼고 싶은 건가 싶었지만, 이제는 잘 모르겠다. 건우가 마련한 길이 레드카펫이 아니라 짐승이 벌린 아가리의 붉은 혀라도 걸어가고 싶었다.

사격장으로 들어서자 노을이 지는 시간이었다. 주홍빛, 분홍빛 구름이 지는 해를 부드럽게 감싸는 모습이 지독히도 아름다웠다. 저렇게 침몰할 수 있다면 죽음도 꼭 무서운 것만은 아닐 수도 있다고 생각하며 희진은 사격장 철장 문 앞에 섰다.

"원래 외부인 출입 금지인데 남 선생님이 미리 말해두

서서 열어드리는 겁니다."

J라는 남자는 선선한 가을바람이 부는 초저녁에도 검은색 반팔 셔츠를 입고 있었다. 주머니에 손을 찔러 넣은 채 조금쯤 껄렁한 자세로 컨테이너 사무실로 향했다. 겨우 도청 장치를 의뢰하는 일인데도 희진은 심장이 쿵쾅거렸다. 일과 집밖에 모르던 자신이 인터넷에 유전자 검사와 도청 장치 따위를 검색하게 될지 누가 알았을까.

일상에서 미세하게 엇나가는 기분에 미약한 현기증을 느끼며 컨테이너로 들어섰다. 퀴퀴한 냄새를 애써 무시한 희진이 사무실 소파에 앉은 J에게 물었다.

"남건우 선생님이랑은 어떤 사이예요?"

"옛날 사냥 메이트요. 군 나오고 할 일 없는 저한테 일거리 가끔 주셨죠."

이것저것 다 한다며 J가 짙은 눈썹을 꿈틀대고 웃었다. 건우가 건조한 땅의 얼음장 같은 눈빛을 갖고 있다면 J는 이글이글 타는 사막에 떨어진 기름 덩어리 같은 눈빛이었다. 볼수록 내장이 녹아내릴 듯한 불쾌감이 일었다.

희진은 자신의 직감이 이제껏 자신을 지켜왔다는 것을 믿는 편이었다. 지금도 온몸의 세포가 희진에게 소리치고 있는지 몰랐다. 영림동을 떠나라고. 하지만 희진은 주택단지 이전의 삶으로 절대 돌아가고 싶지 않았다. 호재와 집을 케이크 자르듯 나누고 싶은 마음도 당연히 없었다.

그러니 희진도 집요하게 자신을 지켜야 했다. 유리한 정보를 최대한 모아야 했다.

"이거 받아요. 엄청 작죠?"

J가 캐비닛 안에 맨 아래 상자에서 도청 장치를 꺼냈다. 500원 짜리만 한 동전 크기의 검은색 기기였다. 가운데에 난 돌기 같은 버튼을 누르면 일주일은 거뜬히 녹음할 수 있다고 했다.

"설치랑 수거까지 작은 거 한 장. 구면이니까 싸게 해드리는 거예요."

J가 능글맞게 웃으며 희진의 손바닥에 도청 장치를 올려주었다. 희진은 잠시 고민하다가 설치 의뢰는 나중에 하겠다고 했다. 아직 어디에 설치하는 게 좋을지 모르겠다고. J는 헐리우드 배우처럼 어깨를 으쓱했다.

"그러세요, 그럼. 용기가 생기면 직접 설치하시든가. 장치 값은 됐고요."

그만 돌아가겠다는 희진을 J가 붙잡았다. 건우가 남긴 물건이 있다고 했다.

"며칠 전에 여기 호수에서 낚시하다가 건진 거예요. 디자인이 올드한 게 아무래도 남 선생님 물건인 거 같아서 돌려드리러 갔더니 아니라데요."

J가 다시 캐비닛에서 지퍼백을 꺼냈다. 안에는 살인 사건의 증거물품처럼 반짝이고 날카로운 물건이 담겨있었다. 건우의 서재에서 본 레터나이프였다.

"이거 아줌마 거라던데?"

"그랬어요? 건우 씨가?"

희진이 지퍼백째로 레터나이프를 받아들었다. 월계수로 우아하게 장식한 은빛 나이프가 형광등 조명 아래서 차갑게 빛났다.

인터뷰 날 희진이 잠시 흥미를 보인 물건이었다. 고풍스러운 디자인의 그것을 들고 건우가 할아버지의 집에서 훔쳐왔다며 너스레를 떨던 모습이 떠올랐다.

"건우 씨랑은 주로 뭘 잡았어요?"

희진이 가방에 레터나이프를 챙기며 물었다. J는 이미 희진에게서 관심을 버리고 벽에 세워둔 산탄총을 반듯하게 정리하고 있었다.

"글쎄요. 계절마다 달라서."

관심 있으면 건우에게 직접 물어보라고 했다. J가 호재와 유림을 도청했다면 희진의 집 상황은 뻔히 알고 있을 터였다. 넌지시 맞바람이라도 피우라는 소리인가 싶어 몸에 열이 올랐다.

허둥지둥 컨테이너를 나온 희진은 호숫가 앞에 섰다.

노을빛에 반짝이는 호수를 말없이 보다가 주저앉아 한참 울었다.

4

호재는 유림이 개인 필라테스를 받는다는 오피스텔 앞에 섰다. 문을 열자마자 한쪽 눈가에 보랏빛 멍이 든 그녀를 보며 얼굴을 찌푸렸다. 유림은 지인이던 필라테스 강사가 해외여행을 가있는 동안 이 집에서 지내기로 했다. 얼굴이 망가진 채로 본가로 갈 용기는 나지 않는다며.

"엄마는 내가 팔자 핀 줄 알잖아. 실상은 그 새끼 노예로 살고 있는데."

"너 이렇게 맞은 게 처음이야, 아니야."

"가끔 따귀는 맞았지. 각 잡고 패는 건 결혼하고 한 네다섯 번?"

"안유림, 너 제정신이야?"

호재가 소리치자 유림이 핑크색 짐볼에 앉아 장난스러운 표정으로 말했다.

"제정신이면? 내가 지금까지 살아있겠니?"

"맞고 나서 진단은? 얼굴 찍은 사진은 없어?"

유림이 짐볼에서 내려와 바닥에 엎드렸다. 힘없이 축 늘어진 몸으로 다시 일어설 생각이 없는 사람처럼 말했다.

"남건우는 충동적으로 날 때린 적 없어. 다 계획적이지. 흠씬 패고 나면 내 스마트폰 가져다가 없애고 새것으로 바꿔와. 개인 드라이브 같은 건 일절 못 쓰게 하고."

"미친 새끼. 그동안 왜 말 안 했어?"

"궁금해하기는 했니?"

유림이 바닥으로 내려와 양반다리를 하고 앉아서 호재를 보았다. 지금이라도 그 새끼랑 이혼하라고, 한 푼도 못 받아도 좋으니 그 악마 새끼한테서 떨어져 나오라고 해주길 바랐다.

하지만 호재는 금세 영빈이 눈은 어떻게 되었냐는 말로 넘어갔다. 눈 뼈에 실금이 갔다는 말은 들었는데 공부하기 힘들 정도인 건지, 아직도 회복이 안 되었는지 집요하게 물어왔다. 유림은 헛웃음을 치며 부엌에서 찬물을 따라 마셨다.

"문호재, 네 아들은 뭐 대단한 줄 알지? 남건우 손으로 키운 애야. 걘 나도 무시해. 연락도 안 받는다니까?"

"넌 집에서 놀면 양육 주도권이라도 잡고 그래라. 딱 봐도 재수 없는 새끼인데 애가 뭘 보고 배우겠어."

유림이 호재를 돌아보며 가운뎃손가락을 들었다. 샤워

하고 오겠다며 원피스와 속옷을 벗어 식탁에 툭 던져 올렸다. 호재는 유림의 하얀 피부에 여기저기 난 흉터를 보았다. 오른쪽 허벅지에 새로 난 울긋불긋한 흉터도.

"봉제 인형이 따로 없네."

"그래서 할 맘 안 생겨?"

"하긴 뭘 해. 그냥 뭐가 어떻게 돌아가는지 확인하러 온 거야."

호재도 일련의 사건들 속에서 마음이 복잡했다. 건우가 유림을 개 패듯 패던 날은 자기 아들을 낳아준 아내를 빼앗긴 듯한 질투가 일었고, 영빈이가 다친 날에는 아이에게 의지할 수 있는 아빠가 되고픈 마음이었다. 어느 것이든 남의 가정을 탐하고 싶다는 욕망이었다. 평생 지키고 있던 것이 진짜 내가 원하는 것이 아니었다니. 삶이 가르쳐주는 비밀은 잔인한 농담이었다.

샤워실에서 유림이 씻는 동안 호재는 창가에 서서 차도를 내려다보았다. 바삐 오가는 차들을 멍하니 보다가 영빈이 다친 날 건우가 자기 귓가에 했던 말을 떠올렸다.

"네 새끼도 아닌데 까불면 되겠어?"

자기가 뭐라도 되냐는 듯한 그 말투. 거만한 눈빛을 생각하면 지금도 치가 떨렸다. 당장이라도 옆집 문을 열어젖히고 들어가 영빈이가 자기 아이라고 소리를 치고 싶었다. 자존심이 상한 건우의 얼굴이 일그러지는 꼴을 눈앞에서 보고 싶었다.

하지만 원작을 바탕으로 한 영화의 개봉일이 다가오고 있었다. 새로운 다큐멘터리 프로그램에 섭외 요청도 받았다. 세계를 돌며 문학 기행을 하는 내용이었다. 교육 방송이었지만 차기작이 나올 때까지의 공백을 잠시 메워줄 수 있을 것 같았다. 이런 것들을 포기하면서 건우를 자극할 수 있나? 호재는 자신할 수 없었다. 누군가의 인정은 달콤한 꿀처럼 목구멍에 찐득하게 달라붙어 미끄러졌다. 단 한 방울도 놓치고 싶지 않았다. 평생 줄줄이 이어지는 관심과 사랑을 입안 가득 삼키고 싶었다.

"하아, 하아……."

그러다 보면 당장은 그의 아내를 탐하는 것으로 만족해야 했다. 유림이 머리 위로 손을 뻗어 침대 시트를 거칠게 그러쥐었다. 건우가 가진 것이 전부 자신과 연결되어 있다는 쾌감에 미소가 지어졌다. 활짝 연 입꼬리 안으로 찬바람이 들어왔다.

"남건우는, 너랑 이혼하겠대?"

"몰라. 한참 패놓고는 말도 없어."

"네 생각은 어떤데. 이혼할 것 같아?"

"아니, 몰라."

유림이 자신의 가슴을 양손으로 그러쥐고 교성을 질렀다. 땀에 젖은 두 남녀가 거친 숨만 겨우 쉬었다. 손등으로 눈을 가린 유림이가 나지막이 말했다.

"그 새끼는 나 죽일 거 같아."

"무슨 소리야."

호재가 먼저 일어나 화장대에 둔 수건을 유림에게 던졌다. 유림이 가슴을 가린 채 상체를 세우고 앉았다.

"호숫가 저택 말이야. 지금 집 짓고 있는 거기가 원래 남건우 할아버지가 작은 집 지어서 조용히 살던 곳이었거든."

"근데?"

"남건우가 고등학생 때였나? 거기서 할아버지를 살해한 살인 사건이 났는데 집이 다 불에 타서 범인을 못 잡았다네. 그 시절이야 CCTV도 잘 없고 주위가 워낙 한적하니까 미제 사건으로 끝났나 봐."

유림이 땀에 젖은 머리를 하나로 높게 묶으며 말을 이었다.

"당연히 살해 도구도 못 찾았지. 근데 나랑 결혼하고 얼마 뒤에 남건우가 스킨스쿠버 자격증을 따서 호수를 들어가더라. 주말마다 꾸준히."

호재가 어이없다는 듯 웃으며 티셔츠를 챙겨 입었다. 집으로 돌아가야 할 시간이었다.

"그래서? 남건우가 호수에 빠진 살해 도구라도 찾았다는 거야?"

"응. 건졌는지 아닌지 모르지만 아마도 그렇겠지?"

"왜? 그게 거기 떨어진 건지는 어떻게 알고."

"남건우가 죽인 걸 수도 있잖아."

"자기 할아버지를?"

웃음이 터져 나왔다. 안유림도 다시 소설을 쓸 건가 싶었다. 남건우의 캐릭터만 잘 그린다면 나쁘지 않은 스릴러가 나올지도 모르겠다는 생각이 들었다.

"정신 차려, 유림아."

현관을 나서는 호재를 유림이 뒤에서 껴안았다. 허리를 감싸는 유림의 팔이 앙상했다.

"그만큼 무섭다는 거잖아. 나쁜 새끼야."

유림은 자길 버려두지 말라고, 다음에 남건우가 자길 죽일지도 모른다고, 호재의 등에 얼굴을 묻고 말했다. 호재는 유림의 가느다란 손목을 잡아 팔을 풀며 말했다.

"너 약 먹을 시간 지났다."

희진은 건우의 교수실로 유전자 검사 결과지를 발송했다. 퇴근하자마자 집으로 오니 호재도 지율이도 없어 혼자였다.

희진은 스릴러 영화의 여주인공처럼 가방에서 레터나이프를 꺼냈다. 손에 쥔 단단한 물건을 앞뒤로 살피다가 거실에 둔 찬장 앞에 섰다. 호재가 받은 '올해의 작가상' 트로피의 반질반질한 표면이 희진의 퀭한 눈빛을 비추었다.

반찬를 내고 호재를 시상식장까지 데려다준 날이었다. 연애 시절 함께 듣던 노래를 틀고 흥얼대며 드라이브를 하듯 차도를 달렸다. 수상 소감에 맨 처음으로 네 이름부터 말할 거야. 호재의 말에 미소 지으며 그의 손을 잡았을 때, 희진은 그동안의 어려움을 보상받아 벅찬 마음이었다.

이제 대작가가 되었으니 옷을 후줄근하게 입지 말라고, 좋은 시계는 못 사줘도 좋은 구두는 신고 다니라고. 모임 나가면 술값 걱정에 뒤로 빼지 말고 세 번 중에 한 번은 네가 사라고.

돈은 내가 벌 테니까, 넌 계속 소설을 쓰라고. 내가 못다 이룬 꿈을 이뤄달라고.

희진은 레터나이프로 트로피에 호재의 이름 석 자 위를 장난스레 그어보았다. 이런 것들이 정말 내가 원하는 거였나. 이 삶이, 진짜 내가 살고 싶은 삶이었나? 희진이 고개를 돌려 통창을 보았다. 곡선 길을 따라 늘어선 주택단지가 노란 불빛을 밝히고 있었다. 남들처럼 살기 위해서도 매한가지지만, 남들보다 잘 살기 위해서는 더 추잡스러워져야 했다. 희진이 턱에 힘을 주고 레터나이프로 손바닥을 꾹꾹 눌렀다.

"아……."

작은 신음과 함께 희진의 손에서 피가 났다. 마치 체한 속을 달래려 바늘로 손가락을 따듯, 그제야 숨이 쉬어지는 것 같았다. 이상한 일이었다. 피를 보고 나서야 종일 저화질로 살던 하루의 해상도가 높아진 기분이라니. 회사에서 어떻게 보고서를 읽고 혜윤과 하영에게 피드백을 주고 인터뷰이와 통화를 한 건지 기억이 나지 않았다.

그때, 건우에게서 메시지가 왔다.

검사 결과지 잘 받았습니다. 이번엔 제가 또 다른 선물을 줄 차례네요.

얼마 지나지 않아 창문 너머로 건우의 차가 들어오는 게 보였다. 곧이어 건우에게서 자기 집으로 오라는 메시지를 받았다. 보여줄 게 있다고 했다.

구급상자에서 붕대를 꺼내 상처 위를 대충 두르고 후문으로 향했다. 옆집으로 가는 내내 어둑하고 축축한 늪 속에 맨발을 들이미는 기분을 느꼈지만 이미 늦었다.

두 사람은 곧장 다락방으로 향하는 계단에 섰다. 희진

이 조심스레 물었다.

"다락방은 남자들만 들어갈 수 있다면서요."

"어떻게 알았어요? 시아가 말했나?"

희진이 고개를 끄덕였다. 다락방 앞에 선 건우와 희진의 거리가 지난번 사격장에서만큼이나 가까웠다. 희진은 왜 두근거리는지 알 수 없는 마음을 숨기고 건우의 초대에 응했다. 다락방 안은 생각보다 더 평범했다. 중앙에 동그란 테이블이 있고, 창이 없는 쪽 벽면에 책장 두 개가 나란히 서있었다. 창문 아래로 세워둔 낮은 선반에는 이끼색깔의 중형 금고가 놓여있었다.

"지난번에 내가 그랬죠. 영빈이의 폭력성을 잠재우기 위해서 가끔 해부를 가르친다고."

건우가 금고 앞에 한쪽 무릎을 꿇고 앉았다. 문을 열고 꺼낸 것은 수십 장의 인화된 사진이었다.

"부자끼리의 추억이에요."

사진을 확인한 희진이 곧장 눈살을 찌푸렸다. 햄스터의 배를 갈라 작은 핀셋으로 길쭉한 대장을 꺼내고 있는 영빈이가 활짝 웃고 있는 사진이 제일 먼저 보였다. 지금보다 앳된 영빈이는 진심으로 즐겁다는 듯 카메라를 응시하고 있었다. 이걸 찍어준 건우는 어떤 표정을 짓고 있었을지 궁금했다.

"처음엔 당연히 놀이처럼 시작했어요. 아주 작고 날카로운 물건으로도 쉽게 생명을 죽일 수 있는 게 신기한 눈치였죠."

건우가 테이블 위에 올라간 사진 뭉치를 하나하나 펼쳐 보였다. 개구리나 민물고기를 해부하는 사진 사이로 토끼의 귀를 잘라 단면을 살피는 사진도 보였다. 희진은 온몸에 가시가 찔린 것처럼 힘을 주었다. 상처가 난 손바닥이 화끈댔다.

"생일 때는 좀 더 큰 동물을 해부했죠. 영빈이는 특히 토끼를 좋아해요. 눈이 빨간 것들이 좋대요. 앵두처럼 예뻐서 터뜨리면 피가 사방으로 튈 것 같다고."

"네?"

"그런 아슬아슬함을 좋아하나 봐요. 나랑 다르게."

희진이 주먹을 쥐고 테이블에서 한 걸음 물러섰다. 폭력성을 잠재우려는 교육이 아닐지도 몰랐다. 오히려 그걸 키우는, 나보다 약한 동물을 찢고 내장을 꺼내고 자신의 우월함을 확인하는 교육에 가까웠다. 아이의 웃음은 해가 갈수록 섬뜩하고 음흉하고 차가워졌다. 오래전부터 영빈이가 제 아들이 아니라는 것을 눈치챘으면서도 아내 몰래 이런 일을 꾸미고 있었다니.

은근하고 고약한 이따위 짓거리가 건우의 취미였을까.

언젠가 아들이 진짜 아버지를 만나기 전까지, 건우는 영빈이를 망치면서 카운트다운을 세고 있었던 것이다.

"일부러…… 이런 거예요?"

"지금은 혼자서 토끼 정도는 다 해체해요. 근데 아직 뒷정리가 아쉬워서 제가 도와줘야 하죠. 아빠니까."

건우가 희진의 곁으로 천천히 걸어왔다. 희진은 본능적으로 여기서 겁먹은 얼굴을 들켜서는 안 된다는 생각이 들었다. 포식자에게 등을 보일 수는 없었다. 한번 틈을 보이면 목을 물리기에 십상이었다.

"어때요? 이 정도면 속이 시원하지 않아요?"

"문호재 아들을 망친 거요?"

"당신 남편은 이제 얘 감당 못 해요."

건우가 히죽 웃으며 희진을 향해 고개를 기울였다. 희진은 그의 눈을 피하지 않으려 혀뿌리에 힘을 주었다. 웃을까? 아니면 계속 무표정으로? 더 가까이 오면 미친 듯이 뛰는 심장 소리가 들리지 않을까?

희진이 건우의 가슴을 가볍게 밀어내며 거리를 벌렸다.

"뒷마당에 묻은 건 영빈이 작품이에요?"

건우가 고개를 끄덕였다. 지율이가 어느 날 새벽에 보았던 검은 봉지에 싸인 그것. 희진은 속이 울렁댔지만 태연한 척 입꼬리만 올렸다.

"궁금하긴 하네요. 문호재가 어떤 반응일지."

정신없이 집으로 돌아온 희진이 후문을 잠그고 곧장 부엌 바닥에 주저앉았다.

보통이 아닌 것에 걸려버렸다. 지독한 저주에 발이 묶였다. 희진은 이제 자기 남편이 며칠 뒤 뒷산에 거꾸로 매달린 장면을 보게 될 수도 있다고 생각했다. 다리에 힘이 풀린 희진이 네 발로 거실까지 기어갔다.

주택단지의 다른 이웃들도 말할 수 없는 비밀을 품은 채 각자의 행복을 전시하고 있을까? 아내를 사랑하지 않는 마음, 남편을 죽이고 싶은 마음, 부모를 버리고 싶은 마음, 뱃속 아이를 지우고 싶은 마음, 혼자서 살고 싶은 마음. 그런 것들을 숨긴 채 가정을 만든 걸까?

울지도 비명을 지르지도 못한 채, 희진은 그대로 바닥에 누워 눈을 감았다.

호숫가 저택

1

희진은 출근하자마자 대표실로 불려갔다. 최근 들어 프로젝트 진행이 늦어진 것 때문일까. 며칠 전 만난 인터뷰이가 질문지를 미리 받지 못했다는 불평을 내놓아서일까. 어느 쪽이든 희진이 아침부터 대표 앞에서 뒷짐을 지고 서는 일은 처음이었다.

"희진 과장, 주택으로 이사하고 나서부터 뭔가 분위기가 달라졌어."

"제가요?"

"응. 뭐랄까 사람이 좀…… 개인적으로 변했달까?"

희진이 고개를 꾸벅였다.

"죄송합니다. 요즘 집안일 때문에 정신이……."

"봐봐. 생전 개인적인 일로 변명 한번 않던 사람이 말이야."

대표가 테이블 위를 손톱 끝으로 두드렸다. 또각대는 소리에 신경이 곤두섰다.

"혜윤 주임이 상훈 대리랑 만나는 거 알고 있었어?"

"네……."

"상훈 대리가 하영 사원이랑 만나는 거는?"

"네?"

대표가 아침 드라마를 보듯 흥미로운 표정으로 자세를 고쳐 앉았다. 깍지 낀 손을 턱 아래에 둔 채 말을 이었다.

"봐봐. 희진 과장, 자기한테는 개인적이고 팀원들한테는 공적이기야? 그 반대가 되어야지. 애들 어떻게 지내는지 속속들이 알아야 팀을 꾸릴 수 있는 거야. 승진은 뭐 아무나 시켜줘?"

"죄송합니다. 제가 못 살폈어요."

"거의 빨가벗고 뛰어들었단다, 걔가."

희진이 이맛살을 올리고 대표를 보았다. '걔'라는 발음이 '개'라고 들렸다.

"하영이, 혜윤 주임한테 무슨 콤플렉스 있어? 왜 멀쩡히 잘 사귀는 남자를 뺏겠다고 무리를 해? 상훈이가 그러더라. 희진 과장 때문에 힘들다고 술 사달라고 꼬셔서는 잔뜩 취해서 자자고 지랄을 떨었대."

"그런 일이…… 있었나요?"

"조용히 내보내자. 이번 기회에 인원 새로 채워. 두 자리 줄게. 희진 과장도 사람 필요하잖아. 바쁘니까."

하영을 지켜줄 말이 한마디도 떠오르지 않았다. 자신까지 대표의 눈 밖에 날뻔한 상황에서 무리해서 하영을 두둔하고 싶지도 않았다. 대표의 사촌인 상훈 대리에게 혜윤은 되는 여자, 하영은 안 되는 여자였다. 그 이유는 설명할 필요도 없었다.

"희진 과장도 알지? 나 이혼한 다음 날에도 대기업 사보 따내려고 K카드에서 프레젠테이션하고 온 사람이야. 그 덕에 회사 여기까지 키운 거고."

"알죠, 대표님."

"집안일 있으면 빨리 해결해. 널 구할 사람은 너밖에 없다. 알지?"

대표가 찡긋 웃으며 희진을 바라보았다. 대표실을 나온 희진이 하영을 보며 활짝 웃었다.

"하영 씨, 우리 오늘 점심 같이 먹자."

종일 체기에 시달렸다. 퇴근하자마자 집으로 와서 소화
제를 먹은 뒤 2층으로 향했다. 호재의 차기작 원고 마감이
코앞이었다. 그간 얌전히 글만 쓰고 있는 것 같아 희진도
간섭하지 않았다. 지난 주말에 호재가 출판사 사장과 통
화를 하는 걸 엿들었다. 이번에는 전작을 뛰어넘는 소설
이 나올 테니 기대하고 있으라며 호언장담을 했다. 소심
하고 자신감 없던 남자가 신작의 성공을 확신하자 희진도
의아했다.

서재에 앉은 희진이 호재의 노트북을 열었다. 바탕화면
에 새로운 제목의 파일이 보였다. 〈내 여자의 집〉이라는
가제가 붙은 소설 파일이었다.

그녀가 울타리에 엉덩이를 걸치고 앉아 나를 불렀다.
"여기 건축가가 말이야. 자기 아내를 위해서 집을 지은 거
래. 설계도에 아내가 꿈꿔온 모든 것을 담았어. 널따란 창
과 널찍한 마당, 주차장까지 이어지는 그늘막. 모든 사람이
아내를 부러워했어. 한 사람을 위한 집이라니. 얼마나 낭만
적이냐면서."

그녀의 발끝이 나의 아랫도리를 문질렀다. 한껏 달아오
른 채로, 나는 그녀의 목덜미를 혀끝으로 핥으며 그녀가 짓
는 이야기를 들었다.

"근데 알고 보니까 차를 타고 여섯 시간이나 떨어진 지역에 아내의 것과 똑같은 집을 지어놓은 거야. 거실 통창의 크기도, 널찍한 마당에 심어놓은 나무도, 주차장을 덮은 그늘막의 페인트 색도." 그 집에서 다른 여자와 외도를 하는 장면을 떠올려보라며, 그녀가 웃었다. 나는 그녀의 허벅지 사이로 부드럽게 손을 넣었다. 그녀의 지저귐이 녹음이 진 풍경과 퍽 어울린다고 생각하면서. "어째서? 왜 그런 거야?" 그녀가 양다리로 내 허리를 감쌌다. "나쁜 짓은, 그 증거를 남겨야 완성되는 거니까."

"씨발, 문호재!"

노트북을 세게 닫은 희진이 테라스를 향해 집어 들었다. 차마 그것을 부수지 못하고 거친 숨만 내쉬었다. 호재가 그린 소설은 이번에도 현실과 맞닿아 있었다. 유명 소설가가 옆집 여자와 한낮의 연애를 하는 이야기였다. 뻔하디 뻔한 치정이었지만 그 패씸함과 불쾌감이 억지로 다음 문장을 읽게 하는 매력이 있었다. 사실 문호재는 이런 걸 잘 쓰는 작가였는지도 모르겠다. 치졸하고 저급한 제속을 꺼내자 이제 진짜 남편이 소설가답게 느껴졌다.

"뭐 하는 거야, 지금?"

곧이어 집으로 돌아온 호재가 서재 문을 벌컥 열고 들

어왔다. 희진이 노트북을 책상 위에 툭 던지고 말했다.

"뭐 하는 거긴. 새삼스럽게."

"감시해? 얼마나 썼나?"

"얼마나 썼나가 아니라 어떻게 썼나. 그거 보려고."

순간 호재의 입꼬리가 움찔했다. 희진이 자기 소설을 보고 상처받았을 거라는 걸 짐작하는 얼굴이었다. 희진에게 다가간 호재의 입에서 위스키 향이 났다.

"로맨티스트 이미지는 이제 제 발로 걷어찬 거네?"

"전작을 무시해야 또 다른 베셀을 만들 수 있는 거지."

"안유림 만나고 왔니?"

호재가 피식 웃고는 문틀을 주먹으로 가볍게 두드렸다.

"왜? 요즘 계속 바깥에 나도니까 이제 신경 쓰여?"

"정신 차려. 네가 지금 불륜을 소재로 글을 써?"

나를 무시하고 애들한테 상처 주는 일이라고 일갈했다. 안유림이 없으면 소설 한 줄 못 쓰는 최하급 작가라고 소리를 쳤다.

"가르치려 들지 마. 네가 뭘 안다고 까불어."

희진은 실시간으로 구겨지는 호재의 얼굴을 보며 눈살을 찌푸렸다. 술에 취해 퀭한 눈을 하고 다가온 남편이 오늘따라 더 추해 보였다.

"희진아. 우리 그냥, 이혼하자."

호재가 희진의 손목을 붙잡고 말했다. 자기가 먼저 이 말을 꺼낸 게 대단한 일인 마냥 구는 꼴이 역겨웠다. 옆집에서 전동 드릴이라도 빌려와 눈알을 다 터뜨리고 싶을 정도로.

"너는 뭐 달라? 지난번에 사격장에서 보니까 남건우 옆에서 실실 웃고 좋아 죽던데. 왜? 너도 돈 많은 남자 잡아서 편하게 좀 살고 싶어?"

"뭐라는 거야, 개새끼가."

"씨발. 그럼 왜 나 무시해. 왜 네 친구들 앞에서 날 버러지처럼 보고, 딸자식이 날 무시해도 그러려니 두냐고."

호재의 손이 희진의 손목을 아프게 조였다. 희진은 모든 것을 목격하고도 입을 다문 뒷산의 풍경이 두렵게 느껴졌다. 호재가 충혈된 눈알을 굴리며 희진에게 상처 줄 말을 부지런히 떠올렸다.

"그리고 희진아,《거인이 사는 숲》은 나 혼자 쓴 거야. 너 기분 좋으라고 네가 소설에 손대는 거 몇 번 맞춰준 것뿐이지. 차라리 안유림이 나한테 몇 배는 더 도움이 됐을걸? 너도 알잖아."

"야!"

희진이 호재의 뺨을 때렸다. 자기 손이 화끈댈 만큼 아팠다. 호재가 붉게 달아오른 뺨을 쓸어내리다가 분이 난 듯 이를 갈았다.

"어디 남자 뺨을 때려."

짝 소리와 함께 희진의 얼굴이 돌아갔다. 중심을 잃은 희진이 책상 모서리를 잡고 겨우 섰다. 희진은 악을 쓰고 호재의 멱살을 잡아 흔들었다.

"그래서? 우리 집에서, 내 집 안방에서 안유림이랑 잔 게 그런 이유야? 혼자서는 절대 성공 못 할 거 같으니까?"

"뭘 그렇게 잘 알아?"

호재가 헛웃음을 쳤다. 희진이 건우와 짜고 자기와 유림을 감시해 온 걸지도 몰랐다. 왜 남건우 혼자 한 짓이라고 생각했을까. 이 여자를 뭐로 보고 순진하고 아무것도 모른다고 판단했을까.

"내가 설마 그것만 알겠어?"

희진이 눈을 부릅뜨고 말했다.

"네 아들, 불쌍해서 어떻게 해? 진짜 아빠라고 찾아온 사람이 변변치 않은 찌질이라."

"이게 미쳤나."

호재가 희진의 멱살을 잡아 벽으로 거칠게 밀었다.

"앞으로 잘 견뎌봐. 이제 이 비극은 다 네 거야."

희진은 사나운 짐승처럼 이를 드러내고 웃었다.

욕조에 들어간 희진이 온몸이 녹아내리기를 바라며 눈을 감았다. 붕대를 감은 손만 욕조 밖으로 빼둔 채였다. 사람 꼴로 살겠다고 부단히 노력한 시간이 있었다. 친구 집에 놀러 가서 깨끗한 벽지에 걸어둔 가족사진을 봤을 때, 침구류를 세트로 마련해서 예쁘게 깔아놓은 침대를 봤을 때, 온 김에 밥을 먹고 가라며 자신을 부르던 부모의 부드러운 말투를 들었을 때, 희진은 그림자처럼 따라오는 박탈감으로부터 멀리멀리 도망치고 싶었다.

깨끗하고 안락한 집을 사면 뻔한 부부싸움은 하지 않을 줄 알았는데. 엄마와 아빠의 싸움만큼이나 저급한 말을 뱉고 지저분하게 몸싸움을 했다. 허탈한 미소를 짓던 희진이 자리에서 일어나려는 순간 머리가 띵하니 어지러웠다. 다시 욕조로 주저앉자 자기도 모르게 다친 손을 물속에 넣었다.

"아아."

순간 손바닥이 불에 덴 것처럼 화끈했다. 희진이 물 먹은 붕대를 풀고 피딱지가 생기다 만 붉은 흉터를 내려다보았다. 순간 불길이 떠오르고 건우의 목소리가 들렸다.

"할아버지를 생각하면 떠오르는 게 있으세요?"

"뜨겁게 활활 타오르던…… 사람?"

안방으로 돌아온 희진이 젖은 머리에서 물이 뚝뚝 떨어

지는 걸 놔둔 채 노트북 앞에 앉았다. 건우의 인터뷰 중에
희진이 놓친 퍼즐 하나가 있는 것 같았다.

레터나이프를 할아버지에게서 받은 거라 하지 않았나.
그 중요한 걸 왜 자기한테 넘겨줬는지 알고 싶었다.

희진은 곧장 건우의 할아버지를 검색했다. 지산대학교
병원 초대 병원장의 정보야 인터넷에서 쉽게 찾을 수 있
었다. 뇌 병변 관련 논문으로 수상한 이력과 희귀 질환 어
린이 치료에 앞장섰다는 내용의 기사를 내리다가 30년 전
지산호수에서 일어난 살인사건 기사를 발견했다.

남건우 군(18), 괴한에 찔려 사망한 조부 남일원(77)의
서재에서 일본 유학시절부터 모은 논문을 구해…… 화마
에 휩싸인 서재에 목숨을 걸고 들어가…… "할아버지가 숨
이 붙어있으셨다면 논문과 책부터 꺼내셨을 것이다." 지
산대학교 병원을 설립한 남 씨는…… 모두의 존경과 감사
를…… 남 씨 집안의 비극을 듣고 지산시의 많은 시민이 추
모의 물결을…….

뜨겁게 활활 타오르던 사람이 어떤 뜻인지, 이제 알 것
같았다.

이 남자는 몇 번이나 희진에게 노크를 해왔던 거였다.

왜 그랬을까? 희진이 그의 인터뷰어여서? 진짜 말하고 싶은 것들을 한 번도 말한 적이 없어서?

나쁜 짓은, 그 증거를 남겨야 완성되는 거니까.

희진은 30년 전 호숫가 작은 집에, 아직 어른이 되지 못한 까만 눈의 소년을 머릿속으로 떠올렸다.

울컥 피를 쏟은 할아버지가 서재 밖으로 기어 나오려는 모습을 손주는 가만히 지켜보았다. "좋아하는 책이 많은데, 아깝네." 손주는 잠시 고민하다가 난로 옆에 있는 석유를 할아버지의 몸 위에 뿌렸다. 이윽고 할아버지의 숨이 완전히 멎자, 손주는 서재에서 자기가 평소 읽고 싶었던 책과 논문을 하나둘씩 집 밖으로 옮겼다.

손주는 서재 창에 성냥불을 던져놓고, 할아버지를 찌른 레터나이프를 전리품처럼 챙겼다. 하지만 사람들에게 들키지 않을까? 피 묻은 레터나이프를 보다가 손주는 결국 그걸 호수에 던져버렸다.

이윽고 불길을 보고 나타난 소방관에게 손주가 엉엉 울면서 말했다. "숲에 다녀왔는데 불이 나있었어요. 할아버지는 이미 쓰러지셨는데, 이거 다 할아버지가 아끼던 논문이라 먼저 옮겼어요. 할아버지는 못 구하고, 논문하고 책하고……." 엉엉 우는 손주를 어른들은 아무도 의심하지 않았다.

희진은 건우가 본 것들을 아니, 건우가 봤을 것들을 상상하며 눈을 감았다. 장면 하나하나를 누에가 실을 뽑듯 문장으로 만드는 동안, 글을 쓰고 싶다는 마음이 수면 위로 둥둥 떠올랐다. 한 번쯤 타인의 고통을 이해해 보라던 소설 강사의 목소리가 살아나는 순간이었다.

희진은 흉터가 난 손을 꼭 쥐어 다시 한번 통증을 느꼈다. 살아있다는 건 끝임없이 타인과 상해를 주고받는 일이었다. 몸이든 정신이든.

불 꺼진 창을 보던 희진이 마지막 남은 담배를 태웠다. 10월의 새벽은 바람이 차서 뒷산에서 불어오는 바람에 몸이 가늘게 떨렸다.

싸움이 끝나고 호재는 차분한 목소리로 말했다. 영화가 개봉할 때까지만 서로 조용히 있자고. 내년에, 내년 초에 합의 이혼하자. 이 집은 다시 팔고. 어차피 빚도 많이 졌잖아. 희진은 계단 난간을 손끝으로 부드럽게 쓸어보았다. 널찍한 거실과 깨끗하게 닦인 통창, 부엌의 오븐과 식기세척기, 이사 오면서 새로 산 900리터 냉장고. 이혼하면 이 모든 걸 포기해야 했다.

"내가 왜. 내가 뭘 잘못했다고."

희진이 울타리 옆면에 담배를 비벼 끄고 꽁초를 뒷산에 던졌다. 빽빽이 늘어선 나무들 사이로 짐승의 붉은 눈을 본 것 같은 착각이 일었다. 희진의 시선이 옆집 뒷마당 모서리에 심긴 느릅나무 밑으로 향했다.

희진은 집에서 가져온 모종삽을 들고 울타리를 넘었다. 느릅나무로 걷던 희진이 잠시 멈춰서 불 꺼진 건우의 서재 창을 올려다보았다. 묻고 싶은 것이 많았지만 지금은 희진도 새벽 몰래 해야 할 일이 있었다.

"하……."

이렇게 열심히 땅을 파본 건 처음이었다. 아까까지 서늘했던 바람이 시원하게 느껴졌다. 호재 때문에 비틀어져 퉁퉁 부은 손목으로 볼록한 땅을 가르고 흙을 파냈다. 건우는 누군가 발견해 수실 바란 것처럼 그리 깊지 않게 그것을 묻어놓았다. 검정 비닐이 보이는 순간 희진은 처음 맡아본 악취에 입과 코를 막아야 했다.

마스크와 장갑을 챙길 걸 그랬나. 막상 땅속에 숨겨둔 걸 꺼내고 나니 그 안을 볼 용기가 나지 않았다. 하지만 이 빌어먹을 호기심이 결국 봉지 입구를 벌리게 했다.

"아아……."

희진은 호수에 비친 자기 얼굴을 보듯 그 안을 들여다

보며 눈물을 흘렸다. 블랙홀 같은 검은 구멍이 순식간에
희진의 심장을 먹어치웠다.

2

"임희진! 이게 진짜 미쳤어?"

호재가 서재 문을 열자마자 소리를 질렀다. 어제의 난리
이후 외박을 하고 온 참이었다. 작게 열어놓은 창문으로
수십 마리의 파리가 윙윙 날았다. 썩은 감에서 나는 달고
쿰쿰한 냄새, 순대 내장에서 나는 퀴퀴한 냄새, 숨이 죽은
양배추나 상온에 꺼내놓은 굴이 썩는 냄새가 섞여서 났다.
호재는 팔뚝으로 입과 코를 막고 책상으로 다가갔다. 노트
북 위에 올려둔 검정 봉지가 경악스러운 냄새의 근원이었
다. 오만 가지 악취가 나다 보니 그 안에 어떤 게 들어있는
지 예측할 수도 없었다.

출판사 사장과 원작을 바탕으로 영화를 만든 감독까지
셋이서 만난 자리였다. 로맨티스트 이미지만 아니었으면
여자를 불렀을 거라고 너스레를 떨며 평소보다 무리해서
마신 차였는데, 욕지기가 끓어 오르는 냄새에 취기가 한
번에 가셨다.

"씨발. 도대체 뭔 짓을 한 거야."

호재가 두루마리 휴지를 돌돌 말아 손을 붕대처럼 묶고 끈적한 액체가 묻은 비닐봉지 손잡이를 벌렸다.

"아악!"

그 안에 든 것은 양쪽 귀가 반대로 붙은 토끼 사체였다. 조악한 바느질에만 놀란 것은 아니었다. 양쪽 눈이 있어야 할 곳은 옹이처럼 구멍이 나있었고, 내장은 빼냈는지 홀쭉해진 배에는 'Y'자로 된 개복 자국이 있었다.

"임희진!"

아내를 부르고 나니 봉지 아래에 숨겨둔 메모가 보였다. 호재가 얼굴을 잔뜩 찡그리고 유리창을 활짝 연 다음, 숨을 참고 봉지 입구를 묶었다. 그러고 나서 봉지 아래에 체액과 핏물이 스며든 메모지를 빠르게 빼냈다.

네 아들 작품이야. 영빈이가 특히 토끼를 잘 가지고 논대. 동그란 눈이 제 엄마를 닮았다고.

호재는 더는 악취도 느끼지 못하고 입을 벌렸다. 안방에 있던 희진이 서재로 올라와 문틀에 어깨를 기대고 섰다. 여유로운 표정에 호재의 분노가 일었다.

"장난도 정도껏 쳐. 이걸 영빈이가 했다고?"

"그럼 누가. 내가?"

"남건우 맞지? 새끼가 평소 날 보는 눈빛이 개새끼 같다 싶었어."

"호재야."

희진이 팔짱을 낀 채 문틀에 어깨를 기대고 웃었다.

"어느 외과 의사가 바느질을 저따위로 해?"

호재는 버벅버벅 할 말을 찾는 듯하더니 이내 허망한 표정을 지나 짐승처럼 흐느끼며 제자리에 주저앉았다. 애처로운 아이 아빠의 머리 위로 파리가 빙빙 날았다. 지율이를 본가에 잠시 맡겨둔 게 다행이었다. 희진이 엉엉 우는 호재를 향해 차분히 말을 이었다.

"그러니까 호재야, 어쩌자고 밖에서 이상한 걸 낳았어."

"입 닥쳐……."

붉게 터진 호재의 눈이 희진을 노려보았다. 살기라는 걸 본인만 갖고 있는 줄 아는 놈. 희진은 얼굴에 웃음기를 거두었다.

"넌 쟤가 감당되겠니? 그나마 남건우가 네 아들 정상 만들려고 여기저기 수소문 중이래. 아동 정신과 상담 준비하고 있다고."

"넌 언제 알았어? 우리 영빈이가 저런 거."

"그딴 거 궁금해할 시간에 좆된 네 인생이나 챙겨."

다시 또 언성이 높아졌다. 불쾌한 감정이 악취에 섞여 서재 안을 뱅뱅 돌았다.

"둘이 짠 거 아냐? 언제부터 붙어먹었어. 어?"

"아, 쫌! 문호재!"

희진이 책장에서 책을 꺼내 호재에게 던졌다. 하나둘 셋. 두꺼운 양장본 책의 모서리가 호재의 광대 위를 찢고 지나갔다. 호재가 악을 쓰고 뺨을 감싸 쥐는 걸 보는 데 쾌 감이 들었다. 희진도 점점 더 폭력이 쉬웠다.

"어디 가서 영빈이가 우리 지율이 오빠라는 소리 하지 마. 소름 끼치니까."

희진이 비틀대며 계단을 내려갔다. 등 뒤에서 호재가 주먹으로 바닥을 내리치는 소리가 들렸다.

유림과 호재가 다시 한강에서 만났다. SUV에 나란히 앉은 두 사람은 비가 쏟아지는 공원의 풍경을 말없이 바라보고 있었다. 유림이 호재의 뺨 위에 난 상처를 보며 슬픈 표정을 지었다.

"믿어져? 너랑 나랑 낳은 아이가 남의 고통도 모르는 사이코패스라는 게?"

"모르겠어. 어릴 때부터 말수가 적어서 걱정하긴 했는 데…… 지능 지수는 늘 높았으니까 잘 크고 있나 싶었지."

호재가 턱을 높이 들고 가슴 깊은 곳에서부터 끌어온 숨을 내쉬었다.

"넌 남편을 골라도 그딴 걸 고르냐."

"그럼 그런 새끼가 아니면 누가 날 만나는데."

유림이 호재를 째려보며 입술을 다물었다. 건우 같은 인간이 왜 자기에게 먼저 손을 내민 건지 이제야 퍼즐이 맞춰졌다. 겉으로 보이는 것보다 더, 개새끼였구나. 그래서 나처럼 고분고분 멍청해 보이는 여자가 필요했구나.

"알아보니까 심리 치료 꾸준히 받으면 좋아진대. 빨리 이혼하고 애 데려오자."

"어떻게 데려오겠다는 건데."

"애한테 증언 받을 수 있나? 아빠가 억지로 동물 해부 같은 거 시켰다고."

"되겠니? 애 꿈이 의사인데?"

유림도 미칠 것 같았다. 건우가 희진에게 했던, 영빈이를 고치려고 애쓰는 중이라는 말은 다 거짓말인 것 같았다. 오히려 남건우가 애를 괴물로 만들었다는 것이 합리적인 의심이었다.

"데려오기만 하자고. 우리 애, 정상 만들자고."

유림이 창밖만 본 채 멍하니 앉아있자, 호재가 답답한지 자기 가슴을 세게 쳤다. 그리고 곧 아이처럼 울부짖었다.

"그 새끼가! 내 애를! 망쳐놨다고!"

핏발 선 눈과 지저분하게 자란 수염, 거친 살갗. 여태껏 본 호재 중 가장 볼품없는 순간이었다. 유림은 자신이 무얼 보고 호재에게 빠졌는지 이제 기억도 나지 않았다. 그때나 지금이나 이렇게 지질하고 어린애 같은 남자인데.

10년 전 교수의 낭독회가 있던 날, 유림은 아침부터 숍에 가 메이크업을 받고 머리를 했다. 결혼 후 한 번도 끼지 않은 반지를 끼고 호재가 알아보지도 못할 명품 브랜드의 가방을 들었다. 네가 무슨 짓을 하더라도 자기 발끝에 걸친 것 하나 사줄 능력이 안 된다는 걸 보여주고 싶은 마음이었다.

하지만 유림은 호재를 보자마자 그의 자존심을 짓밟고 싶은 마음이 눈 녹듯 사라졌다. 초췌한 모습과 유림을 바라보는 눈빛에 여전히 애잔함이 서려있었다. 교수가 지루한 소설을 읽는 동안, 유림은 호재의 굽은 어깨를 바라보았다. 대학 시절 호재는 유림만큼이나 소설을 사랑했다. 소설을 쓰지 못하는 삶이 두려워 유림의 맨몸을 껴안고 운 적도 있었다. 유림은 무슨 일을 해서라도 호재의 뒷바라지를 할 테니 걱정하지 말라며 그를 토닥였다. 그런 밤이 있었다. 모든 걸 내어주고도 더 내어줄 것이 있을 거라고 믿었던 밤이.

"호재야."

유림이 붉어진 눈을 번쩍 뜨고는 눈앞에 흐르는 한강을 노려보았다. 노을이 지고 있었다. 핸들을 쥐고 있던 손에 자기도 모르게 힘이 들어갔다.

"우리 남건우 죽이자."

호재가 유림을 돌아보았다. 노을빛을 받지 못한 호재의 반대쪽 얼굴에 그림자가 졌다. 유림은 호재의 뺨을 손바닥으로 부드럽게 감쌌다.

"어차피 나, 남건우랑 이혼 못 하면 말라 죽을 거야. 미쳐서 죽든지 또다시 병에 걸려 죽든지."

"안유림……."

"제발 살면서 딱 한 번은 내 편 좀 들어줘. 남건우만 죽으면 시아랑 영빈이 양육은 내가 가져올 거고 그 새끼 재산도 얻을 수 있어. 이대로 이혼하면 나 빈손으로 나올 거 뻔하잖아."

각자가 각자의 방식으로, 물에서 나온 물고기가 살기 위해 발버둥 치듯 온몸을 떨었다.

희진은 밤마다 뒷산이 와르르 무너져 두 집을 공평하

게 무너뜨리고 그대로 무덤이 되는 꿈을 꿨다. 입과 코와 귓구멍에 축축한 흙이 그득 차오르는 순간, 보이지도 않는 미생물이 손톱 끝부터 천천히 자신을 먹어치워 주기를 바랐다.

다시 눈을 뜰 일 없게.

추악한 세상을 마주할 필요 없게.

하지만 아침이 되면 늘 이 집을 지키기 위해 자기가 무얼 해야 하는지를 떠올리게 되었다.

이를테면 호재와 유림의 살인 도모가 녹음된 녹음 파일을 누군가에게 건네는 일.

지산호수에서 건우와 영빈이 낚시를 하고 있었다. 시아는 본가에 맡겨두고 영빈이와 이틀째 호숫가에서 캠핑카를 세워두고 캠핑을 하는 중이었다. 고기를 낚고 손질하는 법을 가르쳤다. 칼을 가지고 생명체에게 고통을 주는 것 말고도 타인에게 매력적으로 보일 방법이 많다는 걸 알려주고 싶었다.

"아빠, 저 학교는 그만 다니면 안 돼요?"

"너 아직 초등학교도 졸업 못 했는데?"

"멍청한 애들이 너무 많아요. 나약하고 바보 같은 걸 보면 못 참겠어요."

"그런 걸 훈련하라고 학교에 보낸 거야. 아무 때나 뭘 죽이고 싶어 하면 안 되니까."

영빈이 큰 눈을 끔뻑이며 아이스박스에 넣어둔 베스를 내려다보았다. 숨을 쉬기 위해 뻐끔거리는 모습이 우스워서 영빈은 근처에서 적당한 나뭇가지를 집어 베스의 동그란 입에 꽂아 넣었다.

"아줌마가 준 거죠? 녹음 파일."

건우가 얇은 눈꺼풀을 가늘게 떴다. 어제저녁에 희진이 보낸 도청 파일을 듣다가 몇 번이나 웃음을 터뜨렸다. 새벽이라 영빈이 자는 줄 알았는데 전부 들은 모양이었다. 별 상관은 없었다.

"엄마가 아빠를 죽일 수도 있어요?"

"그럴 리가."

겁도 없이 사람을, 그것도 자신을 죽이겠다고 작당하는 부분을 들을 때는 심장이 두근댔다. 무턱대고 흥분을 느끼는 것은 오랜만의 일이었다. 사냥을 나갈 때만큼이나 신이 나는 순간을 만들어준 옆집 여자에게 감사할 정도로.

"넌 누구랑 살고 싶니? 네 엄마 아니면 나. 그것도 아니면 호재 아저씨?"

"전 거지 같은 부모 싫어요. 멍청한 부모는 더 싫고요."

건우가 고개를 끄덕이며 낚싯대를 바닥에 내려놓았다.

"하긴 그런 사람들은 앞으로 널 숨겨줄 수 없을 테니까."

"꼭 유전적으로 연결되어야만 하는 건 아니잖아요."

영빈이 건우를 빤히 보며 말했다.

"아빠랑 저는…… 충분히 닮았잖아요."

그러니까 날 버리지 말라는, 끝까지 날 교육해서 당신처럼 살 수 있게 도와달라는, 간곡한 부탁이었다. 영빈은 자신이 만들어진 괴물이라는 걸 기억할 수 없었다. 너무도 자연스럽게 건우를 흉내 냈고 생명을 쥐고 흔들 수 있는 쾌감에 중독됐다. 영빈에게 유일한 부모는 건우였다. 이대로 건우가 영빈이의 손을 놓는다면 영빈이는 고아나 마찬가지였다.

"내가 죽을 것 같아?"

"그래도…… 그쪽은 둘이니까."

건우가 씨익 웃으며 동그란 도청 장치를 집었다.

"내 쪽도 둘이잖아."

"아줌마도 이기적인 사람이잖아요."

의자에서 일어난 건우가 호숫가에서 뒷걸음질을 쳤다. 영빈에게 재미있는 걸 보여주겠다며, 동전 모양의 도청 장치를 호수에 던져 물수제비를 만들었다. 하나 둘 셋 넷 다섯. 통통 튀며 물살을 가르는 모습을 보던 건우가 영빈을 보며 웃었다.

"우리 다 이기적이잖아. 그러니까 말이 통하는 거고."

3

"호숫가 저택이요. 거기 지금 정원이 엉망이에요."

유림이 큐브 모양으로 자른 멜론과 얇게 썬 하몽이 담긴 접시를 들고 서재로 들어왔다. 책상 앞에 앉은 건우가 얼음이 담긴 잔에 말없이 위스키를 따랐다.

"당신이 한번 들러줘야겠어요. 인부들이 여자 말은 귓등으로도 안 들어서……."

"언제?"

"뭐…… 오늘 저녁은 좀 이르죠? 내일 낮에도 좋고요."

"오늘로 해. 3시쯤 갈게."

서재를 나가려던 유림이 건우를 돌아보며 물었다.

"애들은 언제 돌아와요? 본가에 있는 거 맞아요?"

"네가 상관할 바는 아니지."

건우가 위스키를 한 모금 마시고 유림을 보았다. 미간을 찌푸린 유림이 목소리를 가다듬고 말했다.

"내 아이들이기도 해요. 어머니 댁에 왜 영빈이는 없는 건지 말해줘요."

"이제 네 애 아냐."

"이혼이라도 하자고?"

유림이 뾰족한 목소리로 말했다. 그러지 않으려 했지만 말끝이 떨렸다. 그녀에게서 시선을 돌린 건우가 위스키 잔을 빙글빙글 돌렸다.

"내가 너랑 살 이유가 뭐가 남았지?"

"당신도 여자 쉽게 잘도 만났잖아. 아니야?"

성욕 풀이로 만난 여자가 듬성듬성 있었다는 건 유림도 알고 있는 사실이었다. 사냥을 나간다고 며칠 연락을 받지 않을 때도 그런 의심은 늘 해왔다.

"기자라는 사람 전화 받고 다급하게 나갈 때도, 나 다 눈감아 줬어. 다 모른 척했다고!"

"모르는 척하는 게 아니라 진짜 모르는 것 같은데?"

건우기 눈썹을 들썩이며 웃었다.

"유림아."

건우는 으레 그렇듯 유림을 단세포 생물 보듯 깔보는 표정을 지었다.

"무리하지 마."

유림은 몸을 부르르 떨며 서재를 나갔다. 건우는 창밖에서 추적추적 내리기 시작한 비를 바라보았다. 두 사람은 오늘 호숫가 저택에 들러붙은 유령으로 살게 될 거였다.

그토록 서로 가족이 되고 싶어했으니 괜찮은 말로였다.

빈 잔을 보던 건우가 다음 잔을 채우지 않고 일어섰다. 잠시 뒤 운전을 해야 했다.

희진은 주말에도 인터뷰가 있었다. 최근 회사를 관둔 하영을 대신해 지방으로 내려가는 길이었다. 차도 없는 하영에게 지방 출장을 잡아둔 게 뒤늦게 미안했다. 이제 와 이런 마음이 든 자기 자신이 한없이 가볍게 느껴졌지만, 희진은 그래도 자신에게 부스러기 같은 양심이 있어 다행이라고 생각했다.

"그때는 그랬어. 여자가 소쿠리 들고 김장김치도 만들어 팔고 팥떡도 만들어 팔고 그랬어. 애 아빠는 물감 살 돈 없다고 제 아들 배냇저고리까지 찾아다 팔아치웠지. 근데 또 웃긴 건 그 돈으로 물감 찔끔 사고 남은 돈으로는 죄다 막걸리 사 마셨다니까?"

오늘 인터뷰이는 여든이 다 된 노부인이었다. 사후에 유명해진 한국 화가의 아내. 최근 그의 작품이 해외에서 고가에 거래되어 뉴스를 타게 된 덕에, 그의 생애를 추적하는 인터뷰를 하게 된 것이다.

"그래도 떠나시면서 가장 큰 선물을 주시고 갔네요. 아니, 제일 비싼 선물인가?"

희진이 가볍게 웃으며 노부인에게 말했다. 검지에 큼지막한 비취반지를 낀 노부인이 양손을 저었다.

"말도 마. 난 그 그림만 보면 치가 떨려. 왜 마음대로 내가 마당에서 멱을 감는 그림을 그려다 파냐는 말이야. 더운 여름날 얼음물 한잔 못 사주던 양반이 제 혼자 낭만에 빠져서는."

노부인은 더위를 먹어 기진맥진한 채로 수돗가에서 등목이나 할 참이었단다. 남편에게 물을 뿌려달라고 하자 남편은 그림을 그려야 한다며 마루에 앉아 꼼짝도 하지 않았다고 했다. 그게 얼마나 얄미웠는지 노부인이 남이 보든 말든 옷을 홀랑 벗고 목욕을 한 것이었다.

희진은 노부인도 한 성깔 한다고 생각하며 작게 웃었다. 노부인이 두툼한 눈꺼풀을 끔뻑이다가 희진의 손을 잡고 말했다.

"젊은 사람도 그러니까 남자한테 인생 걸지 말어. 나야 운이 좋아 말년에 로또를 맞았다만, 이제 뭐 이 많은 돈을 다 쓰고 죽겠어? 다 자식들한테 넘겨주고 가겠지. 수지타산 안 맞아. 아주 망한 거야."

노부인은 자기가 지금 같은 시대에 태어났다면 내 인생부터 찾을 거라고 했다. 뭘 좋아하는지 뭐가 되고 싶은지 아무것도 모르지만 어떻게 살아도 지금보다야 행복할 자신이 있다면서.

"이미 결혼했으면 남편한테 말하지는 말고. 최대한 의뭉스럽게 살아. 비밀이 많은 여자가 매력 있는 법이야. 그렇게 살면 남자 하나 더 꼬실 수 있다?"

싱긋 웃는 노부인이 희진의 손을 꼭 붙잡았다가 놓았다. 희진은 그래도 남편의 눈으로 본 노부인의 맨몸이 무엇보다 자유롭게 보였노라고, 실오라기 하나 묶여있지 않은 그녀의 모습이 눈물이 날 정도로 아름다웠다고 말하고 싶었다.

일을 끝낸 희진이 지산시로 올라가는 동안 건우에게 메시지를 보냈다. 살인미수로도 5년 이상의 징역에 처할 수 있다는 내용을 검색으로 알아냈다. 유림의 우울증과 호재의 외도, 건우를 살해하겠다는 녹음 파일이면 모든 것이 희진과 그에게 유리했다.

그러니까 죽이지는 말라고. 그렇게 말할 생각이었다. 건우가 정말 자신의 조부를 죽였다고 확신할 수는 없지만 이 위험한 이웃은 희진이 상상하는 그 이상의 복수를 해온 남자였다. 희진은 호재가 망가진 자기 아들의 작품을 보고 오열한 것만으로도 끝내지 못할 저주가 시작되었다고 생각했다. 호재가 죽지 않고 꾸역꾸역 살면서, 자신이 그랬듯 낳은 아이를 책임지기 위해 평생 일과 고통에 잠식되길 바랐다.

두 시간 뒤 지산시로 가는 도로에 들어서자 뒤늦게 건우에게서 메시지가 왔다.

끝나고 얘기하죠.

호숫가 저택에 도착한 호재가 유림의 메시지를 읽었다. 산탄총을 보관한 창고 위치를 알려주는 메시지였다. 죽이기 전에 영빈이는 어디 있냐고 물어보라는 소리에는 헛웃음까지 나왔다. 미친 새끼랑 살더니 유림도 정신이 나간 모양이었다. 하기야 살면서 처음으로 누군가를 해치기로 마음먹은 자신도 온전한 상태는 아니었으니까. 보이지 않는 손이 자꾸만 등을 떠밀어 절벽까지 왔는데, 뒤를 돌아보니 결국 그 손이 내 것이었더라는 뻔한 상상도 했다.

"씨발. 힘든 일은 다 내가 하지."

호재가 주머니에서 장갑을 꺼냈다. 호재는 호숫가 저택으로 온 건우를 보자마자 방아쇠를 당길 예정이었다.

"한 방이면 돼. 한 방이면."

호재는 긴장을 풀기 위해 혼잣말을 뱉으며 그사이 유리창을 단 콜로니얼 양식의 저택 외관을 올려다보았다. 중세 시대 귀족의 성처럼 웅장하고 우아한 멋이 느껴졌다. 아직 완공되지 않았지만 널따란 마당에 깔린 잔디며 석등과 작은 연못 등이 한국적인 미를 드러냈다. 마치 1920년대 일제강점기 귀족의 저택 같았다. 유림의 말로는 뒤뜰에 일본식 정원을 만들 계획이라고 했다.

후문으로 돌아가 지하로 통하는 계단으로 내려갔다. 문을 열자 시멘트 냄새가 빠지지 않은 9평 남짓의 공간이 보였다. 건우와 그의 아버지가 사냥을 다니면서 잡은 고라니와 꿩, 까마귀 등의 박제품이 입구가 열린 종이상자에 담겨있는 게 보였다. 직접 구입한 걸로 보이는 오소리나 천산갑도 선반에 걸려있었다.

호재는 쿰쿰한 냄새에 미간을 찌푸리며 천장을 올려다보았다. 팬을 설치한 창고 천장은 필요 이상으로 층고가 높아 보였다. 환풍 시설도 꽤 잘 되어있었는데 스위치를 켜도 작동하지는 않았다. 전등도 마찬가지. 결국 스마트폰 손전등을 켜고 캐비닛에 잠금장치를 열었다. 두 자루의 산탄총 중 좀 더 새것 같아 보이는 것을 집었다.

저택 주변에 CCTV는 있지만 다 먹통이야. 남건우가 깡통을 달아놨어. 불량을 달아놓은 건지 눈속임인지 모르겠지만 어쨌든 근방은 아무것도 찍지 못할 거야.

유림의 말대로라면 건우를 없애기에 최적의 조건이었

다. 게다가 간헐적으로 근처 사격장에서 총소리가 났으니 이곳 총소리를 숨기기도 좋았다. 30분 뒤 뒤뜰로 들어온 건우에게 총을 겨누고 시원하게 방아쇠만 당기면 끝이었다.

"이거 다 영빈이를 위해서야. 정신 차리자, 문호재."

이건 꼭 돈 문제 때문이 아니었다. 영빈이를 지키기 위해서였다. 유림과 다시 멀쩡한 가정을 꾸리고 건우의 목숨 값으로 받은 보상금으로 영빈이를 고쳐줘야 했다. 똘똘한 머리와 아비에게서 받은 감수성으로, 건강하고 듬직한 사회의 일원이자 호재의 평생의 보물로 자라야 했다.

총열을 꼭 잡은 호재가 창고를 나오자 주차장으로 건우의 차가 들어서는 게 보였다. 주차장의 왼편으로 잔잔한 호수가 보였다. 건우는 차에서 내리자마자 트렁크에서 무언가를 꺼냈다. 골프용 가방이었다. 호재가 탄환이 닿을 수 있는 거리를 가늠하며 천천히 발을 움직일 때였다. 당연히 거기 있을 줄 알았다는 듯, 건우가 뒤뜰 은행나무에 몸을 기대고 선 호재를 빤히 보고 웃었다.

이거. 이거.

건우는 입술만 움직여 말하며 골프 가방을 가리켰다. 호재가 사태를 파악하기도 전에 건우가 가방을 호수에 풍덩 빠뜨렸다. 마치 예능 프로그램에서 하는 게임처럼 양손을 입가에 대고 말했다. 이거, 네 아들.

"야, 이 개새끼야!"

산탄총을 내던진 호재가 호수를 향해 무작정 내달렸다. 남건우라면 제가 키운 아이도 충분히 호수에 버리고도 남았다. 자기 아내와 몸을 섞고 자기 아들을 키우게 했으니 이 정도 복수도 합당하다고 생각했을 거였다. 영빈아, 영빈아! 호재는 눈가에 흐르는 눈물을 손등으로 거칠게 닦고 바로 호수에 몸을 던졌다. 겨울은 멀었지만 호숫물이 얼음장처럼 차가웠다. 비릿한 냄새와 미끈하고 끈적한 느낌에 불쾌감이 일었다.

"영빈아! 아빠야!"

이 말을 얼마나 뱉고 싶었던가. 유림을 닮은 동그란 눈과 자신을 닮은 짙은 눈썹, 잘 웃진 않지만 호재는 언젠가 영빈의 한쪽 뺨에 패인 보조개를 본 적도 있었다. 그건 정신이 온전치 못했던 형을 닮았다. 형이 제 분을 못 이겨 장난감 자동차를 벽에 던지고 호재 방의 소설책을 이로 물어뜯은 게 호재의 나이 스물이었다. 십자가 아래서 형 없이 가족회의를 하던 날, 부모와 호재는 만장일치로 형을 시설에 맡기기로 했다. 형을 생각하면 대부분이 고통이었지만, 잠을 잘 때 가끔 뺨에 패인 보조개를 볼 때면 형에게도 영혼이 있을 거라고 믿었다. 그런 날이 있었다.

"영빈아……."

호재가 가방을 향해 손을 뻗는 순간, 탕! 하고 건우가 골프 가방을 향해 총을 쐈다. 고개를 돌리니 건우가 권총을 든 것이 보였다. 다시 한번 탕, 탕 가죽 표면에 구멍이 나면서 가방 밖으로 핏물이 새어 나왔다.

"아악!"

건우가 더는 쏠 생각이 없다는 듯 권총을 손에 쥔 채 양손을 들어 올렸다. 호재가 진이 빠진 얼굴로 팔을 저어 앞으로 나아갔다. 가방 손잡이를 쥐고 지퍼를 내리자 그 안에는 목이 잘린 멧비둘기 사체 세 마리가 들어있었다.

"이 씨이발!"

호숫가에 쭈그리고 앉은 건우가 호재를 향해 손짓했다. 호재는 당장이라도 양발에 족쇄가 묶여 그대로 가라앉고 싶은 기분이었다.

"가방 가지고 나와. 죽기 싫으면."

건우가 호재 눈앞에서 권총을 흔들며 차갑게 웃었다.

4

"무슨 소리야. 영빈이가 아빠랑 있어?"

같은 시각 유림이 시아와 통화하다 목소리를 높였다. 건우가 영빈이와 시아를 본가로 데려갔다가 영빈이만 데리고 캠핑을 하러 떠났다고 했다. 시아가 자기만 왕따를 시켰다며 볼멘소리를 했지만 유림이 통화를 서둘러 끝냈다. 자기 애도 아니면서 어디에 숨겨둔 건지, 숨겨서 뭘 하려는 건지 알 수 없어 두려웠다. 아무리 그래도 이건 어른들끼리의 일이 아닌가. 건우의 비열함에 다시 한번 치가 떨리는 순간이었다.

남건우 죽었어. 일단 와서 상황 파악해. 영빈이 데리러 가야 하니까 차 끌고 오고.

호재의 메시지가 왔다. 유림이 짧게 비명을 지르고 심장을 쓸어내렸다. 쫄보인 줄 알았더니 침대 밖에서도 남자 구실은 할 줄 알았다. 유림은 머리를 하나로 질끈 묶은 뒤 편한 바지에 가디건을 걸치고 마당으로 뛰어나갔다. 달콤한 해방감이 끝이 아니라 시작이라는 생각에 입가가 떨리도록 미소를 지었다.

결국 누가 더 바닥으로 떨어지냐의 싸움이었고 유림이 이겼다. 호재는 이렇게 자길 구원하려고 옆집으로 온 게 아닐까. 건우의 지속적인 무시와 가스라이팅, 모욕과 폭력과 가축을 기르듯 복종을 시키던 그 말버릇과 눈빛이 이제 전부 이 세상의 것이 아니라는 게 미칠 듯이 기뻤다.

지산호수로 차를 몰고 나가면서 유림은 희진을 생각했다. 불쌍한 그 여자는 부부간의 의리가 뭐라도 되는 줄 알았겠지만 호재를 움직이는 건 당연히 사랑이었다는 걸 뒤늦게 깨닫게 될 거였다. 유림은 호재가 대단한 작가가 아니어도 좋았다. 돈 한 푼 못 벌어오는 한량이라도 아껴줄 수 있었다. 건우처럼 자기를 무시하는 영빈이를 번듯하게 키워야 하는 게 마지막 남은 과제였지만, 더 이상 혼자 있지 않아도 된다면 그것도 견딜 수 있었다.

신이 나서 단숨에 사격장을 지나 호숫가로 접어들었다. 아스팔트를 새로 깐 주차장 입구에 시어머니가 애지중지하던 소나무가 보였다. 양손을 모아 펼친 모양으로, 가지가 우아한 곡신을 그리며 하늘로 뻗어있었다. 200년이라는 세월만큼이나 험한 시대와 고약한 날씨와 계절을 견딘 단단함이 눈에 보였다. 그게 마치 희망의 불씨처럼 느껴진 유림이 희미한 미소를 짓고 정면을 돌아보았다.

그리고 산탄총을 쥔 채 불안한 눈빛으로 선 호재와 그의 머리에 권총을 겨눈 건우를 함께 마주했다.

"씨이⋯⋯."

저 바보 같은 남자가 결국 또 머뭇거린 거겠지. 결정적인 순간마다 엉덩이를 빼고 도망치는 버릇 때문에 건우에게 총을 겨누고도 방아쇠를 당길 용기가 나지 않았을 거였다. 유림이 신경질 난 표정으로 운전대를 주먹으로 내리쳤다. 건우는 여유로운 얼굴로 유림에게 턱짓했다. 내리라고.

"사, 살려주세요. 살려주세요."

호재가 눈물을 질질 짜며 양손으로 총을 쥐고 더듬더듬 말했다. 유림은 상체를 낮춘 채 천천히 운전석에서 내렸다. 건우가 호재의 머리칼을 쥐어 잡은 뒤 관자놀이에 총구를 대고 강하게 비볐다.

"아아."

"유림아, 이거 봐. 네 남친 운다."

건우가 히죽 웃다가 유림을 보고 차갑게 말했다.

"꿇어."

유림이 무릎을 꿇고 앉아 건우를 올려다보았다. 싹싹 비는 것이야 어려울 것 없었다.

"미안해요. 한 푼도 챙기지 말고 나가라면 나갈게요. 시아도…… 영빈이도…… 다 두고 갈게요. 쓰레기 같은 연놈들 죽여봐야 뭐해. 그냥 분리수거 한다고 생각하고…… 보내줘요."

호재도 곧바로 무릎을 꿇고 건우를 향해 양손을 모아

빌었다.

"잘못했습니다. 제가 멀쩡한 가정을 망쳤어요! 제가 이런 사람이 아닌데 글이 안 써져서 어디 미쳤었나 봐요."

머리를 바닥에 찧으라면 찧을 기세였다. 건우가 혀를 끌끌 차더니 말했다.

"호재 씨, 일어나요. 그거 총 들고."

"살려주세요, 형님. 네?"

"일어나라고."

호재가 후들거리는 무릎을 두 손으로 붙잡고 천천히 일어섰다.

"자, 지금부터 그 총으로 눈앞에 있는 적을 맞추면 됩니다. 우리 사격장에서 연습해 본 적 있죠? 안유림은 접시 같은 거예요."

건우가 호재의 뒷덜미를 잡아 제대로 일으켜 세웠다. 호재가 산탄총을 잡고 바닥을 향했던 총구를 반쯤 들어 올렸다. 유림이 황당한 얼굴로 천천히 자리에서 일어섰다.

"선생님, 아니 형님. 아무리 화나셔도 한 번만 다시 생각해 주시면 안 될까요?"

호재의 목소리가 갈라져 나왔다. 입술이 벌벌 떨렸다.

"나 화 안 났어. 화가 났으면 직접 했겠지. 안 그래?"

건우가 호재의 얼굴에 가까이 다가가 말했다. 지금 당

장 안유림을 쏘지 않으면 호수 건너편 캠핑장에 있을 네 아들이 죽을 거라고. 네 아들이 토끼에게 그랬듯 배가 홀쭉해질 만큼 내장을 깨끗이 비워 물고기 먹이로 만들 거라고.

"왜. 표적이 움직이질 않아서 그래?"

탕! 건우가 유림의 발치에 총을 한 발 쐈다. 아악! 놀란 유림이 뒷걸음질을 치다가 조수석 쪽에서 주저앉았다. 공포에 질린 유림이 비명을 질렀다.

"문호재! 빨리 뭐라도 해!"

건우의 까만 동공에 광기가 서렸다. 두려움에 떠는 인간의 눈을 보는 건 몇십 년이 지나도 질리지 않았다. 인간이 물고기처럼 눈꺼풀이 없다면 얼마나 좋았을까. 공포와 좌절에 실시간으로 잠식되는 인간의 눈을 종일 관찰할 수 있을 텐데.

"어차피 안유림은 여기서 죽어. 하나밖에 없는 똑똑한 아들이 부모 하나 없이 살게 둘 거야?"

건우가 호재의 등을 총구로 쿡쿡 찔렀다. 애가 무슨 죄냐고. 낄낄 웃으며 죄 많은 남자를 능욕했다. 호재가 든 총이 서서히 유림을 향했다. 엉덩이를 땅에 끌며 뒤로 물러서는 유림이 손을 저었다.

"아니지? 문호재…… 아니지?"

"미안하다…… 유림아."

딸깍. 호재가 방아쇠를 당기자 유림이 눈을 질끈 감았다. 호수 위로 부는 가을바람이 식은땀이 난 유림의 뒷목을 간질였다. 눈을 뜬 유림은 세상에서 제일 당혹스러운 표정을 한 남자를 마주했다. 이미 오래전에 끝냈어야 할 다 상해버린 사랑이 눈앞에서 썩어가고 있었다.

인두겁을 쓰고 사람 행세를 하는 짐승 새끼. 유림이 차를 몰고 주차장을 나서며 분노로 턱을 달달 떨었다.

당황한 두 사람을 보며 "불발입니다! 불발!" 하고 웃는 건우의 입을 찢어발기고 싶었다. 그 안에 든 이를 전부 뽑아다가 소각장에 던져버리고 싶었다.

"문호재…… 이 개새끼!"

유림은 아랫입술을 꼭 깨문 채 호숫가 건너 캠핑카를 향해 달렸다. 영빈이를 데리고 어디로든 도망칠 생각이었다. 차라리 아들과 함께 같이 죽어버린다면 어떨까. 영빈이 옆에 있으면 그래도 자기의 마지막 모습을 호재가 기억해 주지 않을까. 으으으. 유림이 입술에 힘을 풀자 서러운 울음소리가 튀어나왔다. 아니다. 건우와 호재가 둘 다 죽어버리고 혼자서 영빈이를 키우며 행복했던 과거를 추억하는 게 그나마 남은 삶을 견딜 방법이 아닐까?

호재와 몸을 섞던 허름한 서점 2층에서, 달그락대며 떨어지는 책들 사이에서……. 영빈아, 우리가 널 어떻게 만들었냐면, 그때만큼은…… 진짜 사랑이었어.

탕!

그때 주차장 쪽에서 총성이 울렸다. 유림이 차를 세우고 사이드미러를 살폈다. 어느새 노을이 지는 하늘 위로 새 떼가 지나갔다. 마치 듬성듬성 음표를 흐트러뜨린 모양이었다. 호재가 죽은 걸까? 아님 건우가?

"호재야……."

유림이 차를 돌려 주차장을 향해 빠르게 달렸다. 언덕길을 오르니 노송에 등을 기대고 선 건우가 보였다. 손에는 은빛 총이 반짝였고 총구가 가리킨 곳에는 호재가 쓰러져 있었다. 관자놀이에 구멍이 난 채 부릅뜬 눈이 유림을 보고 있었다. 영혼이 날아간 텅 빈 눈이었다.

"으아아아!"

목이 찢어져라 괴성을 지른 유림이 건우를 노려보았다. 건우는 다시 돌아온 유림을 보고 의아한 표정을 지었다. 왜 도망가지 않고? 총을 들고 걸어 나오는 건우를 향해, 유림이 엑셀을 밟고 소리쳤다.

"남건우 이 악마 새끼야!"

탕! 탕!

두 발의 총성이 울리고 유림의 차가 소나무를 들이받았다. 커다란 굉음이 잔잔한 호수에 파문을 일으켰다. 어디선가 오리 우는 소리가 났다.

어느 젊은
소설가의 아내

1

처음에는 그냥 제 남편의 팬이라고 생각했어요. 같은 대학을 나오고 나서도 남편과 크게 교류는 없었거든요. TV에서 본 적이 있다고 하셨으니까 말씀드리는 건데, 제 남편은 딱 그 모습이랑 똑같아요. 말수 적고 남 눈치도 많이 보고…… 괜히 남한테 책잡힐 일 안 하고요. 근데 언제 한번 퇴근한 저한테 이런 얘기를 하더라고요. 네가 출근하고 나면 옆집 여자가 매번 비키니를 입고 수영장 선베드에 한참 누워 우리 집을 쳐다보고 있다고요. 서재가 마침 테라스랑 연결되어 있어서, 테라스만 나가면 옆집 수영장이 보이거든요. 지금 생각하면 좀 섬뜩해요. 그 여자, 제 남편 유혹하려고 했던 게 맞았나 봐요.

그래도 반듯한 대학병원 교수의 사모님이니까 최소한의 윤리 의식이나 교양을 갖춘 줄 알았거든요. 한번은 제 남편이 쓴 《거인이 사는 숲》의 주인공이 자기라는 거예요. 이 집도 내 덕에 번 돈으로 산 거 아니냐고, 자기한테 지분이 있는 거 아니냐고.

처음에는 농담인 줄 알았는데 진심이더라고요. 그걸 빌미로 남편이 원고 작업을 할 때마다 괴롭혔대요. 이 집이랑 옆집, 비밀번호가 같은 거 알죠? 그 여자가 우리 집 비밀번호를 알아내서는 자기 집 비밀번호도 똑같이 바꿨어요. 그건 그 여자 아들한테 물어보면 확인할 수 있어요.

그쪽 남편도 맘고생이 많았어요. 가끔 뒷마당에서 담배를 피우다가 만났는데, 여자가 약간 과잉행동…… 아니 과대망상이 있다더라고요. 부부 동반 모임 같은 데 나가면 남편의 동료 의사가 자길 끈적한 눈빛으로 보는 것 같더라는…… 뭐 그런 거요. 세상 남자들이 다 자기를 좋아하는 것 같다는 착각, 그냥 호감이 아니라 성욕이요. 호재가, 제 남편이 자길 원한다고 생각했다더라고요.

어차피 겨울이 오면 지산호수로 이사 갈 거기도 했고, 건우 씨…… 그 집 의사 선생님도 좀 더 좋은 심리 상담사를 찾아서 와이프를 지속적으로 치료를 할 계획이었대요. 이건 그 남편 분한테 들은 얘기는 아니고…… 영림동 사람들한테 들은 건데, 여자가 정신과를 오래 다녔나 봐요. 관련해서는 그 여자 진단서 같은 거 떼보면 알 수 있지 않을까요?

그렇죠. 애들이 불쌍하죠. 시아는 엄마 때문인지 학교에서 거짓말을 좀 자주 한대요. 허언증…… 같은 건가? 영빈이는 잘 모르겠네요. 조용하고 똘똘한데 또래 애들 같지는 않았어요. 살짝 우울한 기질이 보이는 게 그것도 엄마를 닮은 것 같고…… 네? 어떻게 그 집 애들을 잘 아냐고요? 그거야 우리 지율이가 시아 단짝이었으니까요.

점점 여자가 노골적으로 제 남편을 유혹했지만, 남편은 저한테 반만 말했어요. 제가 걱정할 것 같아서이기도 하고, 지율이랑 시아가 친하니까…… 괜히 문제를 일으키고 싶지 않았나 봐요. 그래서 그 여자가 마지막으로 한 번만 만나달라고 했을 때 혼자서 호숫가 저택에 간 거고요. 지금 생각하면 너무 바보 같았죠. 남편 혼자서 끙끙 앓고 있던 걸 제가 조금만 더 세심하게 봐주었다면……. 왜 그렇게 제 남편을 괴롭혀온 걸까요. 가정도 있는 여자가…….

그런 여자한테 애들을 맡기진 않겠죠? 그래도 본가가 여유 있는 집이니까 알아서 잘 하겠죠? 그 여자는 다시 출소하나요? 전 그런 여자가 다시 세상에 나오는 게 너무 무서워요. 저랑…… 우리 지율이한테 해코지라도 할까 봐…….

형사님도 소설 좋아한다면서요. 어떻게 현실을 기반했다고 해서 그걸 전부 소설 속에 옮길 수 있겠어요. 대학 때 둘이 사귀었다는 이야기, 저도 알아요. 속속들이 들었어요. 그렇지만 호재 소설의 모든 내용이 유림이, 그 여자 얘기는 아니에요. 같이 낙산 공원에서 밤새 담배를 나눠 피운 건 저예요. 비 오는 날 진흙이 잔뜩 묻은 운동화를 자취방에서 빨고는 키스를 나눈 것도요. 전부 그 여자가 호재를 독차지하려고 만든 망상이라고요.

……그렇죠. 전도유망한 젊은 흉부외과 교수, 그 남자도 참 불쌍해요. 다 죽어가는 여자 제대로 살게 해주겠다고 아내로 맞이했는데 이렇게 뒤통수를 치다니요. 남건우 씨요? 좋은…… 이웃이었죠. 친절하고, 사려 깊고…… 서로 공감할 점도 많았어요. 집을 지키는 가장으로서도 그렇고…… 가족을 위해 꿈을 접고 남들이 원하는 삶을 산 것도 그렇고…….

아니요. 전 계속 이 집에 살 거예요. 우리 지율이랑 남편을 추억하면서요. 여긴 문호재 작가가 산 집이나 다름없어요. 물론 《거인이 사는 숲》을 내기까지 제가 뒷바라지를 한 건 맞지만 애초에 남편의 재능이 보이지 않았다면, 저도 무리해서 남편에게 베팅하지는 않았을 거예요. 이런 말 하기 좀 부끄럽지만…… 제가 글을 좀 보거든요.

이야기가 좀 딴 길로 샜네요. 아무튼, 그 여자가 출소하고 저랑 지율이한테 접근하지 못하게 법적으로 조치 좀 취해주세요. 부탁 좀 드리겠습니다. 다시는 그 여자의 숨소리도 듣고 싶지 않아요. 제발요.

2

희진은 호재의 장례와 경찰 조사를 동시에 치렀다. 호재는 유림이 쏜 총에 즉사했고, 뒤이어 찾아온 건우를 차로 치었다. 주차장에 서있던 그는 유림이 전속력으로 본 차에 밀리다가 등 뒤에 있던 소나무에 퇴로가 막혀 그대로 허리가 동강이 났다. 마치 남씨 집안의 대가 끊기듯 허리가 끊긴 것이었다.

모든 것이 말끔하게 정리된 것에는 사격장 J의 손길이 숨어있을 것이라고 짐작했다. 희진은 형사 앞에서 호재 얘기를 하는 동안에 눈물도 찔끔 흘렸다. 전부 거짓으로 운 것은 아니었다. 멍청한 결정을 내린 호재는 제 남편이 아니더라도 한 인간으로 안타까운 건 사실이었다. 갖고 싶은 걸 갖기 위해 평생 노력한 자신처럼 호재도 그랬으리라 생각하면 그를 조용히 보내줄 수도 있을 것 같았다.

"어, 지율아⋯⋯. 할머니랑 잘 있지? 그래, 두 밤만 자면 데리러 갈게. 여긴 정리 잘 끝났어. 응, 엄마도 사랑해."

희진은 두꺼운 니트 가디건을 걸치고 후문을 열었다. 고요한 뒷마당이 오늘따라 더 어두웠다. 자주 켜두었던 옆집 수영장 조명이 꺼진 탓이었다. 빈 수영장에 가을 낙엽이 들고 겨울에 눈이 쌓이는 장면을 상상했다.

희진은 손등으로 가을바람을 막으며 담배에 불을 붙였다.

나의 이웃, 건우는 왜 그렇게 쉽게 유림에게 목숨을 내어준 걸까. 희진은 형사의 조사를 받는 내내 그 생각에 빠져있었다. 이미 죽은 사람에게 답을 들을 일은 없으니 모든 건 희진의 상상으로만 채울 수 있었다.

그때, 후문을 열고 영빈이가 나왔다. 어둠을 한 겹 입은 영빈이 희진이 서있는 울타리 쪽으로 천천히 걸어왔다.

"집에 아무도 없는 줄 알았어."

"할머니랑 둘이 왔어요. 짐 정리 때문에."

영빈이는 내일 아침 일찍 이사 갈 거라고 했다. 큰 짐은 전부 버리고 중요한 물건 몇 개만 실을 예정이었다. 남은 와인이 많으니 마시고 싶으면 가져가라는 말도 했다.

"아빠가 좋아하는 것들이 많이 남았어요. 비밀번호는 안 바꾸고 갈 거예요."

"넌 괜찮니?"

"예상치 못한 일이기는 했어요. 변수요. 그래도 어쩔 수 없었다고 생각해요."

"뭐가?"

영빈이가 검지로 턱 끝을 두드렸다. 영빈이의 눈빛이 그림자에 가려져 있었는데, 언뜻 옆모습이 건우를 닮았다는 생각이 들었다.

"아빠는 예전부터 사랑이 뭔지 모른다고 했어요. 그건 평생 못 가르쳐줄 거 같다고. 그러니까…… 엄마가 호재 아지씨를 다시 데리러 올 거라고 상상하지 못했을 거예요. 그건 제 목숨을 걸어야 하는, 아주아주 비효율적인 일이니까요."

"하……."

헛웃음처럼 한숨이 흩어졌다. 담배를 바닥에 버리고 발끝으로 짓이기다가 영빈이 손에 들고 있는 까만색 비닐봉지를 보았다.

"그건 뭐야?"

"사진이요. 아빠랑 찍은 거."

"…… 뭐하게?"

"마당에 묻게요."

희진이 고개를 저으며 울타리 밖으로 검지를 뻗었다.

"그거, 가지고 가서 몰래 태워버리는 게 나을 거야."

모자이크 처리도 되지 않은 동물을 해체한 사진이 가득할 게 뻔했다. 사건이 차차 정리되고 있는 지금, 굳이 형사들에게 새로운 이슈를 넘길 필요는 없었다.

"아니다. 잠깐만."

희진이 뒷마당 구석에 있는 바비큐 그릴을 끌고 왔다. 철제 다리가 잔디 마당에 생채기를 냈지만 개의치 않았다. 희진은 영빈이에게서 받은 사진을 그릴 안에 넣고 라이터로 불을 붙였다. 매캐한 냄새와 함께 어둠보다 짙은 연기가 곡선을 그리고 하늘로 올라갔다.

"엄마는 아직 정신병원에 있지?"

"네. 근데 완전히 미친 건 아니라 금방 교도소로 갈 거래요."

희진은 애 앞에서 차마 웃을 수 없어 고개를 돌렸다. 유림은 영빈이가 성인이 되고도 한참 지나서야 나올 예정이었다. 호숫가 저택에서 조부모와 함께 어린 시절을 보내고, 조금 크면 유학을 가거나 아버지처럼 의대에 들어가겠지. 그럼 이제 화려하고 아름다운 대저택은 언젠가 영빈이 차지가 될 거였다.

"아줌마는 계속 여기 있을 거예요?"

"응."

"왜요?"

"글쎄다. 뭐 좀 써볼까 하고."

"글 같은 거요? 아빠가 그랬는데. 아줌마도 글 쓰는 거 좋아한다고."

희진이 조용히 고개를 끄덕였다. 인간의 사랑을 상상할 수 없었다는 건우를 생각하면 이상하게 심장이 뻐근했다. 건우와 나는 얼마나 다른가. 얼만큼 달라야 희진은 자기 자신을 안심하며 돌볼 수 있을까.

하지만 건우의 서재에 둔 천체 모형처럼, 다른 궤도를 달리는 두 사람도 어느 순간에는 가장 가깝게 마주 보는 순간이 오지 않았었나.

"남영빈, 그만 들어와."

2층 테라스에 창백한 얼굴의 할머니가 나와 영빈이를 불렀다. 검정 맥시 원피스에 풍성하게 올린 백발 머리를 한 여자였다. 조사가 빨리 종결된 것에는 저 여자의 힘도 작용했을 거라는 생각이 들었다. 여자는 곧 울타리 옆에 선 희진을 지긋이 보더니 말없이 방 안으로 들어갔다.

영빈이가 다시 희진을 보며 말했다.

"아줌마도 호재 아저씨가 죽길 바랐죠? 그렇죠?"

"뭐?"

"평범하게 태어난 사람도…… 누군가가 죽길 원할 때가 있잖아요."

"……."

희진이 영빈이의 까만 눈을 보며 숨을 멈추었다. 건우에게 처음 두려움을 느꼈던 순간이 천천히 떠올랐다.

"그리고…… 저는 원래 이래요."

"뭐?"

"아빠가 날 이렇게 만든 게 아니고요."

영빈이 희진에게 허리 숙여 인사했다. 후문으로 향하는 아이의 발걸음에 기묘한 리듬감이 느껴졌다.

안방으로 돌아온 희진은 떨리는 마음을 진정시키고 노트북을 열었다. 모니터 불빛에 눈살을 찌푸리다가 고개를 숙였다. 3개월 안에 책을 완성해야 했다. 호재의 이름으로 나올 차기작 때문이었다. 출판사 사장으로부터 2억의 계약금을 받은 상황이었다. 희진은 남편이 거의 완성한 원고가 있다고 거짓말했다. 딱 마지막 장면만 남았으니 걱정하지 말라고, 봄이 오기 전에 출간하자고.

희진이 천천히 키보드 위에 손을 올렸다. 오랫동안 외면해 왔던 꿈이 눈앞에서 시린 빛을 띠고 반짝였다.

희진은 단 한 명의 독자를 상상하며 손가락을 움직였다. 그 한 사람을 위해서라도 써야 할 이유는 충분했다.

3

해가 지나고 2월. 발끝이 저릿저릿할 정도로 추운 겨울이었다. 유림은 수감복 소매를 손바닥까지 당겨 코밑에 맺힌 콧물을 닦았다. 어젯밤에 킁킁거리다가 체격이 큰 수감자에게 옆구리를 꼬집혔다. 짧은 의사 표현은 '킁'이나 '힉' 같은 소리를 내서 할 수 있었지만 간수들은 유림의 말을 대부분 알아듣지 못했다. 방을 바꿔 달라거나 수감자에게 폭행을 당했다는 말을 이해시키려면 반나절이 걸릴 것 같았다.

교도소에서 유림은 '옹이'로 불렸다. 남편의 총알로 목에 구멍이 나서 생긴 별명이었다. 그 덕에 성대를 다친 유림은 말을 제대로 하지 못했고, 그녀의 사연은 수감자들에게 사흘짜리 재미를 안겨주었다.

유림은 허벅지와 날개뼈 목에 난 흉터들을 만지며 시간을 보냈다. 이렇게 너덜너덜해진 몸으로 여태껏 살아있다는 게 지독한 악몽 같았다. 그때 호재를 버리고 가지만 않았더라면, 건우가 차에서 내리라는 말을 듣지 말고 그냥 밀어버렸더라면. 차를 몰고 돌아오자 호재는 건우의 총에 이미 죽어있었고 유림은 정신을 놓은 채 엑셀만 밟았다. 건우의 호기심 어린 눈빛이 서서히 꺼져가는 걸 보면서 유림은 미친년처럼 웃었다. 상체와 하체로 나뉜 건우가 마치 세포분열 중에 실패한 외계인 같아 보였다.

"옹이야, 이거 그 남자가 쓴 책 맞지? 네가 죽인 남자."

정확히는 유림이 죽인 게 아니지만 유림은 딱히 정정하지도 않았다. 사건을 조사한 형사는 건우가 호재와 유림의 불륜을 의심해 뒤를 쫓다가 불법으로 구한 총기를 쏜 거라고 해석했다. 유림은 이 김에 건우를 살해해 그의 재산을 상속받을 계획이었다고 여겼고. 시어머니와 영빈이가 입을 맞추자 모든 정황이 유림의 죄로 흘러갔다.

유림은 이제 비명을 지를 힘조차 나지 않았다.

수감자가 건넨 책의 제목은 《어느 젊은 소설가의 아내》였다. 제목 아래로 '문호재'라는 이름이 또박또박 읽혔다. 유림이 손을 뻗자 수감자가 얄밉게 웃으며 책을 뒤로 숨겼다.

"맞지? 신간으로 들어와서 바로 빌렸어."

"힉힉!"

"먼저 보고 싶다고?"

유림이 고개를 끄덕이자 수감자가 대신 화장실 청소 당
번을 맡으라고 했다. 유림은 책을 받자마자 맨들맨들한
표지를 손바닥으로 여러 번 쓸었다. 이제는 돌아갈 수 없
는 영림동 주택단지가 떠오르는 그림이었다. 호재와 뒷마
당에서 즐기던 소풍과, 선베드에서 나눴던 달콤한 순간,
서로의 안방에서 몸을 섞던 야릇한 장면이 빠르게 지나갔
다. 유림이 덜덜 떨리는 아랫입술에 힘을 주고 첫 장을 펼
쳤다.

남편은 소설과 같은 사람이었다. 정직했고, 다정했으며
가장으로서의 책임감을 지키기 위해 평생을 애썼다. 비극
이 생기기 전에도 전조 증상은 많았지만 나에게 걱정을 끼
치지 않으려 함구했다. 오히려 그 고통을 글로 적으려 입을
닫았다. 후에 남편이 쓴 소설을 읽으면서 여러 번 울었다.
아내로서 이 책을 세상 밖으로……

"힉. 히익!"
마지막 장을 읽는 유림의 눈이 번뜩였다. '작가의 말' 대
신 희진이 쓴 후기에는 유림이 일방적으로 호재를 스토킹
해 왔으며, 그것이 이 비극을 초래했다는 뉘앙스의 말이
깔려있었다.

소설 내용은 또 어땠나. 남편의 소설을 좋아한다는 여자가 같은 동의 아파트로 이사와 끊임없이 주인공과 가족을 괴롭히는 스토리였다. 번들번들한 눈을 희번덕거리며 층간소음을 일으키는 윗집 여자는 누가 보아도 유림의 외형이었다. 첫 문장부터 끝 문장까지 호재의 문체는 실종되어 있었다. 호재가 쓰고 있던 소설일 리가 없었다.

"이히이익!"

점점 더 집착의 수위가 높아진 윗집 여자가 결국 호재와 함께 베란다 밖으로 추락하는 장면을 끝으로 이야기가 끝났다. 유림은 들고 있는 책이 마치 희진의 얼굴인 것처럼, 그것을 갈기갈기 찢었다.

"이 미친년아! 그거 내 이름으로 빌린 거라고!"

책을 빌려준 수감자가 욕을 뱉으며 유림의 등을 발로 찼다. 유림은 바람 세는 소리를 비명 대신 지르며 울었다. 호재와 자기가 한 건 사랑이라고, 미친년은 자기가 아니라 임희진이라고. 그날도 호수 건너편에 그 여자가 있었다고 소리치고 싶었다. 피가 철철 흐르는 자길 보고도 차가운 얼굴을 한 채 사라진 그 여자가, 바로 자신에게서 모든 것을 빼앗아간 임희진이라고.

"힉! 힉힉!"

수감자가 유림의 뒤통수를 세게 내려치자, 유림이 이를

드러내고 벌떡 일어섰다. 곧장 수감자의 머리채를 잡아 벽에 박았다.

"아악! 야! 이년 떼어내!"

유림이 반복해서 수감자의 머리를 벽에 찧고 짓이겼다. 다른 수감자들이 유림을 결박하고 바닥에 쓰러뜨렸다. 간수가 호루라기를 불며 다가오는 동안, 바닥에 뺨을 대고 누운 유림은 입안에 고이는 비릿한 피 맛을 느꼈다. 호숫물에 빠진 것처럼 목구멍에 차오르는 미끌미끌한 핏물을……

그러자 유림의 귓가에 오래된 소나무 줄기가 부서지는 소리가 났다. 마른하늘에 천둥이 치는 듯한 소리에 유림이 눈을 감았다.

4

희진은 지율이와 함께 호재가 다니던 대학교에 도착했다. 호재의 차기작을 출간하고 한 달이 지난 시점이었다. 모교의 추천으로 초대를 받아 호재의 책을 낭독하고 간단한 질문을 나누는 시간이었다. 사람들은 비극에 빠진 미망인에게 적지 않은 관심과 호의를 보였다. 단어의 뜻과는 반대로 희진은 호재가 죽어서야 더 진실하게 살아있는 사람이 된 기분이었다.

대학교 대강당에는 호재의 선후배와 타과생 그리고 《거인이 사는 숲》의 팬들이 모였다. 족히 50명이 넘는 인원이었다. 봄이 오기 전 마지막 추위를 견뎌야 하는 날이어서, 강당에는 종일 히터가 켜져있었다. 낡은 강당 내부는 건조해 여기저기서 목을 가다듬는 소리가 났다. 희진은 조교의 안내에 따라 지율이와 함께 강당 맨 앞줄에서 대기했다.

지율이가 손가락으로 강당 책상에 써진 낙서들을 괜히 긁적였다. 아이가 오기에는 조금 무겁고 지루한 장소였지만, 희진은 지율이가 아빠를 조금이라도 존경스러운 모습으로 기억하길 바랐다. 봐봐, 사람들이 이만큼이나 아빠를 보고 싶어 해. 지율이처럼. 지율이가 희미하게 웃으며 고개를 끄덕였다.

"영화 봤어?《거인이 사는 숲》 원작으로 만든 영화."

"어. 솔직히 재미는 없더라."

희진의 뒤에서 조금 떨어진 자리에 앉은 여학생이 소곤거리고 있었다. 영화가 재미없다는 말이 그렇게 나쁘게 들리지는 않았다. 원작 내용을 전부 담지 못한 건 어쩔 수 없는 일이었다. 감독이 방향을 잃고 갈팡질팡 중이었다는 얘기는 제작 때부터 들어왔으니까. 시사회를 마치고 나오던 희진도 같은 생각이었다. 호재가 살아있었다면 발연기를 한 여배우를 향해 밤새 저주를 퍼부었을 거였다.

"그나마 작가가 죽어서 주목을 받은 거지. 안 그랬으면 10만도 못 넘김."

"아니, 책이 50만 부를 넘겼는데 관객 수가 14만이 말이 됨?"

키득대는 여자들이 목소리가 순식간에 사그라들었다. 곧 희진의 옆으로 중후한 모습의 노교수가 지나갔다. 무대에 올라간 교수가 강단에 서서 호재를 추모했다.

"작년, 우리는 이 시대의 새로운 문학계 별이 될 젊은 작가를 잃었습니다."

마치 미사를 듣듯 엄숙한 분위기 속에서 오래된 히터가 돌아가는 소리만 들렸다. 희진은 건조한 코밑을 검지로 연신 비벼대며 고개를 숙였다. 지율이는 호재의 부모님에게 배운 대로 양손을 모아 눈을 꼭 감고 기도했다.

"우리 문호재 소설가는 동시대가 주목하는 뛰어난 소설가인 동시에 한 집안의 가장이자 한 아이의 아버지로서……."

푸흡.

희진은 자기도 모르게 웃음이 터졌다. 급히 입을 막고

고개를 숙였다. 호재는 두 집안의 가장이자 두 아이의 아버지였다고, 손을 번쩍 들고 정답을 소리치고 싶었다. 이 재미있는 이야기를 혼자만 알고 있다는 게 죄스러울 정도였다.

희진이 자꾸만 어깨를 떨자 자리에 앉은 사람들이 하나둘 희진의 뒷모습을 살폈다. 남편을 잃은 여자의 모습은 으레 그래야 한다는 듯 동정 어린 눈빛으로 두 손을 모았다. 청년들의 시선을 물끄러미 보던 지율이가 고개를 돌려 엄마를 불렀다.

"엄마……."

그러고는 책상에 있던 낙서를 검지로 가리켰다. 호재의 소설 《거인이 사는 숲》의 한 대목이었다. 책을 읽은 누군가가 책상에 적어놓은 것 같았다. 호재가 단 한 단어도 쓰지 않은, 온전히 희진이 쓴 문장이 악필로 적혀있었다.

죄책감은 전부 거인이 사는 숲에 두고 가세요.

그리고 당신이 한낱 인간이라는 걸 거인 앞에 머리를 조아리고 인정하세요.

거인의 하루는 당신의 평생. 당신이 벗지 못한 후회와 슬픔은 거인에게 잠깐의 재채기와 같은 순간일 뿐.

그러니 눈물을 흘리는 그대…… 그림자를 안아주세요.

따뜻하게.

   호숫가 저택에서 살인 사건이 나던 그날, 희진은 건우를 만나 두 사람을 경찰에 넘기자고 할 생각이었다. 그동안 시아는 지율이와 지내고 영빈이는 다시 치료를 받게 하면 어떠냐고. 복수는 이쯤으로 끝내고 이제 사람으로 돌아오라고.

   그러다 시아의 전화를 받고 건우와 영빈이가 호숫가에 가있다는 말에 차를 몰고 떠난 거였다. 희진이 호숫가에 도착하자 호재와 건우는 이미 죽어있었다. 목에 총상을 당한 유림은 운전대에 이마를 박고 목에서 핏물을 쏟던 중이었고.

   희진은 허리가 끊어진 건우를 멀찌감치 떨어져 보기만 했다. 차마 가까이 다가갈 용기가 나지 않았다. 건우에게 왜 인간의 영혼이 남아있을 거라고 믿었는지 알 수 없었다.

   "건우 씨……."

   작게 읊조리던 희진이 정신을 차리고 119를 불렀다. 통화를 끝내고는 호숫가에서 풍기는 물비린내에 헛구역질을 했다.

   "엄마……."

지율이가 희진의 손등에 떨어진 눈물을 닦아주었다. 늙은 교수는 그녀가 충분히 마음을 추스르도록 침묵을 지켰다. 마음껏 울어도 괜찮은 미망인의 시간이었다.

작가의 말

소설을 다 쓰고 나서 2년 전 써둔 기획안을 다시 살펴보게 됐다. 최초로 이 이야기를 쓰겠다고 마음먹게 된 때를 떠올리니 그때도, 지금도 희진과 내 모습이 많이 닮아있다는 생각이 들었다. 허세 가득하고 남들의 평가에 예민하고, 비겁했다가 본인의 열망에 휘말리는 모습이 안타까울 정도로.

그래서인지 기획안 속 '기획 의도'에 이 문장이 눈에 띄었다. 완벽한 줄 알았던 가정이 무너져내리는 이야기를 보면서, '타인의 불행에 입맛을 다셔본 적이 없다고, 그 누가 말할 수 있을까'라는 문장.

그때는 왜 많은 사람들이 타인의 불행을 탐한다고 생각

했을까. 기획안을 쓰던 날에 어떤 결론을 내렸는지 기억나지 않지만 지금 내 생각은 이렇다. 갖고 싶은 걸 얻는 일이 항상 우아하게 이뤄지지는 않기 때문에, 그들의 하락이 나의 위치를 공고히 해주기 때문이라서 그럴지도 모른다고. 지금의 내가 가진 것들도 무척이나 많은 수모와 고통을 견뎌내며 얻은 것이기에, 타인이 많은 것을 잃을수록 내 것을 지키기 위해 살았던 삶이 '옳은 것'이라고 여겨지기 때문이라서 말이다.

어쩌면 이 이야기는 나에게 보내는 일종의 경고일지도 모르겠다.

이야기적 재미를 위해 에필로그를 이렇게 마무리했지만 끝내고 보니 희진에게 미안한 마음이 든다. 변명처럼 한마디 더 덧붙이고 싶다. '선'으로 돌아가기 위해서는 '악'을 배워야 할 때가 있다고. '악을 행한다'가 아니라 '악을 배운다'라는 것, 그게 뭔지 알고서도 그렇게 하지 않기로 마음먹어야 한다는 것. 이 책을 쓰면서 배웠다.

부디 나의 희진이 평온한 일상으로 돌아가길 바란다.

기획안만 보고도 선뜻 책을 만들자고 손 내밀어 주신 해피북스투유의 김문식 대표님께 감사드린다. 갈피를 못 잡던 원고를 몇 번이고 함께 읽어주신 조연수 편집자님과, 명지은 편집자님께도 감사의 말을 전한다.

덕분에 끝까지 완주할 수 있었다.

백승연

합리적 가정

초판 1쇄 인쇄 2025년 10월 31일
초판 1쇄 발행 2025년 11월 12일

지은이 백승연
펴낸이 김문식 최민석
총괄 임승규
편집장 조연수
편집 백승민 한수림 이혜미 김민혜
　　　 이세정
디자인 배현정

펴낸곳 (주)해피북스투유
출판등록 2016년 12월 12일 제2016-000343호
주소 서울시 서대문구 신촌로 25-1 보고타워 4층
전화 02)336-1203
팩스 02)336-1209